O feitiço da ilha do Pavão

João Ubaldo Ribeiro

O feitiço da ilha do Pavão

2ª edição

ALFAGUARA

Copyright © by João Ubaldo Ribeiro
Todos os direitos desta edição reservados à
Editora Objetiva Ltda.
Rua Cosme Velho, 103
Rio de Janeiro — RJ — Cep: 22241-090
Tel.: (21) 2199-7824 — Fax: (21) 2199-7825
www.objetiva.com.br

Capa
Rodrigo Rodrigues

Imagem de capa
© Ali Taylor/Stock.Xchng

Revisão
Rita Godoy
Ana Grillo
Raquel Correa

Editoração eletrônica
Abreu's System Ltda.

CIP-BRASIL. CATALOGAÇÃO-NA-FONTE
SINDICATO NACIONAL DOS EDITORES DE LIVROS, RJ.

R369f

    Ribeiro, João Ubaldo
       O feitiço da ilha do Pavão / João Ubaldo Ribeiro. - Rio de Janeiro : Objetiva,
    2011.

    268p.   ISBN 978-85-60281-95-4

      1. Ficção brasileira. I. Título.

10-2272   CDD: 869.93
                                CDU: 821.134.3(81)-3

Para Sérgio Lacerda e Tarso de Castro.

Sabe-se muito pouco.

I

De noite, se os ventos invernais estão açulando as ondas, as estrelas se extinguem, a Lua deixa de existir e o horizonte se encafua para sempre no ventre do negrume, as escarpas da ilha do Pavão por vezes assomam à proa das embarcações como uma aparição formidável, da qual não se conhece navegante que não haja fugido, dela passando a abrigar a mais acovardada das memórias. Logo que deparadas, essas falésias abrem redemoinhos por seus entrefolhos, a que nada é capaz de resistir. Mas, antes, lá do alto, um pavão colossal acende sua cauda em cores indizíveis e acredita-se que é imperioso sair dali enquanto ela chameja, porque, depois de ela se apagar e transformar-se num ponto negro tão espesso que nem mesmo em torno se vê coisa alguma, já não haverá como.

Ninguém fala nesse pavão ruante e, na verdade, não se fala na ilha do Pavão. Jamais se escutou alguém dizer ter ouvido falar na ilha do Pavão, muito menos dizer que a viu, pois quem a viu não fala nela e quem ouve falar nela não a menciona a ninguém. O forasteiro que perguntar por ela receberá como resposta um sorriso e o menear de cabeça reservado às perguntas insensatas. É sabido, porém, que a ilha frequenta os sonhos e pesadelos da gente do Recôncavo, que muitas vezes desperta no meio da noite entre suores caudalosos e outras vezes para entrar em delírios que perseveram semanas a fio. Outros sentem por ela uma atração inquietante, que vários procuram disfarçar numa postura falsamente taciturna. E muitos desaparecidos que nunca mais foram vistos podem bem estar na ilha do Pavão, embora certeza não haja, nem se converse ou escreva sobre o assunto.

Os que não conseguem suportar pensar nela creem, ou sabem, que lá encontrarão todos os seus medos materializados e empenhados em acossá-los como matilhas de cães enraivecidos. Veem nos pesadelos numerosos demônios e suas malfeitorias mais torpes e guisas mais ardilosas — o demônio Oriax, dos peidos sulfurosos e miasmas letais, o demônio Agares, dos lancinantes padecimentos da inveja e do despeito, o demônio Cassiel, da entrega do corpo aos vícios e à dissipação, o demônio Mamon, da ganância e da avareza, o demônio Malquedama, da intolerância e do ódio, o demônio Nimorup, da mentira, hipocrisia e falso testemunho, o demônio Apolion, da discórdia, da blasfêmia e da coprolalia, o crudelíssimo demônio Asmodeus e seu anel maligno, e outros príncipes do Mal, que surdem traiçoeiramente das trevas abissais, para desencaminhar e levar à danação as inocentes criaturas de Deus. E não temem só esses, mas todos os outros entes satânicos que na sua opinião enxameiam a terra, os ares e as águas da ilha, os seis mil e seiscentos e sessenta e seis diabos que se apossaram da boa ursulina Madalena Palud, estriges voláteis, lobos amaldiçoados, o sol lampadejando com um clarão luciferino, tudo podendo contagiar espíritos de outra sorte puros, honestos e ordeiros.

Entre esses temerosos, encontra-se também a convicção de que na ilha moram feiticeiras de poderes inauditos, umas pretas, outras roxas, outras cafuzas ou índias, outras brancas da terra ou do reino, como a que é chamada por muitos nomes, principalmente por Ana Carocha ou a Degredada. Os poderes dessas feiticeiras provêm do que misturaram do Congo, da Guiné, do Benim, de Oió, do Daomé e de outras Áfricas com as grongas dos bugres e com os seres infernais, bruxarias e venefícios arribados nas velas do além-mar, muitos deles homiziados entre páginas de livros aparentemente mortos, mas sempre à espera de que alguém os folheie, para despertar seus residentes maléficos. Esses livros, chamados gramuás, são na maior parte da falange de Salomão e o principal deles é escrito em língua velha e se denomina Clavícula, que vem a ser a chave daninha para tudo o que há na vida. E também suspeitam que, em meio a práticas malditas, as feiticeiras, seus comparsas e seus prosélitos se entregam a ações de espantosa libertinagem, tamanhamente se cobrindo de pecados hediondos que a eternidade é tempo curto para seu escarmento. Assim se entende o terror de tudo o que diz respeito ou é semelhante ao que julgam ocorrer na ilha do Pavão, pois, para eles, nela se cede às tentações e se desobedece aos ditames da boa consciência, do respeito aos de mais posição e do acato ao ensinamento da lei e dos homens de Deus, tal anarquia e impiedade conduzindo sem perdão às penas infinitas do inferno.

Já os que são atraídos pela ilha não pressentem nela demônios, ou, se os pressentem, não lhes dão importância, assim como não temem ser possuídos por trasgos e entidades nefandas, ou ser vítimas de feitiços. Tampouco devotam seu tempo a horrorizar-se com as práticas libertinas alheias, preferindo ocupar-se das próprias, ou não se ocupar de nenhuma. Não sabem a razão por que têm o desejo, sempre lhes ardendo no peito, de ir para a ilha, de onde, ao que tudo indica, é muito difícil voltar. Certamente a maioria nunca reunirá coragem ou condições para buscá-la, mas sentem que nela há talvez uma existência que não viveram e ao mesmo tempo experimentam em suas almas — paisagens adivinhadas, sonhos aos quais dar vida, sensações apenas entrevistas, lembranças vívidas do que não se passou.

Todos sabem que a ilha existe, com sua história, sua gente, sua terra amanhada e seus matos brabos, seus bichos e seu próprio tempo, que é diverso dos outros tempos, embora ninguém saiba explicar de que maneira ou por que razão. Entre os que a temem e os que por ela anseiam, a razão talvez não se alinhe nem com estes nem com aqueles. Não se pode negar que a verdade é distinta para cada um e talvez estejam certos os que sustentam que este mundo não passa de miragem e, portanto, pode ser isso ou aquilo, segundo quem olha e pensa. Mas, se alguma coisa mais existe, também existe por necessidade a ilha do Pavão e a única maneira de desmentir que ela existe é demonstrar que nada existe.

Para quem se abeira pelo mar Oceano, ela avulta ainda bem fora da barra como um paredão alcantilado, penhascos monumentais orlados pelo voo perpétuo das aves da água. Desde longe, sua feição é a de uma barreira de granito, amalgamada com os contrafortes do Recôncavo e os costados de Itaparica e vedando aos navegantes a entrada da baía e os acessos a seu interior. Sem dúvida, incontáveis pilotos, tanto obscuros como renomados, passaram muito tempo diante dessa muralha irredutível, que se obstina em não cessar de redobrar-se em novos rebordos. A maior parte dos que viram a ilha do Pavão certamente não conseguiu entrar, vencida pelos grotões naufragosos dessa costa sentinela. Mas alguns terminaram por embicar por uma das muitas goletas ocultas da baía e os vagalhões mortíferos que anteparam a muralha deixaram de ser obstáculo para que aportassem à cidade da Bahia, assim como não são obstáculo para os que não chegam a ver a ilha do Pavão, pois, como se sabe, ela está ou não está, a depender de quem esteja ou não esteja.

Desde sua testa de pedra, fronteira à praia de Chega-nego, a ilha serpenteia pela altura da ponta de Santo Antônio, se estreita de repente para espremer-se entre a ponta do Jaburu e a de Monte Serrat, se alarga como uma moringa entre Manguinhos e Itacaranha e se desfralda fartamente em esplanadas e taludes, ameaçando engolir a ilha de Maré e a ilha dos Frades e, a partir das vizinhanças desta, espichando uma forquilha a oeste, com um braço até para lá da ilha das Vacas e o outro descendo para cá da ilha das Canas. Ao terreno pedregoso que franja os penhascos se sucede, maravilhosamente, uma mata cerrada em que somente índios e mateiros podem ter certeza de que não se perderão, entre árvores altas como campanários — sucupiras, maçarandubas, jacarandás, paineiras, figueiras, ipês, jatobás e mais todo tipo de vegetação, terrestre, aérea ou aquática. E bichos — macacos, onças, gatos-do-mato, guarás, raposas, preás, preguiças, tamanduás, tatus, borboletas de todos os matizes, besouros de todos os feitios, marimbondos de todas as índoles, beija-flores, sangues-de-boi, cardeais, sanhaços, jandaias, tucanos e o que mais voe ou se alvorote pelo chão, os que rastejam, jiboias, jararacas, cobras-cipó, cágados, teiús, calangos e toda família de animais de sangue frio. O rio São Judas, que nasce em cascata no morro da Embaúba e em cascata morre na penha do Marvado, corta essa grande mata e forma duas lagoas de águas negras, Paçu e Caçu, ambas cavilosas e devoradoras de gente. E, num bando aqui, outro acolá, cada macho com suas variadas fêmeas, nas partes mais secas dos matos, transitam os pavões descendentes dos trazidos por Nuno Pires da Beira, de volta de uma de suas corseadas às Índias ou ao Ceilão, onde abatia imensos infiéis, dilatava a cristandade e rapinava o que podia, de pérolas a criaturas extravagantes.

Nova cerca de pedra, agora mesclada com uma areia áspera que no verão se aquece ao ponto de poder engrolar peixes, parece inaugurar um descampado árido e, no entanto, enquanto o terreno desce em quebradas amenas, o que se vê são coqueiros, ouricuris, carnaúbas, piaçavas, dendezeiros e outras palmeiras, manguezais se abrindo à esquerda, praias alvas à direita, canaviais infindáveis em frente, vastas roças de tabaco e mandioca, rolando planura abaixo e se ondeando sobre as curvas pacatas dos morrotes. Às vezes um pouco distantes no mar fronteiro, outras vezes irrompendo abruptamente da terra macia e formando precipícios abismais, as muralhas de rocha só franqueiam suas vias secretas aos conhecedores e aos de muita sorte e habilidade. Por trás delas, ancoradouros, enseadas, marinhas alongadas, apicuns. Entre elas, marés destemperadas, meandros labirínticos, caribdes antropófagas, pontas aguçadas empaladoras de cascos, arcos, cavernas e águas sublevadas sem aviso pelo vento de apelido funileiro, que se entuba por aquelas passagens, fortalecendo-se e desvariando a cada estreitamento tortuoso, havendo assim posto a pique em instantes um número desmedido de navios e embarcações de porte.

Pelas bordas das águas, armações de pesca, caieiras, viveiros de curimã, atracadouros, lagunas rasas rebrilhando entre os arrecifes. Muitas povoações se espraiam em todas as direções, desde arraiais pequenos que não contam mais de vinte casas, até as importantes, como as vilas de Xangó Seco de São José, Nossa Senhora da Praia do Branco e Bom Jesus do Outeirão, existindo também as aldeias dos índios e um certo reino na mata do Quilombo. Mas, em meio a todas, a principal é de longe a Assinalada Vila de São João Esmoler do Mar do Pavão, que, havendo sido pisada pela primeira vez por pé cristão num vinte e três de janeiro, recebeu esse nome em honra do santo do dia, grande santo entre os mais santos, altíssimo padroeiro da Sagrada Ordem de São João de Jerusalém, voz mais elevada nas hostes de Malta, senhor da famígera cruz das oito pontas. Todos os anos chove no vinte e três de janeiro e muitas vezes baixam uns repiquetes fora da norma, transfigurando as águas num marouço enfurecido. Mas, mesmo assim, a galeota *Flor da Santidade,* de seis em seis meses reataviada, não deixa de capitanear a procissão embarcada que comemora o bom santo do dia remoto em que o reputado capitão e almirante Nuno Pires da Beira saltou de um batelão para a água rasa da coroa do Enforcado, vadeou até a praia e declarou tudo ali seu.

Pela abundância de ruas, becos e vielas, pelos diversos sobrados e vivendas de escol, pela abundância de capelistas e comerciantes de novidades, pelas igrejas, pelas feiras e mercados e por muitos outros atributos, a vila de São João bem pode ser comparada a muitas cidades grandes e, mesmo em tavernas e casas de mulheres, não fica nada a dever, senão quiçá lhe devem. Na rua Direita, por exemplo, até as pedras do calçamento parecem rebuliçar com a agitação das dezenas de tendas de artesãos, boticas, armarinhos, casas de secos e molhados, armazéns, negras de tabuleiro, damas de chapéus de sol floridos, cavaleiros em trajes de garbo, caleças e montarias vistosamente ajaezadas. Já na descida para a baixa do Alecrim, o movimento não é da mesma espécie e a gameleira gigante que lhe oculta a entrada testemunha todo dia a passagem de homens de respeito, cobertos de mil cautelas, em direção às mulheres públicas ou a algum outro encontro galante numa casa d'alcouce, ou nos quartos que as alcoviteiras alugam e trocam por favores.

De figuras eminentes, é também rica a vila de São João, mesmo para uma cidade do Recôncavo, país celebrado por seu patrimônio inesgotável de homens insignes. O primeiro a ser citado é forçosamente o lendário capitão Baltazar Nuno Feitosa, que prefere atender pela alcunha que ganhou em labutas e combates, qual seja a de Capitão Cavalo, dono de desmesuradas terras, açúcar para adoçar eternamente o Tejo, tabaco para enfumar todos os reinos, piaçava para encordoar todas as frotas, dendê para não deixar no orbe roda ou comida sem azeite e barcos de atordoar Poseidão. Mas, se ele e os ricos menores têm estatura para medir-se com os ricos de quaisquer outras partes, o mesmo se diga dos letrados e grados assivissojoemapaenses, adjetivo pátrio cuja sonoridade e exatidão devem, aliás, ao engenho do gramático, boticário e mestre-escola Joaquim Moniz Andrade, pois, apesar de se tratarem na conversa por joaninos, sentiam desconcertada falta de uma apelação de mais peso, que os designasse como nativos da Assinalada Vila de São João Esmoler do Mar do Pavão. Se morasse em Lisboa, mestre Joaquim teria nomeada universal, mas, mesmo assim, está longe de ser solitário em São João. Nas letras poéticas, nas letras históricas e filosóficas, na parenética, nas artes farmacêuticas, nas ciências geográficas, na música e na pintura, em todos os campos da humana inteligência, São João foi bem dadivada.

Contudo, apesar de todas essas prendas, nada parece evidenciar na vila qualquer singularidade de monta. Observaria o visitante apressado que os joaninos são iguais a toda outra gente, ocupados em afazeres dos quais toda a gente se ocupa. Talvez lhe cause um pequeno espanto ver como homens, mulheres e crianças, brancos e negros, bem-postos e pobres, diferentemente de outras terras, abraçam o uso de tomar banhos de mar, às vezes durante toda a manhã ou mesmo todo o dia, entre grandes folguedos e algazarras, sem que se constipem ou lhes advenha algum mal da excessiva infusão em humores salsos. Possivelmente também estranhará ver negros calçando botas, sentando-se à mesa com brancos, tuteando-os com naturalidade e agindo em muitos casos como homens do melhor estofo e posição financial, além de negras trajadas como damas e de braços dados com moços alvos como príncipes do norte. Mas, à parte essas e outras originalidades menos notáveis, zarparia esse visitante sem levar para contar os prodígios que se espera ouvir de todo viajante. E assim terá sido, se lhe pareceu.

Um dia saltou do tempo e amanheceu em São João. De madrugada, a friagem umedecida por um chuvisquinho quase gosmento pareceu preceder mais uma sucessão de juntas entanguidas e espirros alarmados, mas, na hora da segunda missa, o sol se inflamou de súbito já a um palmo da borda do horizonte, as janelas se escancelaram e a tagarelice do dia, antes atalhada por baixo das nuvens pardas, encheu os ares, misturando-se ao cheiro da terra molhada. O mar e as grandes rochas no mesmo lugar, o céu turquesa de sempre, as construções alheadas, no envelhecer vagaroso dos seres de alvenaria. Recebendo agora o nordestezinho que baixa para permanecer até a noite, as águas já não são mais um lago parado, mas se dobram em ondinas desapressadas, que mal fazem oscilar as embarcações na angra do Bispo e no caneiro do Mesquita. Nas colinas ainda enevoadas do outro lado da angra, já pelas divisas da vila, Casa dos Degraus, faiscando seus azulejos brancos salpintados de azul-celeste, é a única a refletir os tons dourados do sol, uma louçainha no topo da elevação mais alta, entre alamedas de flores e frondosas árvores de frutas. Suas dezenas de janelas, de um azul mais escuro e fechadas por gelosias, ainda não estão abertas, com exceção das que dão para a cozinha, onde mulheres ralam milho e coco e formigam em meio a gamelas e panelas fumegantes, à volta de um fogão descomunal. De resto tudo é parado como uma pintura, nada se movendo senão as folhas na brisazinha e o rolo de fumaça parda que emerge pachorrento pela chaminé. Mais uma vez cumprindo a missão que lhe foi dada desde a Criação, um grande bem-te-vi atitou energicamente, na copa de um oitizeiro do largo da Calçada.

II

— A ela sem pena! — bradou uma voz de mulher, por trás do madeirame de uma janela do andar de cima da Casa dos Degraus.

— Mais alto! Mais sentimento! Mais sinceridade!

— A ela sem pena! Sem pena! A ela, a ela!

— A ela sem pena! Sem pena! Mais sentimento!

— Sim, ai, vem de lá! A ela sem pena! A ela, a ela sem pena, a ela sem pena, trevessa eu!

— Sim! Assim! Vou comer-te toda, desalmada! Ai que te atocho até os gorgomilos, malvada! Olha-o cá, olha-o bem! Gostas! Enlouqueces quando o tocas? É o teu bonifrate querido, todo teu, podes viver sem ele? Vês como se empina por ti? Que queres que ele faça? A ela sem pena, a ela sem pena, anda lá, não esperes que te peça!

— A ela sem pena, sem pena! Sem pena! Martrata! Estraçaia! A ela sem pena!

— Então? Sim! Assim! Vou trespassar-te, vou misturar-me contigo, perversa! Ai que me matas! Ai que te mato! Ai que morro, levanta essa periquitona, levanta esse meio do mundo, isto cá é o meio do mundo, ai, levanta, vai, arreganha-mo lá, ai que morro, ai que me matas!

— A ela sem pena, ih, uai, sem pena nenhuma, uai, ai, sim, assim, toda, toda, té os bago, todo, todo, todo esse caraio grande, aí! A ela sem pena, assim! Ai, ui, ai, ui, ai, ui! A ela sem pena, de com força!

Cada vez mais clamorosos, os gritos chegaram à cozinha, mas as mulheres prosseguiram trabalhando como se não estivessem ouvindo nada, a não ser a velha Clementina, que se deteve um instante, sorriu e sacudiu a cabeça.

— É Vitória novamente? — perguntou, num tom de quem já sabia a resposta.

— Ai que venho, ai que já gozo, ai que já vem, ai que já venho, ai que me pões doida! Me aperta, ai que já gozo, ai que venho, ai! — gritou a voz de mulher.

— Se dessa vez não emprenhar, não emprenha mais nunca — disse Clementina. — Desde ontem que eles tão na safadagem. Se fosse Naná, já tava com pelo menos dois no bucho, com tanta socação.

— Ah, tava.

— Naná dá sorte. Tu veja como é as coisas. Naná pelejou pra conseguir que ele quisesse ela, passou mais de cinco mês se entupindo de banha de porco, cabaú e farinha pra engordar e crescer a bunda, só faltava esfregar o rabo nele toda vez que podia e da primeira vez que ele pegou nela foi ela que puxou ele no banho salgado, todo banho salgado ela metia a mão por debaixo dele. Agora, Crescência fica se julgando, fica como se fosse príncipes e princesas, em vez de pensar na vida. Crescência...

— Que é que tem Crescência?

Uma negra moça, alta e benfeita, de dentes alvos e pele sedosa, vestida numa bata estampada, enfeitada de contas vivazes e carregando um saquinho meio encardido, entrou sorrindo e agitada, como se estivesse apenas passando por ali, a caminho de festejar alguma coisa bem longe.

— Que é que tem Crescência? — repetiu, mas nova grita entrou pela janela e ela parou para escutá-la, só recomeçando a falar momentos depois. — Menino, o negócio tá brabo! É Vitória, menina? Pronto, que Fenício tá feito na vida.

— Que é isso, menino, e Fenício sabe de nada?

— Comigo a senhora não precisa fingir. Nem comigo, nem com ninguém aqui. Se ele inda não sabe, que eu duvido, vai saber logo, quando nascer o pardozinho e quando ela receber a casa. Toda a gente sabe, ele não vai saber? Santinho sabe, Gazé sabe, Morotó sabe, Roque sabe, Lazinho sabe, Deus e o mundo sabe, só Fenício é que não vai saber?

— Que é isso, menina, tire Deus dessa conversa, já viu falar em Deus no meio de uma porção de corno?

— Porção de corno, não, corno não é eles, eles tão é no proveito e ainda papando as mulheres. Corno é Iô Pepeu, que pensa que as mulheres é só dele e ainda dá sustento a elas. Casa de chão de lajota e telhado amouriscado não é todo mundo que tem, não. Papa fina, sabão nem de sebo nem de peixe, sabão de coco fino, água de cheiro, bugiaria do pé à cabeça, muito respeito e compra na conta... Aquela que bem dá o seu bem-bom, bem da boa ficará!

— Cala essa boca, por Nossa Senhora! Essas coisas não se diz! E quem é tu pra falar em vida boa, eu vejo assim minha vida, socada nessa cozinha, muito mal saindo no domingo, e fico pensando se eu tivesse a tua idade... Toma juízo, menina, tu não é nada, tu devia era pensar de que Iô Pepeu prefere tu do que todas aqui e que bastava estralar o dedo pra ele vir lambendo o beiço. Que é que tu vai ter na vida? Depois de velha, cai tudo, cai dente, cai peito, cai bunda, cai coisa que tu nem sabe que tem. Que é que tu vai ter?

— Ah, não quero saber, depois de velha eu penso.

— Isso tu diz agora.

— Tá certo, tou dizendo agora. Quando chegar depois, eu digo depois. Eu não posso dizer depois uma coisa que eu só posso dizer agora, nem posso dizer agora uma coisa que só posso dizer depois. Eu tou antes do depois, não me lembro nada do depois, só me lembro do antes.

— Tu tá é variada da ideia, Deus que piade. E onde é que vai assim, tem nada que fazer, não?

— E aqui ninguém tem nada o que fazer? Se eu tivesse de vintém o que tem de negro vadio nessa quinta e nas outras casas, eu comprava uma casa igual à de Naná mais Roque.

— Mas não vai ter, nem de vintém, nem de nada. Não era bem melhor tu pegar essa casa do mesmo jeito de Naná e as outras todas que não tem vento na cabeça no lugar de mioleira, não era mais fácil? E duvido que ficasse na casa somente, ia ter muito mais coisa, podia até pedir antes. Por que tu não pede antes uma ruma de coisa, aí ele dá tudo, aí tu satisfaz a vontade dele, tem nada de custoso nisso? Que é que tu vai arranjar? Negro rico despreza e menosgaba negro pobre, negro rico quer mais é casar com branca, nenhum negro rico vai querer saber de tu, beleza não põe mesa. Eles, que já subiu, não vai querer descer. Iô Pepeu não é feio, não vem me dizer que ele é feio, é um branco bonito. Aí tu vai, pega o que quiser, garante teu futuro e só precisa servir ele, toda a gente diz que não é nenhum sacrifício e não deve de ser mesmo. Tu não esqueça que tu é cativa do pai dele e ele pode chegar e te pegar de qualquer jeito, é só ele querer.

— Que cativa? E nunca mais teve cativo aqui, depois que Capitão Cavalo ficou viúvo?

— Não tem, mas tem. Tem, mas não tem.

— Apois. Não tem.

— Vamos dizer. Mas, mesmo assim, que é que custa...

— Depois tu fala de meu avô, mãe, tu diz que ele fazia qualquer coisa por dinheiro, tu diz que ele te vendeu ainda quando era menininha e que vendia até a mãe e que...

— Chega, eu não quero ouvir essa conversa. Teu avô não tem nada com isso. Eu só queria saber por que tu...

— Porque não. Porque não quero. E ele pode me amarrar, pode me bater, pode fazer o que quiser, que eu não digo. Ele pode até me pedir pra ficar nua, como da outra vez, e eu fico. Eu nasci nua, índio anda nu e, se eu tivesse na terra de meu avô, também tava andando de peito de fora ou senão logo tudo, não tem nada de mais. Eu fico nua, mas não digo e aí eu quero ver ele. Eu não digo, não tem quem me faça.

— Mas por que tu não diz? Isso é capricho, é só capricho, uma coisa tão besta, que não custa nada! Se eu pudesse dizer por tu, ai se eu pudesse dizer por tu!

— Graças a Deus que não pode. Muito bem, então dai-me licença, que eu vou indo.

— Donde que se vai assim? Vai fazer compra no Olival, é?

— Possa ser pra mecês, mas pra mim não tem nada que me dê vontade, naquele ladrão. Não, senhora, eu vou passear na vila.

— Tu vai passear na vila nada, tu vai de novo na furna da Degredada, tu não sabe no que tu tá se metendo, esse saco aí é das mandingas dela, não é, não? Eu não quero saber de tuas feitiçarias, não vem nem me contar!

— E eu tou querendo contar nada? Ai, meu Deus, xoí, xoí, xoí, que o tempo não espera por ninguém. Dai licença, dai-me licença.

Dai-me licença, sim, dai-me licência, pensou, enquanto descia ligeiro a alameda, soprando e se abanando, apesar de o dia continuar fresco. Lá embaixo, a água da angra do Bispo já quase não se via, coberta por um rebanho de velas castanhas, brancas e azuladas, se fazendo ao vento, em harmonia como se pastoreado, para bordejar a costa entre as paredes de pedra. Ela olhou para os pés descalços e quis ter um par de sandálias novas, qualquer sandália. Qualquer não, uma sandália bonita, colorida e com sola um pouco alta, queria ser ainda mais alta, queria voar! E pensar que voaria, voaria, sim, não ia ser fácil, mas voaria. Envergaria as jarreteiras de Salomão, que estava começando a fazer e teria a determinação de acabar, nem que levasse dezenas de anos e sairia voando sem que ninguém a pudesse enxergar, conhecendo todos os locais, vendo todas as coisas e escutando todas as conversas. Sandália, pra que sandália?

Chegou perto da praia, olhou a picada, que entrava nos matos a uns cinquenta passos de distância. Próximo à trilha, como sempre, o jumentinho Paciência, que não tinha dono e só trabalhava quando acontecia alguém precisar dele. Justamente o caso dela, que assim evitaria uma caminhada longa, que lhe tomaria toda a manhã. Paciência gostava de todos e a levaria com rapidez, em seu passinho duro e apurado. "Paciencinha do meu coração", murmurou ela, arrepanhando a saia e se escanchando no lombo do jumentinho, para entrar na picada e começar nova viagem à furna da Degredada.

III

Que palavras não quer pronunciar Crescência, que lhe dão tanto poder? Por certo não será nenhuma das mandraquices que talvez tenha aprendido com o povo que vive rondando a furna da Degredada, do contrário não falaria nelas tão abertamente. E não devem ser grande mistério, embora quiçá ioiô Pedro Feitosa Cavalo, nomeado de família com a alcunha conquistada pelo pai e chamado por todos de Iô Pepeu, tenha a esperança de que alguma reserva se guarde em torno do assunto. Ainda suficientemente jovem para isso, Iô Pepeu tem, não só essa, mas diversas outras esperanças, as quais somente um espírito maldoso procuraria desfazer e, mesmo assim, encontraria dificuldades, dada a renitência das ilusões imberbes, que tantas vezes transpõem em muito a idade do juízo. Essa esperança mesma, a de que não se comentem as palavras para ele tão imprescindíveis, é vã, mas pode ser que ele acredite que somente suas mulheres as conheçam, guardando-as meigamente para si e no máximo partilhando-as com uma ou outra conselheira mais velha, como Clementina. Sim, e também Crescência as conhecia bastante, havendo tão cruelmente se recusado a proferi-las, ainda que uma única vez. Mas certamente não fazia comentários, pois seria repreendida pela mãe e repelida pelas outras, tão dóceis, fiéis e dedicadas como verdadeiras esposas, até mais do que isso, porque inteiramente destituídas de vontade que não a dele e sem vida a não ser por ele.

Neste ponto também, Iô Pepeu se engana um pouco, pois, se dóceis e dedicadas eram, fiéis não eram. Boas negras, Vitória, Naná, Das Dores, Pureza, Eulâmpia e outras, mulheres com quem qualquer se gabaria de haver deitado e delas recebido chamego e dengo, mas fiéis não eram. Pelo contrário, nas casas de todas elas dormiam homens, em algumas um hoje, outro amanhã. E os homens não cuidavam de estabelecer se punham chifres a Iô Pepeu ou era este que os punha a eles, eis que só queriam saber que vida melhor não podiam almejar e tudo fariam para que o trato com Iô Pepeu pairasse sempre acima de qualquer queixa e as benesses disso derivadas lhes fossem vitalícias. E tanto se precatavam que os moleques da quinta, nas vezes raras em que Iô Pepeu preferia ir ter com uma mulher na casa dela, em vez de chamá-la à sua, estavam industriados para sair correndo e dar o aviso.

De todas as esperanças do coração moço de Iô Pepeu, a que parece às vezes estar tão perto que ele não consegue pregar olhos, mesmo tendo ido a uma de suas mulheres atrás da outra, é a de que Crescência finalmente ceda. Mas, na maior parte do tempo, o sonho está tão longe quanto o fim do mundo. Nunca o tratou mal, nunca lhe apareceu de calundu, nunca lhe negou nada, somente negou as palavras que pedira com tanto fervor e humildade, que suplicara mesmo, que chegara a se ajoelhar para mendigar. Na noite encantada e maldita em que, finalmente persuadida, com o empenhadíssimo ademão de Clementina, ela veio ao quarto dele, deixou que ele lhe tirasse o camisão sem ajudar, facilitando e levantando os braços sem que ele pedisse. Nua em pelo à sua frente, braços pendidos com naturalidade, um joelho levemente dobrado, uma perna meio passo à frente da outra, não tinha a expressão nem um pouco diferente da de quando falava com ele em casa ou lhe trazia um refresco, os lábios num semissorriso amistoso, os olhos suavemente fixos nele. Ele chegou mais perto para ver e sentir a pele rija e sem manchas, os poros eriçados pelo friozinho de junho, e ela se deixou admirar sem se mover. Ele pediu-lhe que se deitasse, ela se deitou, quase na mesma posição em que estivera de pé, apenas um dos joelhos mais dobrado. Ele quis falar, pensou em como não conseguia convocar palavras para descrever o que sentia e, tremendo como se estivesse com calafrios de febre, tirou também a roupa. "Abre as pernas", disse, e ela abriu. Sentindo que, novamente, desta feita mais que nunca, ia precisar que a mulher dissesse aquilo de que tanto dependia, pediu-lhe que o fizesse, com a voz constrita e esganiçada. "Não", respondeu ela, falando pela primeira vez naquela noite. Mas por quê? Que mal havia nisso, que transtorno lhe causava? "Nenhum", disse ela. "Mas não digo." Não diz por quê? "Porque não quero", retrucou ela, "porque, se vosmecê tem o querer de me trazer aqui, me tirar minha roupa, me mandar abrir as pernas e se servir de mim, resta o meu querer de não dizer o que eu não tenho vontade. Fazer, vosmecê me faz; dizer não me faz, não é parte. O resto pode fazer, eu tou aqui, o da mulher já cumpri, o do homem vosmecê cumpre."

Não, ele não queria forçar nada, porque forçado não servia. Sim, o do homem ele tinha que cumprir, mas ela não devia ter dito isso de forma tão empedernida, que o angustiava e envergonhava cada vez mais fundo, embora não o impedisse de insistir. Pediu mais, pediu dezenas de vezes, prometeu mais do que havia prometido a qualquer mulher antes, mas ela agora nem respondia, nua na mesma posição. E, quando ele passou a bravatear sua biografia, descrevendo as mulheres que rastejavam a seus pés e o banhavam em glória e orgulho, feitos de combate, navegações desassombradas, caçadas e pescarias prodigiosas, ela continuou sem falar e, depois de algum tempo, fechou os olhos como se fosse dormir e virou-se de costas, sem se preocupar em cobrir-se. Suando e com vontade de arrebentar a cabeça contra a parede, ele primeiro passou-lhe a mão por todo o dorso, depois pelo meio das coxas entreabertas e depois apertando-lhe as nádegas com força. Deitou-se, encostou-se nela por trás, enlaçou-a para pegar-lhe os peitos, mordeu-lhe a nuca e a ouviu gemer e suspirar, antes de mexer-se para chegar-se mais a ele. Por favor, por favor, por todos os santos, por todas as almas, diz, é só dizer, são só umas palavrinhas, que são palavras? E, enquanto ele se levantava fora de si e vociferando todas as pragas que jamais ouvira, ela indagou se podia fechar as pernas, se podia levantar-se, se podia vestir-se, se podia ir embora, pausando a cada pergunta e, como ele continuava a imprecar com os punhos fechados no peito, deu um muxoxo alto, enfiou o camisão e saiu, entreabrindo a porta como se não fosse possível abri-la toda e roçando nela o corpo, até ganhar vagarosamente o corredor.

Agora, enquanto Iô Pepeu decidia se ia à bica tomar um banho, porque, mesmo a manhã estando tão fresca, tinha suado muito com Vitória, brotou de novo a lembrança que durante toda a semana o alegrara, voltando à sua cabeça em horas inesperadas. A tisana de Tantanhengá, Balduíno Galo Mau! Balduíno Galo Mau, índio tupinambá muito do péssimo no ver da maioria, homem de alto valor no ver de Iô Pepeu, rastejador mestre, doutor dos matos, amigo de todas as ervas, conhecedor de todos os bichos, íntimo de todas as árvores, velhaco como toda a mascataria levantina, matreiro como oitocentos curupiras, mentiroso como um frade viajante, o maior entendido em aguardente de cana de que se tem notícia, do fabrico ao desfrute — e a única coisa que lhe falta é saber falar direito língua batizada, mas há quem afirme que é fingimento. Balduíno lhe dissera que de fato as palavras são de grandíssima importância, havendo homens que obram qualquer graça ou desgraça com elas, a seu belo talante. Mas, por mais importantes, no fundo não passam de vento mastigado e, por conseguinte, não podem com a força das plantas e das qualidades dos bichos, que são a própria Natureza e ninguém vence a Natureza. Comprende coisa aqui, disse Balduíno, zerva forte, muito forte, zerva do mato boa. Pega isso, índio pega: txutxuriana, dois mói; casca do pê-roxo, duas lasca; capabiléu, duas raiz grossa; um cunhão de jacaré-curuá; caroço de curuiri, duas mão; ponta de rabo de jararacuçu; cardo de ceranambi apurado até não poder, três mais um dedo de caneca; milômi, dois mói; acatuaba, três lasca; bola de nhaca de porco-do-mato, pronto. Afereventa, afereventa, deixa sereno três dia, bebe xuque-xuque-xuque, pronto. Daí a pouquinho o fulano começa a sentir uma quenturinha nos baixios, quenturinha essa que vira um calorão, calorão esse que levanta o mucurango que chega a parecer que ele vai estourar e aquilo fica o dia inteiro e a noite inteira que nem um pau de bandeira e nem todas as mulheres da vila, encarreiradinhas, conseguiriam abaixá-lo. Escalavrar, desfarelar, sim, mas derribar, nunca do nunca.

Ah, exultou Balduíno, embriagado com a própria sapiência. Esse façanhoso preparo lhe tinha sido ensinado havia muito tempo, por um velho muito velho, que morreu numa esteira, empernado com uma mulher novinha, novinha. O velho emborcava a tisana — ih, ih, ih! — e ia para onde tinha mulher passando. A mulher passava, ele dizia: vamos se distrair? A mulher dava risada. Ele aí dizia: espie eu aqui, cabecinha pra riba por sua causa, querendo se distrair. A mulher dava mais risada e dizia velho, velho, por que tu não faz como os outros velhos e não vai pra sua rede pitar seu cachimbinho, se queixar das novidades e contar história? Ele olhava para a mulher com aqueles olhinhos pregueados, fazia que não ouvia e dizia: vamos se distrair, essa menina, bote aqui sua mãozinha. A mulher ria de novo, ia rindo, ia rindo, ia rindo e, nessa risadaria — ih, ih, ih! — adivinhe o que o velho fazia mais ela. Depois ele deixava ela desmilinguida na beira do rio e gostando muito de velho desse dia em diante, e ia caçar outra. A outra vinha, ele dizia: vamos se distrair? E por aí ia, até não passar mais mulher.

Iô Pepeu antecipou com um arrepio o gosto da tisana e resolveu que taparia o nariz, fecharia os olhos e se pegaria com todos os santos, mas a beberia. Qualquer coisa valia a pena para que, com os poderes sequestrados por Balduíno e a ele repassados, pudesse enfim encarar Crescência e dizer-lhe: Não precisas falar nada e, aliás, prefiro que te cales, porque agora verás o que é homem. Sim, dessa forma vingaria o pundonor tão afrontado, mas, apesar de a alegria não o desertar, vinha afeada por uma nódoa às vezes pequena a ponto de mal ser percebida, às vezes alastrada como os sargaços no verão. Vida irônica, vida cruel, logo ele, que aspirava reputar-se como o garanhão Confiado, de memória e descendência perenes em toda a ilha do Pavão, não se registrando égua ou mula que, pisando seu território, tivesse escapado de havê-lo aos quartos. Logo ele que, desde os catorze anos, tivera todas as mulheres da quinta, da Casa dos Degraus e da fazenda Sossego Manso, numa sucessão tão infrene que até mesmo seu pai, também notado pelo vigor, se espantou e pediu o testemunho das mulheres para acreditar. Delas todas, ao que parece, só escaparam as velhas, as meninas ainda sem peitos e a índia Celestina, que anda nua pela casa, mas, quando ele a quis agarrar, deu-lhe um safanão e disse que não gostava de homem, tinha nojo, ainda mais de corpo cabeludo como os brancos. E Crescência, sempre Crescência, sim, sim. E não deixava de ser uma vergonha que, com a recusa dela a dizer aquelas palavras singelas, ele precisasse de uma triaga de índio velho para ter certeza de que não falharia, como até agora falhara.

Que palavras, malditas palavras, cravadas em seu miolo tão indelevelmente, desde aquela tremenda primeira ocasião em que a negra Sansona, uma das preferidas de Capitão Cavalo e três vezes maior que Iô Pepeu, puxou-o para uma esteira e, com as feições assustadoramente transfiguradas e a voz parecendo lhe sair dos peitos enormíssimos, tirou-lhe a roupa, apalpou-o todo, mordeu-lhe o pescoço, alisou-lhe a bunda e abriu diante dele as coxas poderosas, gritando:

— A ela sem pena!

Nesse dia e em todos os outros em que esteve com Sansona, o medo só passava depois que ela fazia essa exortação com entusiasmo, o que, aliás, lhe ocorria naturalmente. Quando ele levou Esmeraldina para os matos, achando que dessa feita não sentiria medo, teve o mesmo pavor, até que lhe veio à mente pedir que ela dissesse as palavras de Sansona. Milagrosamente, o medo se desfez, mas ele se tornou para sempre escravo dessas palavras e, de certa maneira, escravo da obsessão por Crescência, que tinha o poder de não dizê-las. Mas agora não dependeria mais daquilo, porque a tisana de Balduíno o libertaria.

IV

Balduíno Galo Mau tinha ido para a frente do sobrado da Câmara, como havia combinado com Iô Pepeu, mas não era mais por essa razão. Ali não estava nem Balduíno nessa hora, estava Tantanhengá. Pintado de jenipapo e urucu, com uma borduna na mão, uma pena enfiada no lábio inferior, duas outras nas bochechas e a carantonha feroz, rezingava, rosnava, andava e perneava de um lado para o outro, diante de uma pequena multidão de índios, os homens mais ou menos paramentados da mesma forma que ele e alguns completamente nus, embora usassem cintos de cipó, que de vez em quando arrumavam atentamente, como quem ajeita uma peça de roupa essencial. A intervalos regulares, voltava-se para o grupo, brandia a borduna e, com as veias do pescoço túmidas, proferia um pequeno discurso em língua de índio, fazendo pausas para ouvir os gritos com que os outros reagiam. O sobrado, inteiramente fechado, tinha à porta dois milicianos com mosquetes antigos montados em forquilhas, de olhos fixos nos índios e a expressão de que gostariam de estar bem longe dali. Na hora em que Iô Pepeu ia chegando, Balduíno, inflamado pela própria facúndia, rodopiou batendo os pés, conversou com o chão e, depois de ficar de cabeça para baixo muito tempo, deu um salto altíssimo, fez uma careta horripilante e, gorgolando como um peru demente, correu para a porta do sobrado e encostou a testa na de Francisco Cabeça Reta, o miliciano mais atemorizado.

— Cadê tendente? Cadê Dão Filipe de Meulo Furutado? Cadê condenado pecador, tendente estrumo? Uá! Uá! Índio mata, índio dá carne de branco postadinha pra guará, pra raposa, pra tatu e aribu, pra siri e pra mecê atecuri, na terra, no vento e na maré! Índio pega toda gente e mata de dentada, arrum, arrum, creque-creque, ramo-ramo, racha cabeça, bebe sangue na coité, tuque-tuque-tuque-tuque! Curuí-curuê, é com vossimicecê! Donde que saiu? Saiu de cu, bosta sem mistura, bosta pura! Fio arrejeitado de sarigueia amolestosa, bixiguento! Cadê tendente? Não manda ele? Manda eu também! Aqui tudo, índio já mandava antes de branco parecer! Vão-te à merda do caraio da postema da barabaridade! Dismigaia mioleira, come nariz, chupa olho, capa zovo, enfia porrete no rabo! Uá! Uá! Joga feitiço da Degueredada, faz desgraça, vai secar tu e tua parentage, tua mãe, teu pai, teus com que vive, teus de sangue tudo!

— Não é eu que dá as ordens — disse Cabeça Reta, apoiando-se na forquilha do mosquete como se estivesse com medo de cair.

— Ordes dá tendente Dão Filipe, índio sabe! Mas tendente fugiu, se escondeu aí dentro! Índio vai entrar, índio lasca porta toda, entra aí dentro, quebra tudo, tudo! Então, povo: todos índio não vai entrar? Vai! Vai! Índio vai entrar, garguelar tendente, enfiar no espeto, assar no moquém!

— Seu Dão intendente não tá aí. Tá tudo fechado, hoje é feriado, dia do outono.

— Dia de quem? Quem é o tono, é santo? Santo Antono não é, não fica com conversa querendo enganar índio, Santo Antono é no tempo de trezena e novena, índio não é besta!

— Não sei se é santo, só sei que é feriado, dia do outono. Está na postura, é feriado dia do outono, dia da primavera, todos esses dias. O outono começa hoje, é muito importante, é feriado.

— Mentira. Mentira de Dão Filipe tendente, filadumaégua com oitenta jumento.

— Mentira, não. Tá escrito e pregado ali na porta. Tando escrito, não pode ser mentira, tá escrito.

— Diz tu e diz o cura Bonege. E é porque é dia do tono que o tendente não tá aí?

— Não, é porque é feriado. Por primeiro é o dia do outono, por segundo é o feriado. No feriado, ninguém tá aqui, só tá nós.

— Então onde é que ele tá? Em casa não tá, na rua não tá, aqui não tá. Ele tem que tá. Ninguém não não tá, todo homem tem que tá, não pode não tá, índio não é besta.

Iô Pepeu abriu caminho pelo ajuntamento e pôs a mão no ombro de Balduíno, que se virou e, de início com a mesma cara feia, pareceu não reconhecê-lo, para somente depois bater-lhe amistosamente no braço, embora ainda enfezado. Iô Pepeu quis saber o que tinha acontecido, que cizânia era aquela, entre gente antes de tão pacata convivência. Ah, não quisesse saber Iô Pepeu! Pois me comprenda uma coisa, o desgraçado do Dão Filipe, que nunca gostou de índio, mandou sergente Polônio procurar Dominguinho, índio mais velho de todos, que nem sicutar direito sicuta mais e se esquece de tudo, chegou e disse que Dão tendente fez orde nova, orde essa que diz que índio não pode mais ficar na vila, lugar de índio é no mato. Que as damas se queixa de ver índio nu e as filha de familha também, que índio bebe cachaça, faz disturbação, não quer trabalhar e, por isso e muito mais, vai ter que voltar pro mato. E que índio tem três dia pra voltar pro mato, nem mais um tico nem um tiquitito.

— Índio não volta pro mato! — gritou Balduíno, com as veias do pescoço mais uma vez parecendo prestes a estourar. — Se mato é coisa boa, branco ia pro mato! Branco só quer coisa boa! Por que branco não vai pro mato?

— Mas por que tu não queres ir para o mato? Tu sempre disseste que o mato tinha tudo, a vida era melhor...

— Era! Isso quando índio era besta e descomprendido, não tinha aprendido nada, índio era besta. Era! Agora não é mais! Tem çúcar no mato? Tem sal no mato? Tem fiambre no mato? Tem galinha gorda e dinheiro no mato? Tem sabão no mato? Tem jogo de carta no mato? Tem dinheiro no mato? Tem sabão no mato? Tem carne de vaca no mato? Tem vrido, panela de ferro e faca molada no mato? Tem aramofada no mato? Tem tenda de novidade e armazém no mato? No mato tem é bicho, tem mutuca, tem musquito, tem potó, tem cobra jararaca, tem coceira, tem perreação, no mato tem é isso! Índio volta pro mato? Nunca que nunca! Índio quer voltar pro mato? Não, não, não, não! Índio não volta pro mato, já falou. Índio volta pro mato?

— Não! — responderam os outros, os homens levantando as bordunas e as mulheres e crianças de mãos dadas, girando numa espécie de roda apressadinha.

— Mas é verdade essa história? Ninguém me disse nada, eu não soube de nada. Quede Apolônio?

— Sumiu também, deve de tá pescando. É o dia do tono e eles todos sumiu.

— É o dia de quê?

— Do tono. Cabeça Reta disse que tá pregado ali na porta.

Iô Pepeu aproximou-se para ler o que estava escrito no papel pregado na porta. No inimitável estilo do mestre José Joaquim Moniz Andrade, dodecassílabos de grande poder evocativo exaltavam a formosura do outono, a dadivosa estação das frutas, dom do ubertoso solo que Deus abençoa. Incumbe ao homem por ele afortunado erguer as mãos para os céus, na alegria da colheita, quando as macieiras, cerejeiras e pessegueiros tornam ledos os campos, na deleitável cornucópia da abundância.

— Índio não perecebeu nada — disse Balduíno. — O que é estação?

— É o tempo, agora é o tempo das frutas. A maçã, a cereja...

— O que é cejera? O que é amaçã?

— Frutas. São frutas que tu não conheces, mas há. O outono é o tempo das frutas.

— De acajueiro mesmo não, agora não tem caju. E quase o resto todo não precisa de tono, dá tempo todo.

— Tu não entendes disso, Balduíno, é porque aqui somos muito atrasados, só agora é que o outono está chegando por aqui, antigamente não existia, é por isso que as frutas daqui são assim. Mas a fruta verdadeira respeita o outono.

— Pode ser, mas índio não respeita. É por causa do tono que índio tem que voltar pro mato?

Não, não era. Em duas folhas de papel apergaminhado, ambos com o selo da vila estampado — uma cauda de pavão emoldurada pelo dístico *Sic impavidus scintillat pavo* e circundando os quartos de um leão de juba cacheada — luziam novos lavores da erudição de mestre Moniz de Andrade, embora firmados por uma das incontáveis plumas de pato com que Dão Felipe Mendes Furtado ia às turras com a grafia e a sintaxe, para depois, amaldiçoando o cálamo rebelde, desejar a morte súbita de todos os palmípedes do universo e a consequente extinção da laia dos escrevedores e gramáticos. Nessas duas páginas, em meticulosa caligrafia processual, faziam-se primeiramente assisados considerandos, a saber, entre outros: que era da natureza das diversas raças e povos díspares opugnarem-se entre si, se submetidos a excessiva convivência, como sobejamente ilustrava a História, estando o índio para o branco assim como o hitita para o egípcio, ou este para o hebreu, ou os romanos para os filhos de Dido; que os da raça vermelha, em todas as partes do mundo, por mais que forcejassem a caridade e o empenho catequético dos brancos, mostravam-se invariavelmente infensos ao mais elementar ensinamento, quer da cristandade, quer da urbanidade, embriagando-se em público, trafegando sem roupa ou qualquer espécie de cobertura, bebendo a fumaça do cânhamo-da-índia ou do tabaco, soltando nos ares vapores ofensivos pelo vaso traseiro, dando-se a algazarras a toda e qualquer hora, refugando trabalho honesto e ignorando a autoridade; que cabia à Intendência e à Câmara o zelo da ordem pública, da moralidade e dos bons costumes, múnus em cujo fiel e indemovível exercício penhorariam honra e vida; que a própria palavra "selvagem", originária do mais patrício e castiço latim e digna da pena de um Cícero ou de um Tito Lívio, queria dizer "próprio da selva", construindo-se a partir desse alicerce um perfeito silogismo, nos puros moldes do insigne mestre de Estagira: selvagens são os habitantes da selva; os índios são selvagens; *ergo,* o sítio próprio para os índios é a selva, não havendo como refutar tão exata razão sem que a lógica do universo se derribe. Tudo isso e mais outros juízos e postulados levavam o intendente e a Câmara a haver por bem injungir os ditos índios a deixar a vila para dela não mais se aproximarem, a não ser portando salvo-conduto, concedido ao alvedrio da Intendência. Três dias a contar da data, o índio pilhado na sede da vila receberia por ensinadela ser posto a ferros e escorraçado de volta ao seu meio natural. Pela segunda vez cometendo a mesma felonia, penaria todos os rigores da lei cabíveis a desordeiros, vagabundos, salteadores e demais celerados que sobejam em sua grei imunda.

— Tudo mentira! — gritou Balduíno, apesar de não haver entendido quase nada do que Iô Pepeu, com alguma dificuldade, lera em voz alta. — Índio anda nu porque é nocente, desconhece roupa, não sabe mardade, padre cura disse, padre cura não se poquenta com índio nu! Toda gente gosta índio! Assomente é Dão Filipe que não gosta! Assomente Dão Filipe e as beata beguina! Assomente Dão Filipe, as beguina e os miserave! Quando índio tá na casa de mulher que eles vai, ajudando no sereviço e fazendo covitage, eles não recrama nem manda índio simbora! Quando índio vê o que eles faz e elas faz, fica tudo muito amigo de índio, pra índio espiar mas não contar! Eles quer índio tarabaiando de graça, consertando rede, carregando fruta, capinando mato, levando barrica de bosta, pra depois nem comida querê dá índio, nem misgaia! E, se índio peida, é comida junto mais bebida de branco que faz bufa, comida boa, mas faz bufa! Dê dinheiro índio, índio contente! Dê mais dinheiro índio, índio mais contente ainda! Por que não dá dinheiro índio?

Não se enganava Balduíno quanto à hostilidade, ditada pelo medo, daqueles vários moradores da vila que os índios ajudavam, nas questões delicadas que citou. Não se devia tal hostilidade a que os índios furtassem tudo o que queriam, mesmo porque não costumavam subtrair mais do que comida, um enfeite ou outro, um utensílio ou outro, e distribuíam o que furtavam a quem lhes pedisse, partilhando o uso, se não se podia dividir a peça. Não era por coisa alguma do que o intendente reprovava em seu edito, era que os índios agora ameaçados pelas autoridades, com argumentos privadamente indefensáveis mas publicamente irrecusáveis, podiam contar o que presenciavam em toda a vila, principalmente na baixa do Alecrim. Para muitos maridos e esposas, nesse instante gravemente arrependidos e prometendo aos céus jamais repetir os seus malfeitos secretos, era melhor, ao menos por enquanto, que os índios fossem embora, sem a oportunidade de, com a língua solta por uma malunga ou outra, contar bem alto o que tinham visto ou de que tinham até participado — cala--te, boca sem siso; apeia do juízo, pensamento malquerido. E, assim, em lugar de aprovação, o que corria entre esses preo-cupados, nervosamente acotovelando-se entre os outros assis-tentes, na pequena multidão que se formara para ver o que se passava, eram comentários destinados a converter a maioria à sua conveniência — esses peidorreiros ladrões têm mesmo é que ser arrojados aos quintos dos infernos, eu por mim pas-sava-os todos ao fio da espada, para mim é pecado batizá-los, pois está visto que alma não têm, já cá vivemos fartos de ver mamas despencadas e tomates tramposos a baloiçar-se, o que penso deles não disse a Mafoma do toicinho, e assim por dian-te, mandando o pejo cristão que aqui se detenha tal medonha enumeração. Finalmente, a muito custo, Iô Pepeu conseguiu convencer Balduíno a dispersar os outros índios e acompanhá--lo à casa de Mirinha Vesga, na baixa do Alecrim. Lá iriam a uns copos e conversariam com mais calma, talvez se pudesse dar um jeito na situação.

Tomaram muitos copos, Iô Pepeu de moscatel e Bal-duíno de uma supupara na cobra coral que ele mesmo tinha feito e guardava na casa de Mirinha, sob grandes precauções, por se tratar de um garrafão raríssimo, de fundo chato, que surripiara da casa da mãe de padre Boanerges, fazia mais de um ano. Quem tocasse no garrafão sem seu consentimento ele ameaçava matar, com os olhos fuzilando e a mão no facalhão. E, de fato, algo diferente devia existir nessa jeribita, porque a cachaça de Balduíno era diversa da de qualquer outra pessoa. Toda gente tem ou cachaça feia ou boa cachaça, sendo a mes-ma coisa dizer, como se diz no reino, que se tem mau vinho ou bom vinho. Dentro dessas cachaças, há a chorosa, a con-fessional, a dançarina, a amante, a querelosa, a porradeira e as inteiramente fora de si, mas cada uma se amolda num dos dois feitios, ou o bom ou o mau. Balduíno, porém, não tem boa ou má cachaça, tem a cachaça do dia, sempre de acordo com a necessidade e nunca falhando nessa exigência. Se precisa de cachaça para sair dizendo desaforo, para declarar paixão, para historiar patranhas, para chorar de arrependimento ou para qualquer outra finalidade premente, das muitas que emboscam o homem nesta vida ludibriosa, ele convoca dos ares essa cachaça, logo depois da segunda talagada. Na primeira talagada, não. Na primeira talagada, abana a cabeça com força, enfia os fura-bolos nos ouvidos para agitá-los enquanto revira os olhos, franze a boca, faz um bico estalado e, depois de uma pausa em que parece ter ficado cego, esconde o rosto entre as mãos. Ao descobri-lo, nem mesmo seus amigos mais chegados podem perscrutar o que lhe vai no espírito. Pausado e grave, apanha o garrafão com ambas as mãos e, cerrando as pálpebras, bebe a segunda talagada. A segunda talagada, essa sim, já traz sua natureza encomendada e então, havendo mais uma vez escondido o rosto entre as mãos, ele ressurge com a cara certa para aquela certa ocasião, com sua certa cachaça.

Como desta vez, em que se ergueu com o rosto altivo, gestos bruscos e posturas guerreiras. Também índio sabe fazer discurusso, disse ele, e índio faz discurusso. Discursou longamente, volta e meia enxugando lágrimas que molhavam o chão e, ao serem desviadas com os dorsos dos dedos, respingavam em Iô Pepeu. Mas não eram lágrimas de tristeza, explicou, eram de raiva. Nenhum dos índios queria sair da vila, todos já tinham sua vida lá e como podiam voltar para os matos? Por que os brancos eram os donos do mundo? Os brancos não eram donos do mundo, o mundo não tinha dono! O branco vem sem ninguém chamar nem sentir necessidade, traz as coisas dele, ensina ao índio, acostuma o índio bem acostumadinho e depois quer tirar tudo do índio? Como isso, como mostra e depois tira? Não vai tirar, não vai tirar nada de nadinha, falou, fechando os punhos e tomando nova talagada, para depois contar toda a verdadeira história do mundo, que lhe tinha sido passada pelos mais velhos e nela não constava nenhum branco e, portanto, nenhum branco tinha o direito de ficar querendo mandar no índio, antes tinha de explicar o que estava fazendo no mundo, antigamente tão certo e hoje tão enlouquecido.

Iô Pepeu ponderou que talvez o mais aconselhável para os índios fosse passar algum tempo nos matos, enquanto a situação não se acalmasse. Aquilo devia ser cabeça quente de Dão Felipe, ele era sujeito a esses rompantes, mas depois se acalmava, devia ter sido algum aborrecimento passageiro. De fato, ele guardava uma certa birra dos índios, desde que os índios Salustiano e Boi Velho furtaram os dois gatos dele e os comeram assados, mas não era homem de guardar rancor, era só esquentado mesmo, de raiva curta. E talvez essa ideia de expulsar os índios da vila nem fosse coisa dele mesmo, fossem intrigas de desafetos, leva e traz de comadres, atenazamento das beatas inimigas de padre Boanerges, despeitadas por causa da amizade deste com os índios e, principalmente, as índias. Era bem possível, bem possível mesmo, que, daí a alguns dias, tudo voltasse a ser como era antes. Quantas vezes ele já não tinha visto baixarem ordens como essa e ninguém lhes dar importância, como acontecia com as listas de preço da feira e das negras de tabuleiro? Então o melhor parecia ser os índios voltarem para os matos por algum tempo e, enquanto isso, seus amigos procurariam conversar, ajeitar as coisas, apaziguar os ânimos. Com toda a certeza, haveria um jeito.

Nunca, vociferou Balduíno. Dão tendente não ia voltar atrás coisa nenhuma, até porque o índio sabia perfeitamente a razão para a ordem. Era o menino dele, Epifânio. O menino, por alcunha Faninho, que de uns tempos para cá dera para só andar no meio das índias. Algumas índias, sabe--se como é, são um pouco descuidosas, de maneira que não prestam muita atenção nas coisas e aí os aproveitadores aproveitam. Isso tudo por causa de Dona Felicidade, aquela peste que devia ser faxineira no inferno, aquela bacurau remelenta e fedorenta, do nariz de quati, dos dentes de baiacu e do bafo de lama. Com certeza tinha sido ela quem obrigara o marido zumbaieiro descarado a botar os índios para fora da vila. E Balduíno não via os olhos dela disfarçando e se pregando nos badulaques dos índios nus, quando achava que eles não estavam notando? Cala-te, boca! Índio papa qualquer coisa, índio acha toda mulher merecedora, mas nem índio ia querer papar aquela surucucu do balaio baixo. Cala-te, boca! De forma que Dão tendente, por causa do filho dela e da tentação que ela sentia, vendo nos índios o que não enxergava no marido pançudo, ia cumprir a ameaça. Daí a dois dias, mandava a milícia e a guarda com os índios, de bacamarte, mosquete, espada, chuço e porrete, podia escrever.

Mas não ia ser essa facilidade. Com a ajuda de uns amigos, não ia ser mesmo essa facilidade! Iô Pepeu não queria a tisana para pegar Crescência? Pois é, com essa complicação toda, ele não havia podido terminar de fazê-la. Mas agora essa tisana ia ficar ainda mais forte, porque, como lhe tinha ensinado o velho e diziam todos os antigos, era bem melhor que fosse dada em agradecimento e não de mão beijada, mais ou menos como as figas que usam por aí, que de pouco servem se compradas e muito servem se recebidas de presente. Era coisa dos santos da gratidão, que ficavam muito satisfeitos em ver um amigo recompensar o outro e então reforçavam os poderes da tisana. Verdade verdadeira, não era só branco que tinha santo, índio também tinha santo e do bom, só que santo sabido, nada de santo besta como muitos santos brancos. Então? Então? Ajuda?

Iô Pepeu não sabia que ajuda poderia dar, mas pensou em Crescência e disse que ajudava, sem perguntar nada. Muito bem, no dia seguinte Balduíno ia colher bastante de uma certa planta de folhas miudinhas e florezinhas ainda mais miúdas, cor de nuvem encarnada, a cuja certa planta, ninguém dizia olhando para sua boniteza, fazia uma coisa que só quem via era que acreditava. E, para um homem dobrado, bastava uma florzinha fervida numa canequinha de derréis, uma cabacinha mirim, destamanhinho. Essa certa planta era muito mais forte do que todos os mosquetes e outros instrumentos descarreiradores, feridores, reimadores, aleijadores, abestalhadores e matadores de que parte venham e quaisquer armas jamais concebidas no reino doutro lado, que nos faz tanto padecer sem merecer, e dos ainda outros que podem muito bem não existir, pois deles somente se sabe por ouvir falar — ai, lá se vai o fôlego curto da palavra justa! — ou os que queiram, em meio a tantos mistérios nervosos, que os índios se sumam! De maneira que o índio ia usar a força do mato para o mato não voltar, sendo esta uma grande amostra da sabedoria da vida e do destino. E sendo assim que se engendrou, na casa de Mirinha Vesga, o combate que mais tarde a História denominou de Sedição Silvícola, mas que todos lembram como a batalha do Borra-Bota.

V

Por mais valente e calejado que seja o caminheiro, por mais que a si mesmo diga que, tendo a seu lado o Bom Pastor, nada lhe faltará, por mais que carregue, atados ou pendurados, artefatos protetores contra todos os malefícios, por mais que haja fechado o corpo e confie em suas orações, por mais que goze de intimidade com seu anjo da guarda, por mais que acredite que tudo o que está acontecendo também pode estar ao mesmo tempo desacontecendo, as trilhas que levam à furna da Degredada não deixam de causar certos sobressaltos. Um estalido ali, novo estalido acolá, uma árvore de ramada ameaçadora, uma cobra de mordida fatal espreitando entre galhos baqueados e folhas mortas dissimuladas, bufidos repentinos saídos não se sabe de onde, urros, uivos e sibilos, um passarão espaventado dilacerando as plantinhas baixas em sua carreira, um calango virente perfilado à frente como em desafio, suspeitas de presenças ocultas por todos os lados, a força embuçada que tem toda floresta. Hans Flussufer já havia passado por tudo quanto era padecimento neste mundo e a floresta já lhe era familiar e amiga, mas mesmo assim fez o sinal da cruz.

Saudades de Schweinfurt, sua terra natal? Porcos e lama e neve encardida em todos os cantos e fartum tamanho que o sol quase sempre amanhecia nauseado, mandando chuvas tristonhas em seu lugar, mesmo no verão? Ossudas matronas pálidas, limpando as mãos e narizes nas saias, enquanto amaldiçoavam a si mesmas e a tudo em torno? Invernos pétreos em que até cagar era um martírio e se ansiava a morte entre fedores fumegantes e golpes de vento enregelantes? Silêncios noturnos tão abafados que transmutavam em sudários as camisas de dormir? Homens sombrios trescalando queijo velho, cerveja azeda, chouriços cobertos de bolor? Tudo mortiço e úmido, tudo mortiço e cinza e úmido, tudo cinza sem fim, plantas infelizes, frutas mesquinhas, ratos como moscas? Nada mudando, nada mudando no horizonte, nada mudando sob os pés ou ao alcance das mãos? Não, nunca jamais, Schweinfurt nunca jamais!

Saudades de Bamberg, sua segunda terra? Muitíssimo menos! *Das Hexenhaus! Ach!* A casa dos feitiços, ó maldita, maldita, mil vezes maldita casa dos feiticeiros! Vendo-a de longe, as fasquias de suas janelas trabalhadas, sua enorme porta também entalhada, ela toda rodeada de árvores e tendo ao pé uma cacimba serena, com seu balde e sua polia, tudo sugerindo vida amena, ninguém adivinharia os horrores que lá dentro se passavam, até porque o ermo onde a edificaram e suas paredes espessas não deixavam que se ouvissem os gritos das centenas de infelizes que lá foram levados, para depois serem queimados na estaca, famílias inteiras, mulheres e criancinhas, herança infernal do hediondo bispo von Dornheim e do ainda mais hediondo bispo Forner, que por toda a eternidade abrasem no espeto de Satanás!

Sim, não havia dúvida de que o que acontecera fora obra do canalha do Dietzenhofer, o invejoso que não podia suportar que um homem de origem pobre como Hans começasse a juntar posses e ser tido como seu rival em invenção e mestria de traço. Só podia ter sido ele, a quem, inocentemente acreditando em sua pérfida profissão de admiração, Hans havia mostrado os quadros que pintava para deleite próprio, nos fundos de sua casa. Poucos dias depois, eis Hans na *Hexenhaus,* acusado das piores abominações que qualquer criatura podia cometer. Filho de porqueiro e acostumado a enfrentar os varrascos mais valentes, no chiqueiro e no descampado, Hans não era medroso e resistiu, mas o bom padre Schlüter estava decidido a zelar pela tradição daquela casa de pavores, segundo a qual nela ninguém jamais deixara de confessar seus crimes e pecados. E foi assim que, sedento, esfaimado e sitiado por alucinações, com os dedos esmigalhados por maquinetas de parafusos e o corpo todo em fogo, Hans confessou participar com regularidade de sabatismos de bruxas, haver beijado o traseiro de Satã, haver cuspido em hóstias durante missas negras, haver salpicado urina e fezes na obreia de mosteiros e abadias, haver mantido consórcios lascivos com súcubos e íncubos, pelo vaso dianteiro e pelo traseiro e costumar ajoelhar--se toda noite para adorar um bode de ouro em liga com sangue de virgens sacrificadas. Perante a cínica admissão de tão pasmosas barbaridades, provando-se novamente que o mundo estava quase à mercê do Inimigo e dependendo cada vez mais da vigilância de seus santos homens, além de que propriedades como as que seriam confiscadas de Hans só poderiam servir a Deus na mão de Seus vigários, condenou-se o acusado à morte pelo fogo purificador e punitivo, com o direito, por misericórdia dos inquisidores, de ter a língua cortada, se temesse blasfemar em seus últimos instantes.

Mas quis o destino que, dois dias antes do suplício final, parasse diante da cela onde ele já se sentia agonizante a carroça atonelada que transportava a merda da casa e outras sujidades, para despejá-las no rio. Como, por supô-lo moribundo, não o haviam acorrentado e o carcereiro era um muniquense folgazão, logo depois também condenado e efetivamente queimado, Hans, sem pensar bem no que fazia, mergulhou naquele busilhão indescritível e foi com ele entornado na correnteza. Sem saber nadar, conseguiu agarrar-se aos galhos de um salgueiro derreado e içar-se para a margem, onde enfrentou a noite tiritando e ainda vendo aparições. Quando o dia amanheceu, iniciou uma fuga que duraria oito anos, passando por toda sorte de provação. Viveu aqui e acolá, em Lucerna, Bréscia, Trento, Verona, Gênova e Veneza, nesta última se vendendo como escravo, para depois conseguir meter-se num vaso mercante, atravessar o Adriático, passar por Messina, cruzar Gibraltar e bater-se em Lisboa, onde se alistou como embarcadiço no galeão *D. Sancho* e partiu para as Américas, havendo então aprendido, entre tarefas desumanas e terrores oceânicos, por que os castelhanos diziam que ir ao mar era aprender a rezar. Como não o deixavam desembarcar nos portos a que arribavam, levou mais de dois anos sem sair do navio, atormentado por pesadelos em que o cheiro medonho vindo das bombas que tiravam a água entre o porão e a quilha se misturava à fedentina que quase o asfixiara, na fuga da *Hexenhaus*. Finalmente, na entrada da baía de Todos os Santos, uma tarde ensolarada se converteu repentinamente em breu impenetrável e o *D. Sancho* se perdeu entre os escolhos do mar do Pavão e foi a pique, com um rombo cavernoso à meia-nau. Já sabendo nadar desde os tempos do Adriático, Hans boiou toda a noite com a ajuda de uma barrica quebrada e foi dar a uma praia, onde adormeceu exausto e despertou com o calor do sol e as risadas de quatro índias nuas, de pé em volta dele. Ergueu o tronco, quis levantar-se, não teve forças e elas o ampararam, ainda rindo muito e tagarelando em vozes fininhas. Estava na praia de Beira da Mata, em frente ao mar do Pavão, na ilha do mesmo nome, da qual jamais quereria sair.

Não sabia quantos anos haviam transcorrido desde esse dia, pois já deixara de contar os anos fazia muito tempo, mesmo antes de chegar à ilha. Recebido na aldeia índia com naturalidade, aprendeu rapidamente a língua e construiu uma casa de madeira e pedra como jamais se tinha visto por lá, para morar com as quatro índias que o encontraram e que passaram a considerá-lo uma espécie de troféu, um achado mágico que o mar lhes dadivara e que agora partilhavam sem rivalidade. Como todos os índios se agradaram tanto de sua casa que logo diversos se mudaram para ela, tornando-a bastante apertada, construiu diversas outras e, depois de algum tempo, já não havia nenhum índio morando da maneira antiga, a mata agora interrompida aqui e ali por cumeadas francônias, ripas cruzadas, chaminés de cerâmica e varandas nos fundos. Das novidades, somente não gostaram da cama e da latrina que Hans também construiu. A primeira acharam maluca e a última acharam porcaria — muito melhor nos matos, bicho vem e come, besouro rola-bosta limpa, não fica fedendo, lava-se o cu no rio. E também gostaram muito dos nomes que Hans deu aos filhos que teve com suas mulheres, não por sentir falta de sua terra, mas porque o divertia ver aqueles curumizinhos atendendo por nomes portados por gente que se julgava no centro do mundo e permanecia em Bamberg ou onde lá fosse. Foi assim com Dietz, com Curt, Cornelie, Ute, Jürgen, Adelheid, Wolfgang e outros — e até alguns filhos de índios receberam nomes como esses, que terminaram por entrar em certa voga.

A tudo Hans se habituou e achou mesmo que tinha ficado um pouco sábio, certamente bem menos amargo e cheio de convicções tolas, como antes. Continuou religioso, mas, se acreditava fervorosamente no Deus que trouxera consigo, em nome do qual quase o mataram, e havia até feito um terço de sementes de mucunã para suas orações, não via empecilho a, diante de toda a glória e imensidão da Divina Criação, acreditar também nas vagas divindades dos índios, em suas mágicas e suas histórias para explicar a origem dos homens, dos bichos e das plantas. E tampouco deixava de ver sentido nas crenças e práticas dos negros com quem passara a conviver com certa regularidade, principalmente depois de iniciar suas agora frequentes viagens à furna da Degredada, que como ele fora vítima de perseguições absurdas e se tornara sua grande amiga e aliada, numa luta que os fascinava e que às vezes ele não compreendia bem, sacudindo a cabeça e achando que talvez estivesse ficando meio louco. É, acreditava em tudo e talvez por isso não acreditasse realmente em nada a não ser em Deus, mas não gostava mais de se ocupar de problemas filosóficos, que antigamente ocupavam tanto de seu pensamento e agora lhe pareciam circunscritos a duas ou três questões básicas, em cujos meandros talvez nunca conseguisse penetrar. Quase todo o tempo, comportava-se como o homem da aldeia da Beira da Mata em que se transformara, assim se sentindo em paz e liberdade. Nunca mais viveria em terras de europeus, fossem eles alemães, holandeses, portugueses ou o que lá fossem, tanto assim que se escondia quando um deles fazia uma rara aparição na aldeia e instruía todos a dizer que aquelas casas de telhados de vértices agudos e aqueles indiozinhos alemoados eram fruto da visita de uns forasteiros louros, fazia muitos anos. Só temia que, algum dia, a mão dos europeus conseguisse domar os muitos obstáculos que protegiam a ilha e fazer com ela o que tinham feito no continente, trazendo as abominações de que ele fugira. Por essa razão, sempre dizia a si mesmo que faria qualquer coisa para evitar que isso acontecesse, em concerto com gente como Capitão Cavalo e a Degredada, com quem muitas vezes comentava a maleficência do mundo lá fora e também alimentava esperanças, no início de aparência impossível, mas agora cada dia mais fortes, de conservar para sempre a ilha do Pavão, como algo à parte do resto do mundo.

Apalpou seus breves e se benzeu novamente. Verdade que o poder da floresta sempre o intimidava um pouco, mas se benzeu, mais por gostar de mostrar fé naquele sinal que seria sempre vitorioso do que para afastar qualquer temor. Já estava chegando e, pois ainda era cedo, parou, como de hábito, diante da lagoa Caçu, para contemplar longamente suas águas negras, paradas e silentes, sem mesmo insetos em torno e, de seres vivos, somente um ou outro passarinho, perpassando entre as árvores folhudas que se juntavam densamente à beira d'água. Havia peixes na Caçu, mas ninguém os pescava e muito menos comia, porque se acreditava que eram encarnações daqueles que, secularmente, sucumbiam à rapacidade da lagoa, que, dizia-se, jamais deixara de devorar quem ousasse nadar em suas águas. Ou, se não eram as águas, eram as uiaras que lá residiam e que agarravam por volúpia os homens e por malquerença as mulheres, para destruí-los a dentadas e os devorar em grandes nacos.

Mas Hans achava bom sentar-se às suas margens, recostado num tronco e olhando a água sem pensar em nada, apenas levemente cônscio do mundo em volta. E ia sentar-se, ainda que só um pouco, quando viu uma negra jovem e bonita chegar montada num jumento. Ela também o viu e lhe acenou amavelmente.

— Será que tá fria, a água? — perguntou ela.

— Friazinha sempre está, mas não adianta, porque não se pode beber. É uma água muito amarga, por causa das plantas. Se tens sede, podes beber da minha cabaça, água boa de nascente.

— Não é pra beber — disse ela, apeando e tirando a roupa. — É pra tomar banho, ainda não tomei banho hoje.

— Mas ninguém toma banho aí, todos dizem que quem entra aí não sai.

— Só quem vai no fundo. E é mais com homem, porque a mãe-d'água não gosta de mulher, só mata de raiva.

— Eu não sei, mas, mesmo assim, o que o povo diz sempre tem alguma boa razão.

— Tem nada — disse ela, entrando na água aos pulos e logo levantando uma aura de respingos e risadas, como se estivesse no melhor momento da vida.

A felicidade dela era tão grande que Hans tirou o calção que usava, entrou na lagoa ao lado dela e passaram muito tempo numa espécie de dança agitada, sem se tocarem, mas imitando os movimentos um do outro e espadanando água por todos os lados. E certamente teriam continuado por boa parte da manhã, se o jumento Paciência, talvez achando que sua missão já estava cumprida, não tivesse começado a afastar-se.

— Siu aí, Paciência! — gritou ela, correndo atrás do jumento e alcançando-o sem dificuldade. — Eu ainda vou precisar de tu pra voltar.

— Aonde estás tu a ir?

— Prá furna. A furna tá perto, mas eu moro longe. Sem esse jumentinho, a caminhada fica muito comprida.

— É a primeira vez que tu vais à furna? Eu vou muito à furna, mas nunca te vi por lá.

— Primeira vez nada, eu vou muito. Mas nunca entrei, fico com o povo do lado de fora, nunca me chamaram para entrar. Mas um dia eu entro. Tu quer garupa? A gente somos magrinho e Paciência é forte, não tem dificuldade.

Montados no jumento, Hans segurando na cintura dela, foram conversando o resto do caminho. Crescência, ela se chamava, era da Casa dos Degraus. Hans, se chamava ele, Hans Flussufer, que nome mais engraçado, que fala diferente. De onde vinha, como viera, havia mais gente como ele pelos matos? Ah, ele vinha de muito longe, mais longe do que ela jamais poderia imaginar, mas hoje fazia parte do povo da aldeia da Beira da Mata — e, embalado pela andadura agora lenta de Paciência, começou a contar histórias a ela, dos matos e de sua vida.

VI

A correta narração dos acontecimentos conhecidos por uns como a Sedição Silvícola e pelo populacho como a batalha do Borra-Bota depende da escolha de uma dessas duas designações, lide espinhosa entre as que mais o forem, pois ambas contam com ardidos defensores e se amparam em abalizadas perquirições. A primeira costuma lembrar a figura ímpar do mestre de campo José Estêvão Borges Lustosa — o Lobo de São João —, implacável na peleja e magnânimo na vitória, que trouxe a paz para os assivissojoemapaenses, depois de enfrentar, com valentia realçada por inigualado atilamento nas artes e ciências bélicas, a horda de selvagens bestiais que intentou tomar a vila de assalto e submetê-la a seu jugo malfazejo. A segunda renoma o jabarandaia Tantanhengá, ou Tontonhengá no parecer de alguns, de nome cristão Balduíno da Anunciação e de alcunha Galo Mau, o qual, em diabólica solércia por trás das linhas inimigas, não só logrou impor derrota envilecedora às gentes d'armas dos brancos, como obteve tudo o que queria, em escárnio da cristandade e da justiça. Não é fácil saber a quem assiste razão em tamanha controvérsia. Trata-se de sindicância da alta ciência histórica, que não pode ser alcançada pelo leigo, razão talvez por que Balduíno não está pensando nela, ao se dirigir à Casa dos Degraus, carregando um bocapio, bocapio este que contém duas cabaças cheias do líquido execrando que virá a ser sua arma principal, quiçá a única, na guerra que está para travar-se.

Sim, a peleja já se antevia na palidez das feições, na gravidade dos semblantes e na aparência pejada exibida por tudo o que se olhava ou tocava. Convocado pelo intendente Felipe Mendes Furtado, o mestre de campo Borges Lustosa, no salão nobre da Câmara, debruçado sobre cartas e plantas, em fardamento de gala vastamente amedalhado e um chanfalho descomunal à cinta, no qual ele, por ser pouco mais alto que um pé de bredo, volta e meia dava uma topada, procedia o exame das estratégias e urdiduras a serem empregadas na manhã seguinte, vencidos os três dias de prazo para que os índios voltassem para os matos. Com a milícia e a guarda arregimentadas e acantonadas no campo da Fortaleza, dispunha o mestre de campo de bem uns trezentos homens em armas, se bem que a mor parte destes não portassem armas, além de facões, espadas cegas e alabardas do tempo de Dão Corno. Mas contava-se com os dois falconetes já guarnecendo o portal da Câmara, apropriadamente embuchados e em plena condição de fogo, conquanto a pólvora do paiol da guarda, há muito sem cuidado e armazenada sob dezenas de goteiras, estivesse ensolvada. Mas os milicianos Domitilo e Cosme, artilheiros recém-nomeados, orgulhosos de sua posição e ansiando ver o que aconteceria ao darem um tiro de canhão nos índios, aproveitaram a pólvora dos foguetes de festa da paróquia, reforçando muito a carga, porque pólvora de foguetes de festa é certamente bem mais fraca do que pólvora de tiro.

Reunidos seus capitães e tenentes, primeiramente o mestre de campo nomeou um secretário para registrar em ata, em papel escrupulosamente rubricado por todos os presentes, os sucessos que passavam a desenrolar-se a partir daquela data histórica. Como primeiro registro, ditou uma breve história da ilha do Pavão e alinhavou algumas palavras, em anástrofes graciosamente torneadas, assíndetos arrebatados, aliterações extasiantes e demais recursos de que a língua provê os que a defendem da mesma forma intransigente com que guarnecem o torrão natal, sobre o heroísmo de seus ancestrais, concluindo com algumas estrofes de sua lavra. Aplaudido, chegou a pedir que os aplausos não fossem consignados na ata, mas a isso opuseram-se tantas objeções que sua modéstia terminou vencida e, entre constrangido e decorosamente orgulhoso, ouviu cada um dos presentes encomiar-lhe os dotes, anotando-se tudo novamente em ata. Algumas impetrações foram então apresentadas, discutidas e aprovadas, entre as quais a de mandar rezar missa propiciatória, oficiar às câmaras das outras vilas da ilha, dirigir um voto de louvor ao intendente, mandar inaugurar placa alusiva à data, com dizeres cuja discussão foi adiada, por não se ter chegado a um acordo quanto a certos aspectos estilísticos e demandar do intendente quais as verbas previstas para a justa recompensa — recompensa, sim, pois de pagamento não se fala, quando se trata do bem público — pelos serviços dos que ali se encontravam, tema indispensável, que, àquela altura, ainda não houvera sido aventado.

Para encerrar os trabalhos, o mestre de campo levantou-se e, com a ajuda de uma grande lousa em que não escrevia nada, mas sublinhava o que falava com círculos e traços enérgicos, expôs primeiramente o que os mais modernos sábios, estudiosos, cronistas e navegantes concordavam ser a verdade sobre os selvagens. Como característica principal, ostentam espantosa indolência e falta de indústria, que os faz viver sem veste ou agasalho e nada guardar, pegando o que querem na hora em que o desejam, sem levar em conta que geralmente estão a servir-se de bens alheios. Além disso, para que se possa ter trato com eles, deve-se sempre trazer na memória sua natureza invariavelmente traiçoeira, ardilosa, velhaca e mentirosa, não se podendo pôr uma gota de fé no que contam, prometem ou mesmo juram. Finalmente, porque foram criados no mato como bichos, não veem nada de mais naquilo que para os brancos é gravíssimo excesso, pecado ou motivo de desonra, não havendo entre eles, no ver deles mesmos, ladrões, cabrões ou patifes em geral — e tal amoralidade finalizava bem as razões por que não se podia, nem por um instante, oferecer-lhes facilidades.

Finalmente passou a discorrer sobre como, sem descuido quanto à defesa de que eram fortíssima prova os dois mortíferos falconetes carregados de metralha, à porta daquele sobrado sacrossanto, iriam com decisão à carga num movimento clássico de cerco, aproveitando-se da circunstância de que, como se nada lhes fosse acontecer, os índios continuavam a frequentar insolentemente seus locais de costume, notadamente na baixa do Alecrim. Cercada a baixa, esquadras de quatro homens cada capturariam os índios um a um. Lamentou que não dispusessem de grilhões ou calcetas de qualquer espécie, pois, inexplicavelmente, haviam sumido ou se desmanchado em ferrugem todos os da guarda e da masmorra da fortaleza, sem dúvida por obra dos próprios índios. Diante disso, teriam que usar as cordas de piaçava que fora obrigado a requisitar dos pescadores, para fazer marchar os índios amarrados, soltando-os apenas quando chegassem à mata, ocasião em que lhes repetiriam a ordem de deixar a vila para todo o sempre. Com certeza teriam que ir ao lombo de um ou outro, porque muitos deles eram para lá de impudentes e confiados, mas preferia não matar nenhum. Se fosse forçado, contudo, mataria, pois guerra é guerra e o poder estava do seu lado, bem como a mão todo-poderosa do Altíssimo. E tão serenados se sentiram o mestre de campo e seus comandados que mandaram buscar umas tantas garrafas de vinho, serviram-se de um almoço de sopa de feijão, pastéis de tutano, tigelada de garoupa e galinha mourisca e foram dormir, aquartelados na própria Intendência, enquanto, na fortaleza, os subalternos tinham comida não menos farta, embora talvez não tão fina, e também iam dormir, ficavam os índios para depois.

Ficavam nada! Eles que continuassem lá, no seu ótimo do ótimo, se anafando de graça à tripa forra, não perdiam por esperar. Balduíno não queria almoçar, não queria conversar sobre a tisana tesífera, não queria nada, só queria ultimar as providências para a tremenda confrontação que se avolumava no horizonte. Chegara a hora de Iô Pepeu ajudar, como tinha prometido. Não era nada, não ia precisar fazer quase nada. Era o seguinte: não estava ele vendo aquelas duas cabaças? Pois dentro delas fermentava, silenciosa e desapiedadamente, uma invencível calda da qual havia aprontado sabia-se lá quantas canadas, cozinhando a noite toda, bem apuradinho e fugindo do fumo dos caldeirões, porque o fumo também provocava o efeito, bastavam uma ou duas cheiradas fundas para afetar o cheirador. Mas o quê? Era veneno? Balduíno pretendia envenenar aquele povo todo? Não, veneno nada, se bem que merecessem. Veneno não, até porque alguém podia beber sem ter culpa e morrer também. Que veneno, nada de veneno, coisa muitíssimo melhor.

— Me compreende uma coisa — disse Balduíno —, o que eu peço é que, agora de tarde, tu vá na Cambra e me desparrame umas tasquinhas dessa calda em cada porrão, cada pote, cada moringa e cada vaso com água de beber que tenha lá.

— Mas como é que eu vou chegar lá e fazer isso? Eu nunca fui lá na minha vida, por que é que eu ia aparecer agora? Eles iam logo ficar desconfiados.

— Desconfiado nada, tudo burro, tudo safado tapado. Índio já pensou tudo, já tá tudo aqui pensado, muito pensadinho.

De fato, estava bem pensado. Iô Pepeu aparecia na Câmara para procurar mestre Borges Lustosa, levando clavina, levando mocó, levando cabaça, levando tudo da necessidade de um homem de caça e combate. E então lhe falava conforme o seguinte: que bem verdade que gostava dos índios, que tratava todos bem e era amigo de uns dois, mas que, numa hora dessas, a pessoa tem que estar com a lei e o bom direito. Que, em vista disso, tinha vindo passar a noite ali todo matalotado, para ajudar na campanha da Intendência, obrando qualquer obra e acatando qualquer ordem. E tal e tal e tal, por aí ia.

Iô Pepeu não gostou, não queria dormir na Intendência e muito menos entrar em luta nenhuma e ainda muito menos contra os índios. Não estava entendendo direito, não era assim que havia pensado em ajudar. No que Galo Mau lhe retrucou que muito se admirava de ver um homem tão grande e belo e ao mesmo tempo tão asnático, porque só um jumento era que podia não saber que resposta o mestre de campo ia dar. Que é que ele ia dizer, que mais podia dizer, sendo quem era? Ia dizer que era muito bonito da parte de Iô Pepeu mostrar tão grande valentia e amor pela justiça, que agradecia de todo o coração, mas não era possível. Iô Pepeu não tinha a experiência ou o conhecimento de guerra dos outros oficiais. Assim, seria obrigado a exercer posto subalterno, amatulado no meio da gentalha e isso sua alta posição não permitia. E, mesmo que não existisse esse grande impedimento, havia a questão dos papéis processuais. Sem as escrituras próprias e o correto alistamento, empresa cuja comissão às vezes requeria meses de petições, requerimentos, certidões, atestados e outros documentos indispensáveis ao fiel cumprimento da lei e da jurisprudência, nada seria possível. Não se amofinasse Iô Pepeu, pois sua bravura, herdada do ânimo inquebrantável de seu pai, o grande Capitão Cavalo, seria devidamente registrada, para a admiração desmedida de pósteros e coevos.

— Ele vai usar muita palavra comprida, mas tudo conversa, tudo léria sem-vergonha, tudo conversa dele — disse Galo Mau, um pouco impaciente. — Tu é filho de Capitão Cavalo e ele não vai arriscar que índio dê burduada na mioleira de filho de Capitão Cavalo, ele tapado, mas não tanto tapado assim. Tu só vai ter é que entrar lá, ficar por ali e ir aproveitando pra ir despejando cadinho ali, cadinho aqui, sem esquecer vasilhame nenhum de água de beber. Depois tu sai e vem pra casa, não carece fazer mais nada. E nem chega boca perto dessa calda! Se beber pura, desgraça maior do mundo! Nem num zagera na Cambra, talascadinha aqui, talascadinha ali, muringa só um piricunchinho — pssst-pssst! — já basta. Sobrando, tira fora na maré, não deixa nem galinha, nem porco, nem cabra, nem miunça nenhumas, nem rês nenhumas beber!

Mas que calda era essa, qual o efeito dela? Deixa isso de mão, confia índio, índio sabe, quanto menos falar na calda agora, melhor, depois Iô Pepeu ia saber. Pronto? Pronto. Da Câmara cuidaria Iô Pepeu, da cacimba do forte cuidariam umas meninas da confiança dele, assim como dos potes da casa do intendente, umas meninas tudo com raiva de Dão Felipe, raiva do mestre Borges, raiva de Dona Felicidade, raiva dessa gente ordinária toda, que agora quer mandar os índios de volta para o mato. Não sabe essas meninas que todo dia pegam água na cisterna da fortaleza? Pois, pois, essas meninas mesmo. Desta vez, em lugar de levar água, elas iam era levar a calda, dentro de suas tinas e potes falsamente vazios. Chegavam lá, jogavam a calda dentro da cacimba, disfarçavam, porque tal porque vira, e iam saindo, num instante o serviço estava feito. E, pelo início da tarde, paramentado como um caçador, as duas cabaças penduradas nos quartos, Iô Pepeu passou pelo campo da Fortaleza a caminho da Câmara, encontrou a negra Juvina saindo com um barrilote equilibrado numa rodilha no alto da cabeça e lhe perguntou aos cochichos se estava tudo certo, mas ela pareceu não ouvi-lo, embora tenha dado um requebro exagerado ao se afastar.

Na Câmara, tudo como previsto, até mais expeditamente, porque Dão Felipe se impacientava para ir ao voltarete com o mestre Borges Lustosa e o tenente Mateus Vicente e, mal Iô Pepeu começou a expor suas razões, dera a resposta antecipada por Balduíno. Era isso mesmo, parabéns, nobilíssimo quão valoroso gesto, a ser para todo o sempre gravado a fogo na memória da vila, mas era um pleito impossível. Ficasse Iô Pepeu à vontade, era pessoa de elevada estima na Casa, passeasse nela o quanto quisesse, examinasse os mapas e plantas de guerra, sopesasse as espadas e, enfim, fizesse lá o que lhe desse na telha, contanto que não impedisse o voltarete, mesmo porque não queria mirões em torno, enquanto, com a expressão sôfrega, catava uma a uma suas nove cartas. Desta forma, bem antes do toque das vésperas, não havia porrão, pote, moringa ou mesmo panela em todo o sobradão onde Iô Pepeu não tivesse pingado a calda feita por Balduíno, talvez até mais generosamente do que antes tencionado. E a batalha do Borra-Bota começou, se bem que então só Balduíno soubesse.

VII

Como já tinha contado a Hans, Crescência não entrava na furna da Degredada. No corredor de árvores cerradas que levava a Don'Ana Carocha, a Degredada, só podia ingressar quem fosse convidado. Ninguém vigiava essa entrada, porque todos obedeciam à prática. Podia-se mandar recados por quem entrava, ou até bilhetes escritos a paga por um dos vários escrevedores que negociavam nas redondezas — da mesma forma que Crescência já tinha feito algumas vezes, sem nunca haver recebido resposta. Desapontava-se, mas não se aborrecia, até porque a mesma coisa acontecia com a maior parte das pessoas, na grande capoeira que, com o correr dos anos, se formara à beira da entrada, na verdade praça ampla, com gente, bichos, barracas e tabuleiros de todas as serventias. E toda sorte de negócio, desde a venda de mungunzá, lelê, beijus e inúmeras outras comidas e bebidas, até milagres, adivinhações, feitiços, mezinhas e ensinamentos mágicos. Os doentes que vinham buscar a cura com a Degredada se amontoavam num dos cantos da praça e raramente saíam de lá, a não ser quando chamados para dentro da furna, pois os sadios não lhes davam acolhida e muitos eram xingados somente por estarem doentes, não só porque se acredita que a doença é um castigo dos céus, como porque toda doença pode pegar e, principalmente, porque eram os mais frequentemente atendidos pela Degredada. Só quem os visitava eram os vendedores de mezinhas e milagres, estes últimos obtendo a intercessão dos santos mediante alguns vinténs, conforme as posses do freguês. Faziam também bom comércio os cantadores de rimas, os emprestadores de dinheiro a prêmio e os contadores de histórias, todas juradas como verdadeiras.

Em outro canto da praça, riacho acima, entre barracas de ciganas e feiticeiros de todos os pontos da ilha, Crescência se juntava sempre às amigas que fizera lá mesmo, Clarinda, Maria Zefa e Honória, as duas primeiras de Xangó Seco, a outra da Praia do Branco. As quatro ambicionavam a mesma coisa, ou seja, aprender bruxarias com Don'Ana Carocha. Não todas as bruxarias, pois isso não era possível, já que não existe quem ensine tudo o que sabe, mas pelo menos algumas, como a das jarreteiras de São Salomão, que estavam preparando com a ajuda de Eremitoso Rodão, mas sabiam não poderem ir muito adiante sem os conselhos contidos nos gramuás e nas Clavículas de Salomão — e, mesmo assim, havendo alguém de confiança que pudesse ler por elas, porque eram em língua velha, que pouca gente entendia. Não punham fé completa em Eremitoso e já tinham ouvido sobre ele as piores alegações de embuste, mas não havia nada melhor para fazer do que estar com ele, na espera perpétua a que pareciam condenadas. E a verdade é que ele fazia coisas aparecer e desaparecer, falava com bichos e bonecos e eles respondiam, botava uma brasa na língua e não se queimava, tirava fitas, miçangas e até preás de dentro de um chapéu vazio e fechava as mãos juntas e, quando as abria, saía voando um pombo, às vezes dois, um atrás do outro. Portanto, tinha poderes. Mas, apesar de suas promessas, tudo o que elas haviam juntado para fazer as jarreteiras e lhe haviam pago pelos ensinamentos ainda não dera resultado nenhum. Os benefícios do trabalho de Eremitoso não tinham sido muitos. Honória ficara boa de uma enxaqueca que antes nunca ia embora, depois que ele lhe fez uns passes. Maria Zefa achara uns vinténs, num lugar que ele adivinhara num sonho. Clarinda ficara boa de uma coceira, com uma pasta de folhas que ele fez. E Crescência parou de ter dor de regras como tinha desde que lhe viera a primeira escorrência, com um chá que ele lhe dava já pronto numa quartinha, sem nunca lhe ensinar a receita.

O dia, contudo, estava diferente, até as cores pareciam mais vívidas. Alguma coisa boa tinha de acontecer. E não por causa de mãe Joana Leixona, que, depois de reunir as quatro fora da capoeira, ao pé de uma gameleira, Eremitoso ia incorporar. Muito nervoso, enrolando as contas do pescoço com as duas mãos e dando volta e meia uns gemidinhos, explicara que mãe Joana Leixona não baixava muito, baixava pouquíssimo, aliás não dava ousadia a qualquer um, muita gente boa tinha passado a vida toda chamando-a, sem que ela desse a menor importância. Tinha sido puta de alto bordo no Porto e na grande cidade de Leixônia, puta lena, alcoviteira de primeira, dona de casa de puta, corretora de escravos, desencaminhadora de donzelas, esposas e maridos e ladra até quanto pôde. Em vista desses seus enormes pecados, estava condenada por mil e duzentos anos a baixar para servir aos outros, praticando somente o bem. Era obrigada a cumprir o fadário, não podia evitar o castigo, mas não tinha boa vontade e aparecia sempre de maus fígados, bastante destemperada. Ele ficava morto de medo, mortinho de medo, a verdade era essa, ficava um arrupeio só! Ai! Ai! Ixe! Ixe Mariiiia! Estão vendo só, olha aqui os braços! Ai! Valei-me! Ai!

Sim, mãe Joana Leixona podia ser tudo isso e ter poderes tremendos, mas provavelmente não diria coisa muito diversa das que diziam outras mães e pais, apesar do alvoroço de Eremitoso. O dia seria diferente, sim, mas talvez por causa do homem louro, de nome estranho e fala arrevesada. Depois que chegaram à capoeira e deixaram Paciência junto às touceiras onde pastaria enquanto esperava a volta, ainda ficaram conversando algum tempo antes de ele a deixar, para desaparecer no fundo do grande corredor. Surpreendera-se quando ela lhe contou que queria aprender bruxarias com a Degredada. Já ouvira falarem nisso muitas vezes, mas sabia que nada adiantaria. Don'Ana não era de fato uma bruxa, dissera ele, sorrindo. É tão bruxa quanto eu, acrescentara, rindo ainda mais. Fora degredada, daí a sua alcunha, mais ou menos pelas mesmas razões pelas quais ele quase tinha sido queimado na estaca. O que ela queria mesmo para a ilha era algo que ele também queria, algo que acreditavam ser simples, mas de obtenção complicadíssima, pelo menos até onde podiam ver por enquanto. Talvez um dia pudesse explicar tudo a Crescência, mas agora não podia, mesmo que quisesse, mesmo que não fosse coisa protegida por pactos de segredo. E, de qualquer forma, estava seguro que, com seus recados e bilhetes, nem Crescência nem suas amigas seriam jamais recebidas, não se ensinava feitiçaria lá dentro, ensinavam-se e aprendiam-se outras coisas, muito mais verdadeiras e importantes. Mas, já que tinham ficado tão amigos, ele lhe fazia uma promessa, apenas esta promessa: talvez não se vissem nunca mais, mas prometia que falaria com a Degredada sobre ela. E então apertou-lhe os ombros, deu-lhe um tapinha carinhoso no rosto e se despediu. Nós ainda vai se ver, sim, pensou Crescência, dando um suspiro.

— Caraclo! — gritou de repente Eremitoso, rodopiando e falando numa voz bem mais grossa que a habitual. — Carái! Caráiles, poriquê si mi li acordam, si mi li abusam? Poriquê si mi li porturbas? Non tenes aqueles que tis ocúpis os rábis sujos, desinfelizes, troços de carvones? Quales das quales nigrinhes rampeiras queres mi faláris? Que si mi li fales logo, senão eu bato! Si mi li fales logo, hum, hum?

Joana Leixona havia baixado com a disposição prevista. Olhou desdenhosamente para as quatro mulheres, cuspiu de lado, pôs as mãos nas cadeiras e passou a discorrer sobre si mesma. Aquelas negrinhas brasileiras de merda não sabiam nem de longe o que era o verdadeiro luxo e a verdadeira riqueza, ninguém ali sabia nada. Nunca tinham visto, nem veriam, casa como a sua e esplendor como o seu, de fazer inveja a duques e marqueses, que, aliás, a haviam sempre cercado de cortesanias, como se ela fosse uma rainha e de fato havia sido, ó azêmolas fedidas, troços de betume, caganitas de breu! E, agora tirando os punhos dos quadris, começava a gesticular para falar com mais efeitos, quando Hans apareceu e ela tomou tal susto que abandonou Eremitoso imediatamente.

— Ah, que bom — disse Hans a Crescência. — Eu sabia que tu estavas por aí, porque vi o jumento nas touceiras. Mas já quase tinha desistido de procurar-te. Tenho boas novas! Vamos?

VIII

Se muitas batalhas foram antecedidas por gritos, bramidos e clamores, nenhuma se iniciou com uivo comparável ao de Dona Felicidade Divina Salustiano Couto de Melo Furtado, na manházinha do dia marcado para a expulsão dos índios. A várias casas dali, já envergando seus trajes marciais e esperando a chegada do intendente, o mestre de campo Borges Lustosa teve um sobressalto. Que teria acontecido na casa de Sua Excelência? Uma tragédia? A apoplexia que tantas vezes o rondara acabara por cumprir sua horrorífica ameaça e agora, ao despertar, Dona Felicidade desferira tão estentoroso grito de pavor por haver deparado seu ilustre esposo roxo e desfalecido, talvez morto ou moribundo, a seu lado no leito? Teriam as mentes insidiosas e covardes dos índios concebido e levado a cabo um ataque contra a própria residência da maior autoridade da vila? Tudo era possível, pois sabe-se que na guerra não se pode excluir qualquer possibilidade, embora a casa do intendente estivesse sendo protegida por sentinelas armadas. Com a rapidez de decisão instintiva nos espíritos militares, o mestre de campo comunicou ao ajudante de ordens Josué Caldeira que imediatamente se dirigiriam ambos à casa de Sua Excelência e que estivesse pronto para transmitir ordens de combate a qualquer instante. Segurando o espadagão para que não se arrastasse no chão, abriu uma das portas que davam para a escadaria e começou a descer, quando de súbito empalideceu, pôs uma mão na barriga e se apoiou com a outra no corrimão.

— Vai o senhor em frente — disse, a voz sem a firmeza costumeira. — Lembrei-me cá de algo, depois estarei consigo. Anda, vai.

— Mas, Excelência — falou o ajudante, também pálido. — Eu também lembrei-me de algo e gostava da vênia de Vossa Mercê para...

— Vamos discutir agora? Vamos discutir a primeira ordem que recebe no dia? Nem mais uma palavra! Em frente!

Mas não ficou para ver se a ordem era cumprida, porque um espasmo irreprimível lhe convulsionou as tripas e antes que, já suando pelo corpo todo e ainda mais pálido, conseguisse arriar as calças diante do penicão que tinha procurado às carreiras, borrou-se irremediavelmente, num jorro copioso que não conseguia deter. Que fazer, Deus do céu? Aquele era o único uniforme que ainda lhe servia, não podia sair todo emporcalhado, para mandar buscar calças em casa. Mas na guerra valia toda e qualquer invenção e, assim, depois de embolar as calças e as ceroulas e limpar-se como podia, despiu a túnica e a camisa e meteu-se no camisolão com que dormira. E já começava a tentar enfiá-lo doidamente pelas botas, quando nova contração o acometeu, só que desta feita, por estar de camisolão sem nada por baixo e já perto do penico, logrou evitar novo desastre.

Que dor de barriga inacreditável era aquela, teria sido o tutano dos pastéis, a maldita galinha mourisca, talvez peixe passado, talvez vinho estragado? Talvez tudo isso e alguma mandinga traiçoeira dos índios? Certamente que sim, pois, ao sair do cubículo empesteado em que se trancara na companhia do penico, viu o ajudante Caldeira segurando as calças bodosas e vestido também num camisolão, um ar de choro lhe pregueando o rosto.

— Grão-senhor Excelentíssimo mestre de campo Dão Borges Lustosa, juro por todos os santos que não sou homem de borrar-me de medo do combate, há de ter sido alguma coisa que comi. Não sou homem de obrar nas calças, asseguro a Vossa Ilustríssima Mercê que me pode ter fugido a compostura, sim, mas cá não perdi a dignidade nem a coragem, com certeza que há de ter sido alguma coisa que comi.

— Que comemos! Que comemos! Tentaram envenenar-nos, há traidores entre nós! À rua! À fortaleza! Os índios sentirão o peso da minha espada!

Os índios, porém, não chegaram a sentir o peso da espada do mestre de campo, embora mande a justiça registrar que essa eventualidade não se deveu a falta de brio ou determinação da parte dele, mas a contingências fisiológicas insopitáveis, pois novas cólicas o assaltavam a cada instante, de forma que chegava à porta de saída e era obrigado a voltar desabaladamente, seguido pelo ajudante, que tentou antecipar-se na ocupação do penicão, mas foi energicamente rechaçado.

— Este penico é meu! Vai cagar na puta que te pariu!

Já àquela altura, se instalava o caos nas forças da ordem, a começar pelo seu topo, no próprio lar daquele que a garantia e a simbolizava. Havendo tanto o intendente quanto sua esposa bebido bastante da água de Balduíno, estavam ambos sentados em seus penicos, pois, para minorar sua aflição, dispunham de vários deles, todos ricamente esmaltados e decorados. Tinha sido o efeito da água a razão para os ulos tresvariados de Dona Felicidade, acompanhados por diversos, menos esgoelados, de seu marido, sons estes agora substituídos por outros, emitidos de parte do corpo que não a boca, mas antes o seu oposto. Não era hábito do casal sentar-se nos penicos face a face e o intendente sustentava publicamente que macho não caga nem mija sentado, no máximo agachado, mas nesse transe a premência vencera decoro e convicções, e Dona Felicidade, que se gabava nas confissões de jamais ter sentido prazer algum em estar com homem e de nunca ter-se mostrado a ele na claridade, agora chorava de dor e vergonha, gritando entre peidos "ai, não olhes!", "ai, não oiças!", "ai, não digas nada!"

— Vai-te daqui, eu te suplico! — disse finalmente a pobre senhora. — Eu te peço de joelhos!

— Tu não me pedes de joelhos, tu me pedes sentada, como sentado também estou eu e sentado continuo! Como queres que me levante, se estou a cagar-me como quem bebeu dez barricas d'água de babosa? Levanta-te tu, já que o achas tão fácil! Ai!

Na fortaleza, alguns ainda tentavam resistir, mas a maior parte correra para a maré e, disputando a safanões espaço correnteza acima, tingia de castanho a orla da prainha. Decidido a comandar seus homens de qualquer jeito, Borges Lustosa convocou o corneteiro e, sentado em seu penico, passou a bradejar-lhe ordens vigorosas, mas o corneteiro certamente tinha bebido mais água da cacimba do que os outros e não conseguia soprar sem contorcer-se, entre cólicas e bufas de odor indescritível. Não se dando por vencido, o desassombrado comandante arrastou o penicão para a sacada, fechou as cortinas sentado nele, deixando somente a cabeça para fora, e passou a gritar suas ordens lá do alto, mas quase ninguém o ouvia e quem o ouvia estava ocupado demais em domar suas tripas rebeladas ou aliviar-se mais uma vez. Já cogitava sair de camisola por cima das botas, batendo-se por honra, glória e nomeada ao avançar, quando, à boca da rua Direita, despontaram todos os índios da vila, com Balduíno Galo Mau à frente, desta feita muito mais pintado do que antes e exibindo penas coloridas pelo corpo todo, na postura de um capitão de povos submetendo mais um império a seu tacão despótico. Ao lado, não só homens abordunados, como crianças e mulheres risonhas, em seu passinho ligeiro de pernas entremeantes e periquitas insolentemente peladas. Ah, não, essa afronta o mestre de campo não podia engolir, não iria ouvir passivamente as chacotas daqueles biltres de raça imunda, não iria permitir que fizessem o que quisessem, não iria ser aquela uma hora de vergonha para os cristãos que pela força do braço dilatam a fé e abrem o mundo ao amor divino. Não compreende a ralé sediciosa senão a linguagem monologada dos canhões e agora lhes escutaria o terríssono fragor.

— Apontar falconetes! — gritou lá para baixo. — Inimigo à sinistra! Metralha cerrada a todo fogo! Eia, meus bravos, que vos não desfaleça o ânimo! A eles, el-rei e Dão Sebastião! Fogo!

Mas, lastimavelmente, os falconetes não mais contavam com Domitilo e Cosme a guarnecê-los, eis que ambos também se encontravam dentro d'água, com quase todo o resto da tropa. Passariam as peças de artilharia pela suprema infamação de cair nas mãos torpes do inimigo? Camisolão ou não camisolão, bosta ou não bosta, o exemplo do comandante é tudo na guerra e mestre Borges Lustosa, esquecendo penico e chanfalho, foi à cozinha, deserta mas com lenha queimando no fogão, apanhou uma acha flamejante e marchou para os falconetes com os dentes rangendo e os bigodes eriçados. Teve um pouco de dificuldade em apontar as peças, porque eram bem mais pesadas do que supusera, mas conseguiu girá-las na direção dos índios, no momento em que eles já chegavam ao largo da Intendência.

— Cobardes! Cães! Aqui-del-rei! Já verão quem dá as ordens aqui! Agora sentirão o peso da minha ira!

Determinaram, porém, os fados ingratos e a fortuna leviana das armas que mais uma vez os índios não sentissem o peso de algo provindo do mestre de campo, porque, carregados em demasia com a pólvora dos foguetes e já sem uso fazia anos, os falconetes de início apenas soltaram jatos de fumaça e faíscas, para em seguida, entre pequenos estampidos, rodopiar entontecidos como busca-pés, fazendo com que o mestre de campo tivesse que arrepanhar as fraldas do camisolão e correr aterrado de volta aonde estava antes — aliás, bem a tempo, porque o penico urgia mais uma vez. E, efetivamente, não era o dia de o mestre de campo fazer sentir seu peso, pois que, vaiado pelos índios, que gritavam "índio peidão, caraíba cagão", atacou-os com a última munição que lhe restava, o conteúdo do penico, mas os índios se esquivaram a tempo e continuaram a vaiá-lo, até que ele, em busca de outro penico, teve de desaparecer nas entranhas do sobradão, já escrevendo na cabeça o que diria mais tarde às outras autoridades, a seus comandados e ao povo em geral.

Manifesta a retumbante vitória, os índios dedicaram o resto da manhã a beber, dançar e rir no largo, sem que ninguém os incomodasse, depois de um discurso de boa veia, feito por Balduíno Galo Mau em direção à Intendência. Viu mecês? Nós peguemo mecês! Cês bota índio pra fora se índio querer! Índio também tem querer! Sabe o que Dona Filicidade Divina tá fazendo? Que-quié que Dona Filicidade tá fazendo? Tá cagando no piniquim! Sabe o que Dão Boroge Lussitosa tá fazendo? Quequié que Dão Boroge tá fazendo? Tá caçando mais pinico, porque atirou pinico ni índio e não pegou ni índio e agora ele tá sem ter donde cagar! Sabe pra que serve a guarda e a miriça? Borra nas bota! Sabe o que Dão Boroge faz pra acabar caganeira? Enfia canhão no cu! Índio peidão? Branco cagão! Branco cagão, huí-huí, branco cagão, cagão, cagão!

Prenhe, como sempre, de ironia, a História terminou por voltar-se contra os vencedores. Tamanha foi a crise excretória que se abateu sobre São João, de tal monta a desmoralização do inimigo, que se tornou impossível abafar nos ofendidos, notadamente Dão Borges Lustosa, o anseio por desforra. Pensando nisto e com a concordância dos outros, Balduíno decidiu ser mais prudente voltar temporariamente para os matos, até que se pudesse pensar no que fazer, o que, aliás, já estava em sua mente — alguma coisa que tinha a ver com Capitão Cavalo, sempre amigo dos índios. Mas antes passou na Casa dos Degraus e, cumprindo sua promessa, deixou com Iô Pepeu uma cabaça, desta vez pequenininha, contendo, não a calda da temida erva solta-baixio, mas a tisana que prometia potência insuperável e a tão anelada posse da cruel Crescência.

IX

A cabacinha, pouco maior que um punho, dormiu junto à cabeceira da cama, ao lado da qual a mão de Iô Pepeu caiu, assim que ele acordou sem fôlego, antes de o dia amanhecer. Estava ali, sim, ela estava ali, então não sonhara enganosamente, como em tantas ocasiões anteriores, quando acordara crendo que de fato acontecera o que vira enquanto dormia. Não fora sonho, Balduíno Galo Mau lhe trouxera a prenda prometida, o mundo todo, envolto pela palma de sua mão nervosa, agora quase reluzia à sua frente. Levantou mais a cabacinha, puxou-lhe o tapulho, cheirou-lhe o conteúdo como tinha feito no dia anterior, novamente uma exalação acatingada o enjoou na mesma hora. Mas beberia, beberia daquela garapa fedorenta, apesar de revoltar-se, ao ver-se agora perfeita e quase dolorosamente ereto e com vontade de ir a uma fêmea, a quantas fêmeas aparecessem, pois, como um galo para com suas galinhas, daria bom serviço a quantas lhe mostrassem vontade. Que tirania, que tirania de quatro palavras! Balduíno Galo Mau, nos intervalos das risadas esticadas com que emoldurava os episódios da batalha do Borra-Bota, já enfeitando ou inventando diversas passagens, lhe assegurara: golezinho só, bochechadim possassê, gute-gute-gute, trelelé, trá-lá-lá, óia o vergaio subino nas artura, que não tem nada que baixe, nem porrada, nem água fria, nem quirica seca, nem mulé disafiante, nem nada, nada nesse mundo! Independe, disse Balduíno, com muito orgulho pelo uso de tal bela palavra, sabes que mais? Independe! Mas tu precisava ver o povo todo se bufando e borrando, tudo abraçando a barriga e mordendo os beiço, uma coisa por demais! Dona Filicidade dava cada grito medonho, que se ouvia do outro lado do largo, tu precisava tar lá.

Mas, sim, um golezinho só, besteirinha, se zagerar vai ter de ir nas cabra e nas mula.

Pois então. Foi Santa, foi Naná, foi Vitória, foi Das Dores, foi Eulâmpia, foi Nazinha, foi quem apareceu. O sucedido se passou como se segue. Diazinho amanhecendo, levanta-se Iô Pepeu, dá uma mijada no pé da pimenteira braba, o mangalho não baixa, vai-se ele à cozinha, arrasta de lá Vitória, leva-a lá para dentro, ela já vozeirando "a ela sem pena" desde o corredor, passa-lhe a vara da maneira por ela preferida, qual seja de quatro, com a saia lhe rodeando o pescoço e ele lhe amassando os peitos. Muito bem, coisa e tal, acalma um pouco, vai comer. Toma apojo fresco com canela em pó, come cuscuz de milho, de carimã e de tapioca misturados, come beiju seco e molhado, come carne-seca, come mocotó apimentadinho, come ovo estrelado, come fruta-pão, come inhame na manteiga, come o que Deus dá. Aí vai buscar a cabacinha, toma um golezinho de nada, o gosto até que não era tão ruim quanto antecipara. Golezinho talvez pequeno demais, aquele tantinho só não podia dar resultado — e então bebeu outro trago e logo depois um terceiro, para garantir. Quanto tempo levava para fazer efeito? Balduíno dissera que era logo, mas estava demorando demais. Aliás, será que ia fazer efeito mesmo? Tinha ficado sentado na beira da cama esperando, tinha até dado umas carreirinhas para esquentar o sangue, mas nada, nem chus nem bus. Talvez mais um golinho. Pronto, só mais um golinho, uma bicadinha. Duas. Pronto.

Talvez um banho salgado para espantar a moleza, aquilo estava dando era uma moleza enorme, parecendo olhado ou defluxo. Somente de bragas, correu alameda abaixo para a praia e caiu na água da angra do Bispo. Sim, era bom um banhozinho salgado, espertava o corpo. Espertava até demais, porque primeiro sentiu uma dormência na boca e depois um abrasamento intenso nos baixios, que a água fria não arrefecia. Mais tarde acharia que ficara meio avariado da ideia, porque, sem ver nem como, correu de volta à Casa dos Degraus rápido como um cavalo e, sentindo-se tão teso que lhe doíam até os rins, passou a chamar as mulheres uma por uma. Nas últimas vezes, já não conseguia terminar, todo esfolado e encharcado de suor. Não, aquilo podia não querer baixar, mas ele lhe daria um descanso de qualquer jeito, ou melhor, daria um descanso a si mesmo. Não era possível passar o tempo todo naquele vuque-vuque, isso só podia fazer mal.

Mas, havendo desobedecido tão cabalmente às recomendações de Balduíno, não conseguiu ter um bom dia. Imaginou que, passeando pelo matagal, conseguiria desviar seus pensamentos para alguma coisa que não fosse fornicar, mas acabou por fazer o que Balduíno havia previsto. Viu uma mulazinha castanha e achou-a irresistível, com seus olhos negros pestanudos, seu couro macio e luzidio, suas ancas bem-proporcionadas e sua cauda cerdosa e vibrátil, a qual, certamente já acostumada por outros moços, se arredou nervosamente para um lado, assim que ele subiu num toco, baixou as calças e começou a penetrá-la. Dessa vez gozou e se derreou sobre os quartos dela, que continuou parada, como se compreendesse a situação. E por aí foi Iô Pepeu, exausto mas incapaz de conter-se, só tendo dormido bastante depois da meia-noite, assim mesmo depois de tomar todos os chás dormideiros que as mulheres fizeram.

Naturalmente não podia saber que, na vila, já se preparava uma poderosa e decisiva ação contra os índios e até mesmo o relato oficial da Sedição Silvícola já se encontrava em andamento, na lavra de mestre Moniz Andrade. Zuniam zagaias e flechas em mortal vespeiro, selvagens hediondos esmigalhavam a tacapaços as cabeças do inocente povo de Cristo. Envenenadas por filtros e feitiçarias índias, a guarda, a milícia e as autoridades foram assaltadas pela mais terrificante das enfermidades, qual seja, a de minar sangue pelo corpo todo, em pavorosas hemorragias, que ceifaram as vidas de dezenas. E, ainda assim, sob o denodado comando do mestre de campo José Estêvão Borges Lustosa, ele próprio sentindo o guante da impiedosa moléstia, conseguiram expulsar os sediciosos para as matas, onde ficariam para sempre, sem prejuízo de exemplar punição para os cabecilhas.

Iô Pepeu acordou, ainda alterado e meio tonto, com Balduíno, de chapéu de palha sobre a testa e roupa de branco pobre, lhe batendo na janela. Que tinha havido, que novidade era aquela, ele não tinha voltado para os matos? Sim, tinha voltado, mas agora reaparecera porque soubera por fonte limpíssima que o mestre de campo, o intendente, seus comandados e amigos estavam decididos a se vingar e, para isso, não só manteriam os índios nos matos como exigiriam a captura e castigo de Balduíno e alguns outros. Já tinham tido um encontro que durara da tardinha à noite e houvera cada discurso mais sanhudo do que o outro, todos exortando a fazerem dos índios mingau. Para tanto, iriam pedir ajuda ao próprio Capitão Cavalo! E, se Capitão Cavalo resolvesse mandar os homens deles pegar os índios, aí não ia ter mais salvação e Balduíno talvez ainda passasse o resto da vida a ferros, isso se não resolvessem enforcá-lo e esquartejá-lo, pois o mestre de campo diz que o melhor exemplamento é enforcar e esquartejar, atos que cabia a um homem do poder determinar, quando razões de Estado os impunham.

— Por isso — disse Balduíno, numa espécie de cochicho gritado —, tu tem que ir comigo agora, falar com teu pai. Teu pai gosta de índio, gosta de todo mundo, mas tendente é tendente e até as história do Borra-Bota ele vai zagerar, vai dizer que teve morte, que índio garrou branca a purso, vai contar tudo de mentira grossa que chegue na cabeça dele.

— Mas, Balduíno, sair de casa agora para o Sossego Manso, uma viagem de não sei quantas léguas, só por causa de um boato? Eles não vão fazer nada, isso só foi a raiva do dia. Voltar para a vila agora tu não pode, mas depois vai poder. E eles não vão nem enforcar nem esquartejar ninguém. Podes ter certeza, não passa de boato, invenção de quem não tem o que fazer.

— Venção nada, quem contou foi Faninho, filho dele, contou às índias todas que ele foi visitar na aldeia. Eles não enforca nem quarteja tu, índio eles quarteja. Todo mundo se lembra do que eles fazia com índio, antes de Capitão Cavalo ficar viúvo. Índio não quer ser quartejado! Tu vai comigo, tu não vai deixar quartejar eu. É assim que tu gradece grande presente e grande amizade de índio?

— Agradecer é que eu estou aqui todo escalavrado e quase não consegui dormir, nem conseguia parar de foder. Não adiantava nada, era só aquela vontade desembestada, parecia que tinha descido um diabo no meu corpo, parecia que tinham descido uns vinte diabos.

— Ih, ih, índio avisou. Tomar pouquinho, golinho curto. Tomou talagada grande, hem? Mas isso na viagem passa. E Crescência tomou susto grande?

— Não, não foi com ela. Eu tomei para experimentar, para ver como era com as outras. Crescência viajou, deve estar, deve estar outra vez na Degredada.

— Mas ela volta e aí ela vai ver. E com as outra, foi sem precisar ninguém dizer nada?

— Não, porque elas vão me vendo, já vão falando, já estão no costume. E, na apertura, eu não me lembrava de nada. Mas acho que vai dar certo, porque teve também uma mula...

— Ih, ih, teve mula? Índio não disse? Ih, ih, mula não fala, aí tu não ia ter jeito mesmo de mandar ela dizer as palavra. Mas não precisou de nada, precisou?

— Não. E até que foi bom, foi bem bom. Mas eu nunca... Eu nunca pensei em nada com bicho. Eu até agora só tinha ido a mulher mesmo, eu estou meio envergonhado.

— Vergonha nada, branco diz que índio perde tempo deitado na rede, bebendo cachacinha, contando história e não fazendo nada que não precise mesmo fazer, a vida não é pressada, não precisa pressa. Quem perde tempo é branco, quando fica envergonhado, ninguém ganha nada ficando envergonhado. Vergonha é ser quartejado. Falar em mula, tem muita mula e burro aí, não tem?

— Tem, tu sabes que tem, tem um magote. Eu vou mandar Deusdete arrear duas.

— Nem Dosdete nem ninguém. Índio tá assim de chapéu e vestimenta pra de longe ninguém conhecer, mas de perto toda gente conhece índio. Nada de Dosdete, nós mesmo arria.

Tu ajunta tudo de caça, vamo rebanhar as mula, vonsimbora logo.

— E nada para comer? Eu já amanheço cheio de fome.

— Não precisa, índio já tem tudo, pega só água mesmo. E tem caça e pesca no caminho, tem fruta, pega só pimenta e sal, pra comida não ficar sem graça.

Pouco tempo depois, cavalgando um par de mulas fortes, choutearam pelo matagal, para tomar a trilha das Malícias e começar a longa viagem até o Sossego Manso, onde mora Capitão Cavalo, que não gosta de deixá-lo por nada.

X

Quilombo na ilha do Pavão? Quilombo mesmo, cheio de canhemboras, negros cativos fugidos, emboscados por trás de estacadas e pés de pau espinhosos, para matar os brancos que viessem recapturá-los? Quilombo mesmo, cidadela guerreira nos matos, com seu próprio rei, suas próprias leis e sua própria força armada? Pois então, pois quem não sabe fique sabendo. Puríssima verdade. Bom, quase puríssima verdade. Porque de fato o quilombo de Mani Banto é quilombo, mas não de negros fugidos. Tem negros que estão lá porque acham que é o certo, alguns brancos e arraçados, muitos mulatos e bandas--forras de todos os matizes e todos os cabelos e também um bom número de negros cativos, que servem aos outros. Os fundadores são negros oriundos da grande cidade de Mbonza Congo, nas beiras do rio Congo, monarquia que avassalava até o poderoso rei Ngola do N'Dungo, tudo nas costas d'África e em terras e domínios que o mundo já esqueceu. Os outros negros são descendentes dos que pertenciam aos primeiros por herança de conquista ou foram por eles comprados como escravos, negros uolofes, mandingas, minas, jagas, todos negros ordinários, que nem mereciam ser chamados de negros legítimos, todos feios, horrorosos, diferentes, nascidos para a servidão e agora cheios de liberdades nas outras localidades da ilha do Pavão, como se por acaso fossem negros do Congo e como estes fossem gente e tivessem direitos.

Negro do reino do Congo nunca foi para ser vendido, nem como escravo, nem como coisa nenhuma. Negro do reino do Congo vendia negros prisioneiros de guerra aos brancos, revendia negros comprados de mercadores. O reino do Congo tinha reis, fidalgos e bispos como os portugueses e seu povo não compreendia como o podiam achar parecido com aquelas raças muito justamente apelidadas de infectas, raças porcas, estúpidas, atrasadas e fedorentas, os teque, os mpumbu, os mbundu, imaginem só. Branco do reino de Portugal se acha igual a branco do reino de Espanha ou do reino de França? Nem a mesma língua falam, nem as mesmas comidas comem, nem as mesmas bebidas bebem e se julgam uns melhores que os outros e se matam uns aos outros com grande entusiasmo e na certeza de que estão com Deus. A mesma coisa com os negros, que nenhum congolense vai se igualar a esses bárbaros atrasados e comedores de gente, como os jagas.

Quando chegou à ilha do Pavão, Afonso Jorge Nzomba era o mais importante negreiro ali jamais visto, vendendo dezenas de peças da Índia por mês, recebendo em casa os bem--nascidos e ostentando luxo e riqueza raras vezes presenciados. Fizera fortuna como pembeiro, traficante de escravos do interior para a costa, e depois como corretor e negreiro forte. Viera fechar negócios na ilha do Pavão, o mar ruim insistiu em não deixá-lo sair por mais de quatro meses, foi ficando, foi gostando e nunca mais voltou para o Congo, dizendo até que, além de tudo, o Congo não servia mais para o congolense, só para o português. De ouro, falava-se que tinha arrobas escondidas; de nzimbu, a concha-dinheiro de Luanda, tinha o suficiente para comprar todas as terras de sua terra; de escravos, tinha os que queria, mas preferia criadagem branca de libré; de anéis, não tinha dedos que lhe bastassem, assim como para colares e pulseiras não tinha mais pescoço nem braços. Tomava banhos de tina perfumados, dava presentes de vidros preciosos, fazia mesuras às damas, só bebia vinho do Porto, usava sabão de cheiro inglês, alternava diversas perucas louras, pagava qualquer preço por uma branca pentelhuda, nunca deixava apagar em casa o lume, fosse nos lampadários de prata, fosse na cozinha, fosse nas velas dos santos de sua devoção, comia frutas descascadas dadas na boca, mandava chibatear quem falasse língua de preto cativo na sua frente, bem como quem fizesse batuque de preto pagão, fazia lerem-lhe livros com histórias de grandes príncipes e senhores, só falava em si na terceira pessoa e dizia que era descendente direto do grande rei do Congo Nzonga Nvemba, Afonso I. Na semana do dia vinte e três de abril, dia consagrado a seu padrinho, São Jorge, mandava hastear no largo da Calçada uma bandeira branca gigantesca com uma cruz vermelha no centro, encomendava setenta missas, dava aos padres em pés de altar mais do que haviam o ano todo, distribuía dinheiro entre pobres e remediados e pagava para o povo festejar e matar um dragão de pano estofado.

Com o correr do tempo, todavia, entrando nos anos, começando a perder as vistas, os dentes, as juntas, o cabelo, o tesão e a paciência, os filhos querendo matar uns aos outros pela herança e lhe causando mais aperreações do que vinte pragas de piolhos, juntaram-se ao seu sofrer as mudanças na ilha do Pavão. Já os cativos se comportavam como libertos, já não se punha ninguém no tronco, já não se comprava nem se vendia sequer um áfrico de merda, já Capitão Cavalo acolhia em suas terras qualquer escravo fugido de um senhor mais severo e resistente às mudanças, já os costumes eram tão diversos dos de antigamente que a vida para Afonso Nzomba se tornou insuportável. E por força disso, na companhia dos filhos, dos muitos congolenses, de vários brancos e até mesmo de dois padres que também não se conformavam com as novidades, arrebanharam seus cativos debaixo de cacetadas e ameaças de morte e se mudaram para o pedaço de mata hoje apelidado mata do Quilombo. Lá se cercaram, fizeram plantações, montaram um engenho grande e espalharam criação, e só uns poucos costumam aparecer nas vilas, quando querem comerciar. Desta maneira, sob o reinado de Afonso Jorge I, o novo Nzomba Nvenga, estabeleceu-se o quilombo do Mani Banto, que vem a ser o quilombo do Rei Banto, na fala do Congo.

Quando Afonso Jorge morreu, entrevado, cego e atormentado por delírios em que se imaginava preso na ilha de São Tomé, para ser engordado e depois saboreado como prato principal numa festa dos jagas, seus quatro filhos conduziram a sucessão, em estrita concordância com a tradição do reino do Congo. O mais velho, Afonso Henrique, convidou o mais novo, Afonso Ruy, para comerem juntos e pôs veneno na comida do irmão, que o amaldiçoou, estrebuchou-se e defuntou logo em seguida. Depois, Afonso Henrique procurou Vasco Fernão, o segundo irmão, para dizer-lhe que lhe dedicava grande amor fraterno e que não o mataria, contanto que não aspirasse a ser rei, nem então nem nunca. Vasco Fernão concordou, abraçou o irmão para selar o pacto e aproveitou para enfiar-lhe no peito o esporão de arraia que trazia escondido na manga, antes que ele pudesse esganá-lo com um arame de berimbau, como planejava. Mas o irmão caçula, Jorge Diogo, que estava observando tudo por trás de uma touça de bananeiras, chegou sem ser visto e, usando o facão de mato amolado que havia tempo carregava de propósito, degolou Vasco Fernão com somente dois golpes, assim se sagrando Afonso Jorge II, o novo mani banto, com troca do primeiro nome, em honra dos ancestrais. E prosseguiu a vida do quilombo como sempre, os negros escravos trabalhando e apanhando, os senhores negros, mulatos e brancos caçando, fornicando e dando banquetes e festas. A disciplina é mantida com dureza e escravo fugido recapturado tem o pé esquerdo decepado, para aprender a não ser safado e ingrato. A corte ostenta barões, viscondes, condes, marqueses e outros nobres. Negros não congolenses, bem como mestiços destes com gente de outras nações ou com índios, não podem entrar, a não ser para o cativeiro, mas visitas ilustres são recebidas, depois do convite apropriado. Sem convite, os forasteiros não são bem-vindos e se contam muitas histórias de mateiros e caçadores torturados até a morte, por ousarem penetrar na mata do Quilombo.

Dir-se-ia então que qualquer criatura de bom senso procura evitar a proximidade do quilombo e efetivamente ninguém de juízo chega perto dele sem ser chamado e, mesmo assim, entre receios e cautelas. Às vezes, no entanto, como sabem os mais sensatos, o indivíduo, por querer ser sabido demais, acaba sendo tolo, seguindo alvitres imprudentes. E embora tal situação para ele seja raridade, aconteceu dessa vez com Balduíno Galo Mau, embora não por iniciativa dele. O que ele fez foi achar sábia a opinião de Iô Pepeu, segundo a qual deviam tomar um caminho diferente, na viagem ao Sossego Manso. O trajeto para lá, passando por morros, matos, areia, pedras, precipícios e águas doces treteiras, não é ameno, mas também não é difícil, conhecendo-se os sinais que marcam bem o seu traçado e se dispondo de boas mulas, com cascos bem entaloados. Mas Iô Pepeu suspeitou que eles podiam estar sendo seguidos pelos homens do intendente e convenceu Balduíno com facilidade a subir a pedra do Urubu, arrodear o mangue Grande e, finalmente, passar por um trecho da mata do Quilombo, apesar do patente desaviso dessa decisão. Certo, muito certo, refletiu Balduíno, melhor não arriscar perseguição do intendente, o povo do quilombo não ia nem saber que os dois terão passado por lá. E, se viessem a saber, não iam dar-se ao trabalho de fazer nada, era isso mesmo.

Mas não era isso mesmo, porque, mal tinham começado a andar sob as frondes espessas da mata, uns dez negros brotaram à sua frente, armados de chuços, machados e mosquetes, e os cercaram, como se fossem atacá-los imediatamente. Pararam a alguns passos, fecharam um círculo com as armas erguidas e um deles, muito alto e de dentes enormes, que davam a impressão de não lhe caberem na boca, se dirigiu a Iô Pepeu e lhe perguntou quem eram. Iô Pepeu respondeu que eram de paz e estavam ali somente de passagem, a caminho da fazenda Sossego Manso, de seu pai, Capitão Cavalo. Esperava que a menção do nome de seu pai tivesse algum efeito favorável, mas o homem dos dentes grandes nem pareceu escutá-lo direito. Mandou que os outros tomassem a espingarda e a faca de Iô Pepeu e o facão de Balduíno, apontou na direção do centro da mata e os empurrou para que marchassem.

No portão da estacada a que chegaram algum tempo depois, uma espécie de portinhola se abriu e um mulato pôs o rosto nela e fez uma pergunta na língua deles. Devia estar querendo saber quem eram os estranhos, se tinham sido convidados ou aprisionados. Demorou nas perguntas, fez comentários, olhou para Balduíno longamente, como se estivesse vendo alguma coisa muito exótica.

— Tu é índio — disse finalmente, e Balduíno assentiu com a cabeça. — E por que tá no mato vestido de roupa de gente?

Balduíno começou a responder com a primeira mentira que lhe ocorreu, mas o outro deixou claro só haver falado para demonstrar que desconfiava dos prisioneiros, porque não quis ouvir nada. Bateu a portinhola, deu uma ordem gritada e o portão se abriu, deixando ver dois homens fortes levantando uma taramela feita da metade de um tronco. Atrás, nova estacada, um pouco mais baixa e também de postes aguçados, nova taramela. Aberto o segundo portão, desdobrou-se diante dos olhos atarantados dos prisioneiros uma cidade ou vila como jamais tinham visto. Não havia calçamento e não havia propriamente ruas, havia muitas construções isoladas, como se cada uma fosse o centro de uma pracinha. Algumas casas eram de palha, outras de madeira, outras de madeira e pedra, duas ou três de alvenaria gorda. Mas talvez o resto da sede do quilombo fosse diferente, porque ao longe podiam ver a torre de uma igreja e o que parecia ser um conjunto de sobradinhos.

Falando novamente na língua deles, o guarda-portão deu uma ordem ao negro dentuço, que por sua vez se dirigiu a um negrinho e este saiu correndo, para voltar com uma corda, que pouco tempo depois foi cortada em quatro pedaços. Dois outros homens amarraram os tornozelos dos prisioneiros, deixando uma folga suficiente para que pudessem andar, mas não correr, e ataram-lhes também as mãos cruzadas às costas. Brandindo um rebenque, o guarda-portão deu uma chibatada leve em Iô Pepeu e outra em Balduíno e abriu um sorriso desagradável.

— Mecês vão na Irmandade. Lá na Irmandade, nunstantinho mecês conta tudo direitinho que é que tava fazendo na mata e por que esse índio tá com roupa de branco.

Balduíno e Iô Pepeu estremeceram. A Irmandade! Claro, só podia ser a pavorosa Irmandade de São Lourenço, então ela existia mesmo! Então eram verdadeiras as histórias arrepiantes que contavam sobre essa irmandade nefária, de homens vestidos em cogulas negras como frades das trevas, que vigiava a religiosidade do quilombo e sua lealdade irrestrita a D. Afonso II! Fundada por um dos padres que acompanhou Afonso I e nunca deixando de contar com alguns padres brancos fugidos dos bispos ou com mulher teúda e filhos, a Irmandade de São Lourenço obtinha confissões de forma a honrar seu padroeiro, o qual, como narram os santorais, foi martirizado sobre brasas, numa grelha. Assim, ao interrogarem o pecador ou o desobediente, fazem-lhe a graça de dar-lhe destino tão glorioso e canonizante quanto o do bom santo Lourenço. E tem a Irmandade olhos e ouvidos em toda parte, nada lhe escapando que concirna aos interesses do reino. Balduíno estremeceu de novo e, com a voz súplice, disse a seus captores que não precisavam levá-los à Irmandade, pois tanto ele quanto seu companheiro contariam tudo o que quisessem ouvir, denunciariam quem fosse necessário, cumpririam qualquer determinação. Não, não, a Irmandade não! O guarda-portão repetiu seu sorriso anterior e outra vez deu um golpe leve de rebenque em cada um.

— Mecês vão gostar da Irmandade — grasnou, como quem vai começar a fazer ameaças irônicas, mas logo um tropel de cavalos se ouviu atrás dos prisioneiros e lhes tomou toda a atenção. — Mani banto!

Todos depuseram suas armas e, com uma espécie de apreensão agitada, se prepararam para esperar o personagem transportado na carruagem esplendíssima que agora se aproximava rapidamente do grupo. Mani banto! Quatro quartaus de crinas esvoaçantes, feito arautos alados em meio à poeira quase alva que levantavam em grandes nuvens, tiravam a mais bela e ornada carruagem jamais vista nesse canto do mundo e possivelmente todos os outros cantos que possa ter o mundo. Branca e dourada, não havia uma polegada sem entalhe, relevo ou pintura e até mesmo as rodas tinham seus lados esculpidos e seus raios aplicados de ossos nobres. Estacando junto ao grupo numa manobra elegante, era como uma aparição celeste e todos a trataram como se de fato fosse, pois se prostraram com as testas no chão e empurraram os prisioneiros para que fizessem o mesmo. Cocheiro, sota-cocheiro e escudeiro desceram como num bailado, o primeiro perfilado com as rédeas na mão direita, o segundo abrindo a porta e o terceiro encaixando a escada que já trazia ao descer. Depois de aberta, a porta só mostrava penumbra lá dentro, por trás de janelas encortinadas. Mas aos poucos a abertura foi se iluminando, nos reflexos de todas as cores vindos do traje fulguroso de Afonso Jorge II, o mani banto, chapéu bicorne emplumado e brasonado, túnica perolada e escarlate com fartos alamares dourados, calças rubras como sangue e pespontadas de azul, botas de solado alto luzindo como espelhos, colares, medalhas, pulseiras e brincos.

— De pé! — comandou ele, e todos se ergueram, inclusive os prisioneiros, levantados pelos demais. — Quem és tu? — perguntou a Iô Pepeu, que estava cuspindo a terra que fora obrigado a abocanhar.

— Pedro Feitosa Cavalo, filho de Capitão Cavalo.

— Filho de quem?

— Capitão Cavalo, Dão Baltazar Nuno Feitosa.

— Filho de Capitão Cavalo? De Capitão Cavalo, Capitão Cavalo?

— Sim, senhor. Capitão...

— Sim, majestade! — corrigiu imediatamente D. Afonso, esbofeteando Iô Pepeu duas vezes. — Como se diz?

— Sim, majestade.

— Mal-educado! Não se podia esperar outra coisa do filho de um vilão rude, sem cristandade e respeito às leis de Deus e dos homens. Filho de Capitão Cavalo, Capitão Cavalo, Capitão Cavalo?

— Sim, majestade.

— Legítimo?

— Sim, majestade. Legítimo e único.

— Único?

— Único, majestade.

— Vamos mandar matar-te. Que nos dizes?

— Digo que rogo clemência, majestade.

— Mas te matamos do mesmo jeito, não estamos clemente hoje. Antes, porém, podemos fazer uma proposta a teu pai. Tu sabes que os escravos fugidos daqui, como tantos outros, antes que a desordem se enraizasse de vez nesta ilha, vão para as terras dele e ele não os devolve? Sabes que teu pai é um ladrão de escravos?

— Meu pai não tem escravos, majestade, há muito que não os tem.

— Silêncio! — gritou D. Afonso, entre mais duas bofetadas. — Não nos contradigas! Ladrão de escravos, ladrão de escravos! Não vamos mandar matar-te agora, nem a esse índio fedegoso, porque é de nossa vontade trocar uma palavra com teu pai e para isso é melhor que estejais vivos, por enquanto.

Perguntou aos outros aonde estavam levando os prisioneiros. À Irmandade, responderam e ele disse que estavam certos. Mas que recomendassem aos irmãos que simplesmente trancafiassem os dois bilhostres, sem fazer-lhes mal que não alguma ferulada ou outra, caso não tivessem boa conduta ou fossem malcriados. Queria-os vivos e inteiros. Estalou os dedos, apoiou-se nas costas curvadas do escudeiro e subiu de volta à carruagem, que, no interior da mesma nuvem de pó em que havia chegado, desapareceu à distância.

XI

Quem te viu, quem te vê. Voltando no lombo do jumento Paciência, depois de oito dias na furna da Degredada, Crescência não trazia mais o saquinho de Eremitoso Rodão. Não sabia nem mesmo onde o deixara, porque agora achava aquela coleção de quinquilharias complicadas a maior bestice do mundo. Sim, seria bom que houvesse mesmo uma jarreteira do rei Salomão, mas não acreditava mais que isso fosse possível, ou tão importante quanto julgara. Nunca mais ia se interessar pelas presepadas de Eremitoso e, se lhe desgostava um pouco saber que Clarinda, Maria Zefa e Honória tinham brigado com ela por inveja de seu ingresso na furna e posterior mudança de pensar, a vida nova agora pressentida a recompensava. Não tinha culpa se o destino a escolhera e agora não ia correr dele.

Não vinha montada em pelo como antes, mas numa cangalha forrada de palha de bananeira trançada que Paciência não quis aceitar de imediato, mas a que agora parecia resignado. Pendurados nos cambitos da cangalha, balançavam dois velhos embornais de couro cheios de um tipo de coisa que nunca se esperaria ver com Crescência: livros. Livros, sim, de vários tamanhos e formas de letras e também cadernos onde Hans e a Degredada, em grafia minuciosamente clara e homogênea, tinham passado para a língua da terra escritos de outras línguas. E ela estava tão ansiosa por causa dos livros que parou diversas vezes no caminho, para pegar os embornais, tirar os livros, abri-los, folheá-los, cheirá-los e rearrumá-los com delicadeza.

Mas para que serviam os livros, se Crescência não sabia ler e, sempre que alguém lhe queria ensinar, dizia que a cabeça esquentava, a vista se anuviava e o juízo tresvariava? Verdade, mas isso era antigamente, parecia agora tão antigamente que ela mal se lembrava. Depois de sua estada na furna da Degredada, na companhia dela, de Hans e de outros e outras que conheceu fascinada, tudo era antigamente, muito, muito antigamente. Ficara tão arrebatada pelas histórias que Hans contava do mundo lá de fora que chegara, num momento de exaltação, a oferecer-se a ele. Seria sua mulher ou sua criada ou sua qualquer coisa que ele quisesse, contanto que pudesse ficar sempre ao lado dele, aprendendo tantas novidades. Hans não gostaria de dormir com ela? Gostaria, sim, respondeu ele, mas não dormiria, não era certo. Em primeiro lugar, ela estaria com ele muitas vezes daí em diante, não era preciso para isso que dormissem juntos e, além disso, ela não o queria de fato, queria uma visão e um sentimento passageiros que estava experimentando por se ver cercada de tantas coisas que a maravilhavam, mas logo tudo isso tomaria sua forma natural de boa amizade. Em segundo lugar, a amizade não deve ser misturada com outras coisas, pois isto, no mais das vezes, em vez de fortalecê-la, a enfraquece ou destrói. E, finalmente, ela também aprenderia muito com aqueles livros, cadernos e estampas, talvez mais do que conversando com ele e os outros.

Ela já sabia ler um pouco, sim. Nesses dias febris que tinham passado tão celeremente, aprendera todas as letras, já fazia sílabas, já gaguejava uma palavra escrita ou outra, não demoraria para estar lendo o que quisesse. Não eram livros fáceis, embora cheios de figuras, mas o que ela não entendesse perguntaria a Hans ou a Don'Ana. As figuras eram muitas vezes aterrorizantes, mostrando diabos nauseabundos, gente sendo garroteada ou enforcada, gente sendo esquartejada viva por cavalos de enormes patas peludas, cada um puxando numa direção, lagartos horríficos supliciando quem tinha pecado por obras ou palavras, gente tendo a cabeça decepada a machadadas, gente trespassada do cu à cabeça por chuços e estacas, crianças estripadas, combates onde sangue se derramava por todos os lados. Aqueles diabos, tinham-lhe contado, eram invenções para atemorizar o povo. Aquelas guerras realmente se travavam todo o tempo, por vezes anos a fio, entre peste, fome e mortandade de inocentes. Aquelas mortes espantosas eram infligidas não só a criminosos, pretensos ou não, como àqueles que os tiranos, que eram muitos, quisessem. Ninguém, senão os muito ricos e poderosos, era livre e até os navios de guerra eram tripulados por rapazes arrebanhados à força e tratados em regime de chibata. E, quando ela lesse os livros, encontraria ainda mais histórias sobre a crueldade de reis, papas, nobres e guerreiros, sobre o ódio contra quem era diferente, sobre a miséria, o frio e o desabrigo, sobre tantas coisas que ela ficava tonta.

E também já sabia que o interesse maior de Don'Ana e Hans não eram feitiços, nem nada parecido. Não havia feitiçarias nas curas feitas por ela, eram todas conseguidas com remédios de plantas e ensinamentos sobre o que comer. Tampouco eram milagres os atos descritos como tal. Todos eles não passavam de mentira ou ilusão dos que se apresentavam como beneficiados por santos ou espíritos. O que a Degredada fazia de mais espantoso era levar as pessoas a adormecer e, conversando com elas enquanto dormiam, curá-las de muitos males. Mas dizia que não havia mágica nisso, era uma coisa que tinha aprendido quase que por si mesma, depois de ler um livro de encantamentos e conversar horas seguidas com um frade com quem tivera amizade.

Mas Crescência suspeitava que eles planejavam um grande feitiço, talvez um só grande feitiço, o Grande Feitiço. Não lhe haviam, nem eles dois nem os outros, contado nada, mas ela achava, sim, que tinham um plano em mente, cuja realização talvez nem eles mesmos ainda soubessem inteiramente como levar a cabo. Arregimentavam gente que talvez pudesse ajudá-los, estudavam com certeza matérias mais profundas, mais tendo a ver com os maiores mistérios do mundo, do Sol, da Lua e das estrelas. Talvez o Grande Feitiço fosse encontrar um jeito de garantir que, na ilha do Pavão, jamais viessem a acontecer aquelas histórias horrendas, era deixar que os habitantes da ilha vivessem na liberdade e na santa paz, sem que ninguém tiranizasse ninguém. Era porventura tirar a ilha do Pavão do mundo sem tirá-la do mar do Pavão, água onde mais peixe não pode haver, e das costas do Recôncavo, terra de onde o sol e a brisa nunca se vão por muito tempo. Nisso, a Natureza já ajudava muito, porque de fato não era fácil aportar à ilha e só quem conseguia entrar e sair com alguma regularidade eram os pilotos e práticos criados na orla do mar do Pavão e familiarizados com seus corredores voraginosos. Mas, ainda assim, era sempre possível que o mundo lá de fora a acossasse e conseguisse tomá-la por inteiro, modificando-a para sempre e tornando-a igual a tudo mais.

Muitas vezes, no passado, tentaram enviar gentes d'armas à ilha, mas quase nunca mais que um navio conseguia passar e sempre o vento funileiro cumpria o seu dever de defesa, transmutando as falésias num labirinto vorticoso e fazendo achar haverem tido ajuda da misericórdia divina os que conseguiram manobrar de volta ao continente. As três ou quatro naus que tiveram êxito na passagem viram seus comandantes logo desmoralizados, pois que a tropa e a marujada se achavam livres pela primeira vez na vida e, sabendo ser muito difícil virem buscá-los, cedo ignoravam ordens e hierarquia, desmanchando-se assim, uma por uma, as expedições militares enviadas à ilha. E, por não terem como bloqueá-la, principalmente à noite, não podiam impedir que ela comerciasse por meio de barcos contrabandistas orientados por pilotos pavoenses, que compravam, vendiam e trocavam sem impostos todas as mercadorias que desejassem. Finalmente, havia muito que os ilhéus, através de mensageiros de confiança, remetiam peita regular a fiscais da aduana, inspetores e vedores de toda qualidade, oficiais do erário e da justiça e funcionários elevados de toda a cidade da Bahia, que, dessa maneira, a seu medo do mar do Pavão adicionavam o desinteresse gerado pelo interesse.

Crescência decidiu que não deixaria Paciência no lugar de sempre, mas iria nele até os fundos da Casa dos Degraus, onde esconderia os livros e a cangalha e o soltaria. Apeou perto da cisterna seca, afastou as tábuas que a cobriam, amarrou a cangalha numa corda e a deixou pendurada lá dentro, recoberta com as tábuas. Quanto aos embornais, havia um armário de sucupira com chave, antes usado para guardar pratos, mas agora substituído por um novo. Não ia pedir licença a ninguém, ia simplesmente dizer a Clementina que o armário era seu daquele dia em diante e ficaria trancado. E, para dar força à decisão, mentiria, diria que os piores azares aguardavam os que mexessem no armário, ou mesmo tocassem nele. Tudo arrumado, foi à cozinha, chamou Clementina e nem deixou que ela reclamasse de sua ausência tão alongada.

— Já fui, já tou ida, não tem mais jeito. E não tem nada de mais.

E não era só isso. Para o futuro, passaria muito tempo na furna da Degredada, estava aprendendo muitas coisas, já sabia diversas feitiçarias mais ou menos poderosas, já sabia conjurar diabinhos e muitas outras entidades e não queria que facilitassem com ela, nem mesmo Clementina. Tinha também guardado coisas no armário escuro, que ninguém podia pegar, pois no mínimo os dedos caíam. E, finalmente, voltaria à furna no dia seguinte, porque estava havendo uma coisa muito importante por lá, que não era possível perder. Clementina ainda quis falar, mas terminou apenas se benzendo e indo lá dentro, buscar o terço.

XII

Cirilo Índio Pequeno não sabia contar mais nada, só sabia aquilo que acabara de contar. Que estava na aldeia do Mato Preto, de onde Balduíno Galo Mau havia sumido fazia dias, sem ter dito a ninguém para onde ia, quando apareceram com grande fanfarria uns homens do quilombo, todos armados de cima a baixo, de má feição e disposição abrutalhada. E que o comandante desses homens, sem querer explicar mais nada e sem responder a quase nenhuma pergunta, lhe disse simplesmente que mandassem um recado a Capitão Cavalo, recado esse de que tanto o maricão do filho dele quanto um índio safado, descarado, mentiroso e fedorento, por nome Balduíno, estavam presos no quilombo, por haverem entrado em seu país sem permissão. Que mani banto, o rei D. Afonso Jorge II, tinha pensado muitos e muitos dias e resolvido não matar logo, não bater, não maltratar e dar comida aos dois. Antes de desistir de qualquer ou de todas essas deliberações vindas de sua grande bondade, tinha resolvido dar duas semanas, a contar daquele dia, para Capitão Cavalo providenciar a soltura do filho, atendendo a exigências que D. Afonso faria conhecer, quando conviesse. Se, nessas duas semanas, o rei não recebesse resposta, seu juízo preferido era mandar assar vivos, na grelha sagrada da Irmandade de São Lourenço, tanto o filho quanto o índio.

Cirilo contou ainda que tentara explicar ao homem que Capitão Cavalo era muito poderoso e tinha gente e armas suficientes para deixar todo o quilombo em farelos, mas ele respondera somente que, antes que isso pudesse acontecer, teriam tempo suficiente para mandar o filho dele para a grelha, de forma que não havia esse perigo, a não ser que a vida do filho não valesse nada. E Cirilo que tratasse de se desincumbir dessa missão do melhor jeito, ou seria culpado do que viesse a suceder.

Como nem tinha cavalgadura nem sabia montar, além de não conhecer direito o caminho para o Sossego Manso, Cirilo então procurara a Degredada, que era amiga de Capitão Cavalo e certamente conseguiria falar com ele a tempo. Encontrara-a na companhia de Hans e de Crescência, que conversavam sobre o almoço que fariam no dia seguinte. Seria um almoço muito longo e farto, começando cedo e terminando tarde, como Capitão Cavalo gostava, entre cantigas, danças e folguedos. Um almoço a troco de nada, festa por festa mesmo, embora inevitavelmente fossem conversar sobre as mesmas coisas de que sempre falavam, o que Crescência, cada vez mais convencida de que se preparava o Grande Feitiço, esperava com uma ansiedade que não a deixava parar quieta, embora duvidasse de que a deixassem escutar muita coisa, por enquanto. Mas agora vinha essa notícia completamente imprevisível, que matava qualquer festa.

— Iô Pepeu? Iô Pepeu e Balduíno Galo Mau? Como eles foram dar no quilombo?

— Isso eu não sei. Eu perguntei, mas o homem não disse. Ele só disse o que eu contei.

— Isso, Hans, deve ter sido invenção daquele índio enxacoco, que vive a se meter em complicações — disse Don'Ana. — Iô Pepeu só quer saber das negras, de pescar e de caçar. Por ele mesmo, nunca ia parar no quilombo. E aquele filho de Jorge Nzomba, que diz que é rei como o pai, é doido mesmo, não duvido que ele faça o que disse que vai fazer. Às vezes penso diferentemente do costumeiro e acho que Capitão Cavalo já devia ter invadido aquilo tudo há muito tempo, aquilo lá é uma desgraça, tem muito sofrimento por lá. Mas tu sabes que ele diz que não cabe a ele se meter e que, se eles quiserem, que eles mesmos se revoltem, só pode ser assim, até porque os que mandam são poucos e são muitos os mandados. Se se revoltarem, ele pode até ajudar. Mas, se não se revoltam, é porque gostam ou já se acostumaram a viver assim.

— Ele não deixa de ter razão, já há guerras demais neste mundo. Ele sempre diz que não quer ser libertador de povo nenhum, o povo que se liberte por si mesmo, tu sabes que ele tem outras preocupações.

— Sei, sei, temo-las todos. Mas agora não interessa falar sobre isso. O que interessa é que resolvamos o que vamos fazer.

— Eu não sei. Pelo jeito, o capitão vai ter que ir lá e conversar com aquele desmiolado, ver o que ele quer. Dinheiro não deve ser, porque ele não precisa, com certeza é alguma loucura mesmo.

— Tampouco sei eu o que é, mas não acho que o capitão deve ir lá. Pode ser que seja tudo uma armadilha, uma maneira de pegar o capitão. Ele sabe que, se não fosse pelo capitão, a ilha toda teria continuado como o pai dele queria e ele ainda quer. Pode ser vingança.

— Mas tu crês que ele de fato pensa que isso é possível? Não ia sobrar nada do quilombo, nem poeira.

— Tu mesma disseste que ele é louco, nunca se sabe. Ele se considera aliado do rei de Portugal, como era o rei do Congo de quem ele se diz descendente. Não, não, acho essa ida do capitão uma temeridade. Se ele disser que vai fazer isso, vou procurar convencê-lo a desistir.

— Mas então quem irá? Iô Pepeu é que não pode ficar lá, abandonado e ameaçado de morte. Eu continuo achando que o pai vai querer ir, creio que ninguém poderá impedi-lo de ir.

— Eu tentarei, ele costuma ouvir-me e vai ver que tenho razão. E eu vou propor ir no lugar dele.

—Tu? Mas...

— Eu mesmo. Vou como mensageiro, como embaixador. Se o capitão insistir, pode ir comigo, levando uma tropa armada, mas fica de fora e não ataca, a não ser que se torne inevitável. E eu entro, para saber do rei o que é que ele pretende.

— Mas isso também pode trazer perigo para ti, ele pode também querer tomar-te como refém.

— Decerto. Mas não tem ódio a mim como tem ao capitão e, se quer de fato obter alguma vantagem, posso muito bem ser o mensageiro. Além disso, o capitão é muito mais importante para esta nossa ilha do que eu, ele um dia vai alcançar o que todos nós ambicionamos para todos os que aqui vivem.

— Então vou contigo, não te porás em perigo sozinho.

— Mas pois claro que não! Que irias fazer lá? Em vez de um, seriam dois em perigo. Não, não, eu vou sozinho. Amanhã mesmo, assim que o capitão chegar aqui, eu converso com ele, explico minhas razões e teremos tudo arranjado.

— Mas eu posso ser de muita serventia. Ele pode ter medo de mim, pode acreditar na minha feitiçaria.

— Tu pensas assim? Todos dizem que ele se arvora a dar ordens aos santos e ousa até mesmo castigar os santos que não lhe fazem a vontade e acredita que possui poderes vindos diretamente de Deus.

— Isto é o que dizem. Isto pode até dizer ele. Mas a verdade talvez seja muito diferente.

Hans ainda argumentou longamente que seria melhor que ele fizesse a expedição sozinho, mas Don'Ana acabou por persuadi-lo do contrário. E não só Don'Ana como Crescência, que fez um pedido inflamado para acompanhá-los. Era da casa de Iô Pepeu, havia-o conhecido a vida toda, era negra congolense pura, tinha certeza de que poderia ajudar. Não sabia como, mas tinha, era como se fosse um pressentimento. Seriam três os emissários, portanto: um do capitão, um dos poderes da magia e da bruxaria e um da estima a Iô Pepeu. Se não fosse negra pura congolense, como o rei, aí, sim correria perigo mais que os outros. Mas ele não a teria na conta de inferior, como acontecia em relação aos negros de outros povos. Então?

Então, sim, já que elas queriam tanto. Desde que Capitão Cavalo concordasse, o que podia muito bem não ocorrer. Talvez o sangue lhe subisse à cabeça como nos velhos tempos e não escutasse a voz da razão. Hans, contudo, confiava em que seu grande amor pelo filho o convencesse a preferir ter cautela. E, embora a chegada do capitão estivesse prevista para de manhã, bem cedinho, se recolheram muito tarde, conversando sobre como agiriam, e Crescência acordou no dia seguinte com a sensação de que não havia dormido mais do que alguns instantes.

XIII

Mani banto, D. Afonso Jorge II, resolveu fazer seu triunfo depois que soube pela Irmandade de São Lourenço que os imperadores romanos organizavam grandes e aparatosos cortejos para celebrar suas vitórias nas conquistas e a captura de prisioneiros e escravos.

— Nós queremos o triunfo — disse D. Afonso. — No dia em que Capitão Cavalo responder a nosso recado, vamos fazer o triunfo para que todos o assistam, inclusive ele. Só falamos com ele depois de fazermos um grande triunfo, comparável aos dos maiores imperadores, eis que também somos um grande soberano, defensor da cristandade e da justiça.

Queria muitas coisas para o triunfo, pois não havia razão para um imperador romano pretender ter maior glória do que ele, e só a muito custo conseguiram fazê-lo ver que, se juntassem todas as poucas carruagens e as muitas carroças e cavalos do quilombo não poderia haver triunfo mais pobre e desconjuntado, sendo as carruagens no geral pouco luxuosas e a maior parte dos animais não de combate, mas de arroteamento e carga. De fato, os imperadores romanos não podiam ser comparados a ele em nobreza, formosura, caráter e coragem, mas tiveram a sorte de haverem sido senhores de reinos infinitamente mais vastos e ricos. Que ele se contentasse, para sua própria grandeza, com suas árdegas hacaneias brancas e mais os ginetes de alguns nobres da corte e do prior da Irmandade. D. Afonso teve um acesso de cólera, durante o qual sapateou, cuspiu no chão e bateu com o cetro nas costas de diversos áulicos, mas terminou por concordar, elogiando-se por sua sensatez, que, iluminada por Deus, sempre o levava a tomar a decisão mais correta. Não abria mão, contudo, de algumas exigências.

O topo da carruagem seria removido, não queria saber como. Seu desejo era permanecer em pé durante o triunfo, ouvindo os aplausos e recebendo as mesuras do povo. Ninguém devia ficar em casa, nem velhos, nem crianças, nem doentes que pudessem andar, mas todos deveriam acorrer ao triunfo, bater palmas, dançar, gritar vivas e aves ao rei e apupar os prisioneiros, sem porém lhes jogar pedras, mas somente frutas podres e uns bolos de lama ou estrume, se quisessem. E, ao cantar, que cantassem somente em língua de português ou congolense, sob pena de ovo quente na boca. E, se quisessem batucar, batucassem apenas batuques congolenses, nunca aqueles ritmos pagãos com que se prestava homenagem a deuses inexistentes. À frente do cortejo, os ginetes, todos de crinas muito bem aparadas, pois crinas esvoaçantes só as dos capões do rei. Atrás dos ginetes, em todo o seu esplendor e ornamentada com todos os atavios imagináveis, fitas, contas, broquéis lavrados, louçainhas, espelhos, vidrilhos e o que mais representasse glória, a carruagem de D. Afonso, ele de pé, coroado e erguendo o cetro para o povo. Atrás dela, a Irmandade em seus paramentos de festa e carregando num andor a imagem de São Lourenço e sua grelha de ouro. Atrás da Irmandade, a milícia de mulatos e congolenses, seus mosquetes e todas as suas armas, e a tropa de lanceiros. Atrás de todos, escravos e escravas das casas e plantações, escolhidos por tamanho e fortaleza, ajoujados e com seus feitores ao lado, de azorragues em punho. E, finalmente, a carroça dos prisioneiros, que nela viriam sozinhos e amarrados, puxados por uma parelha de jumentas. E, sim! A carruagem real tinha que ter no frontispício umas palavras em latim! Palavras de vitória, vissem lá os seus latins de padre e arranjassem umas palavras para pintar na testa da carruagem.

Poucos dias depois dessas deliberações e já concluídos os preparativos consequentes, Hans, Crescência e a Degredada enfrentaram muitas parlamentações à frente das paliçadas e exibiram uma carta, assinada por Capitão Cavalo, que os declarava seus legítimos representantes e impetrava tratamento respeitoso. Finalmente, foram admitidos e levados a bancos de madeira postados numa das bordas de uma espécie de largo e lá solicitados, com alguma polidez, a sentar-se. Ao contrário do que Hans havia temido, Capitão Cavalo, apesar de muito abalado com a notícia, permanecera muito calmo. Tinha certeza do que queria esse telhudo, Jorge Diogo, que agora era rei, mani banto, sabia-se lá mais o quê. Queria a mesma coisa que o sacripanta do seu pai. Eram os negros fugidos do quilombo que agora estavam vivendo no Sossego Manso, sem que ninguém ousasse vir pegá-los. Havia agora, como o próprio Jorge Diogo devia saber, somente cinco ex-escravos, dois deles já ficando velhos. Mas, se era isso, seu coração de pai sangrava e sua dor era maior do que podia expressar, mas não aceitaria a troca. Não mandaria cinco homens inocentes para a mutilação, a tortura e a morte lenta em troco da vida de outro, não importando se era seu filho. Se fosse essa a exigência, Hans tentasse obter um prazo, dissesse que precisava consultá-lo. E, se não houvesse outro jeito, atacaria o quilombo e de fato o arrasaria. Mesmo que isso resultasse na morte de seu filho, pelo menos não teriam feito uma transação indigna, além do que era bem possível que Jorge Diogo, ao sentir seu reino mortalmente ameaçado, cedesse a qualquer coisa que lhe impusessem. Também não acompanharia os três, nem organizaria seus homens agora. Se os três não voltassem dentro de cinco dias, tomaria providências que ainda não sabia direito quais seriam.

Agora, sentados naqueles bancos toscos, embora forrados de panos estampados, cada um com duas mulheres atrás de si — uma segurando uma sombrinha para protegê-los do sol e outra abanando-os para refrescá-los e afastar as moscas que enxameavam por toda parte —, Hans, Crescência e a Degredada não podiam imaginar, mas estavam esperando a passagem do cortejo triunfal de D. Afonso Jorge II. No início, pensaram que todo o povo aglomerado, formando um largo corredor policiado por crioulos e mulatos portando uma espécie de buraçanga, um cacete de três palmos e ponta rombuda, com que de vez em quando cutucavam alguém que quebrava o alinhamento, estava ali para vê-los, mas logo ficou claro que não. Os que se postaram mais perto não tiravam os olhos deles, mas os que estavam mais longe, embora os fitassem também, não faziam menção de aproximar-se. Isolada a um dos cantos do largo, uma fileira de cadeiras de arruar e liteiras requintadas, com seus carregadores ao pé e cortinas levantadas, mostrava mulheres, na maior parte mulatas, vestidas como para um baile. Sim, os três eram no máximo parte do espetáculo, porque algo fora do comum estava para acontecer.

Antes de ter sido levado para a *Hexenhaus,* Hans gostava muito de relógios e tinha vários deles em sua casa em Bamberg, cujos mecanismos estudava, porque um dia pretendia fabricar um melhor do que todos os que conhecia. Na ilha, se bem que por motivos diversos, ainda mantinha o hábito de observar as durações e as faces tão diversas que o tempo apresenta, a cada instante sendo e não sendo, incompreensível e apenas sensível, existindo em si mesmo e não existindo fora de si mesmo, ou o contrário disto, uma entidade que ele às vezes percebia como uma fita que vai e que vem e volta e avança e volta e avança, que não está em nada e está em tudo, que fora do homem não existe e no entanto o tiraniza, que não tem direção e sempre tem, e ainda impele a cogitar-se na eternidade, da qual se lê no Livro Sagrado, eternidade que não se explica, mas que se imagina que existe e não se pode provar que existe ou não existe. Apertando a cabeça entre as mãos espalmadas, Hans respirou fundo, procurando não continuar pensando dessa forma e conseguiu com alívio reduzir o que refletia sobre o tempo a um cálculo sobre quanto tempo haviam passado ali. Grato aos céus por haver escapado daquelas especulações inoportunas, abriu bem os olhos para desfrutar das cores de um dia tão luminoso como raras vezes tinha visto, acalmou-se, conteve a vontade absurda de falar sobre o que lhe acabara de vir à mente e, já calmo, quase plácido, concluiu que deviam estar ali havia talvez mais de uma hora. O que quer que os quilombolas estivessem pretendendo fazer encontrava problemas e se atrasava. Pensou em pedir permissão para levantar-se, mas não foi preciso, porque um alarido prorrompeu no outro extremo do corredor humano e logo um grupo de cavaleiros vistosamente trajados à moda antiga, com camisas rocadas e calções justos, meias, botinas, esporas e perucas, trotou terreno abaixo. Via-se que pretendiam manter uma formação rigorosa, três alas enfileiradas e fachudas, mas os cavalos não pareciam querer disciplinar-se e os cavaleiros, na maior parte, os controlavam com dificuldade, além de que alguns claramente disputavam posições de destaque na parada. Em frente ao banco dos visitantes, os cavaleiros os saudaram e também às damas das cadeirinhas, levantando seus chapéus bicornes. Vários cavalos se assustaram e passarinharam, levantando-se alguma poeira e caindo alguns chapéus ao chão, logo catados pelos homens dos bastões, entre patadas de cavalos e imprecações dos fidalgos irritados. A confusão certamente persistiria, mas um outro cavaleiro, ainda mais luxuosamente aderecado do que os outros, veio galopando lá de trás e ordenou a todos que seguissem em frente, pois o cortejo mal começara e a carruagem de Sua Majestade ia passar daí a pouco.

Os cavaleiros continuaram sua marcha um pouco em desordem e, entre vivas, gritos, tarampantões e cantos de guerra, a carruagem real, em andadura compassada, mais enfeitada do que um altar festivo e com as palavras *Væ victis* entalhadas e pintadas de escarlate na boleia, surgiu no horizonte. De pé, segurando-se com uma mão numa ripa fincada no piso da carruagem e com a outra galhardeando o cetro para o povo, D. Afonso Jorge II, coroa na cabeça, peito empinado e fisionomia severa, parecia, como da vez que encontrara Iô Pepeu e Balduíno, estar entre nuvens, na poeira levantada pelas duas parelhas. Cutucões instaram os três visitantes a levantar-se, as damas das liteiras fizeram mesuras com os braços e as cabeças, o rei ordenou ao cocheiro que detivesse a carruagem diante dos recém-chegados. Fez menção de que ia dizer-lhes algo, mas simplesmente os encarou durante um tempo longuíssimo, com a mesma expressão altiva e carrancuda, para depois retomar seu desfile, envolto em poeira e ovações.

Seguiu-se a Irmandade em suas vestiduras solenes, casulas encarnadas e bordadas de branco, com todos na assistência se benzendo e muitos se ajoelhando à passagem do andor. Logo depois os guerreiros e lanceiros, quase todos com cicatrizes simétricas nos rostos e dançando ameaçadoramente, como se estivessem combatendo inimigos invisíveis. Logo atrás, os escravos, em suas cangas de peroba e chibateados levemente, de quando em vez. Finalmente, afastada um pouco do corpo do cortejo, a carroça que transportava Iô Pepeu e Balduíno Galo Mau, cobertos de lama, cascas de frutas, pedaços moles de estrume e sujeiras irreconhecíveis que continuavam a lhes atirar, este com os olhos dardejando para lá e para cá sem cessar, aquele de cabeça baixa, a ponto de só ter visto Crescência porque Balduíno, mesmo mal podendo mexer-se por causa das cordas que os atavam, lhe chamou a atenção.

— Será que eles pegaram Crescência também? — perguntou Iô Pepeu. — Mas ela não está amarrada! Será que ela entrou para o quilombo?

— Deixassê besta — disse Balduíno. — Isso é coisa de teu pai, esses três aí é coisa de teu pai.

— Mas meu pai nem conhece Crescência. Se conheceu, foi menina, nem se lembra mais.

— Ele pode não conhecer, mas é coisa dele. Aquele branco descascado, aquele índio conhece, ele virou índio da aldeia da Beira da Mata, quase não sai de lá, mas amigo de teu pai faz muito tempo. E aquela velha de cabelo arrupiado é a Degueredada, a feiticeira da furna, que é também muito amiga de teu pai, tu sabe tudo isso.

— E que é que eles estão fazendo aqui?

— O que é, índio não sabe, mas é coisa de teu pai. Melhor não ficar olhando eles, não olha eles, não faz nada, não trapalha. Capitão Cavalo deve de ter pensado uma coisa muito bem pensada pra fazer.

Como quase sempre, Balduíno tinha razão. Assim que a carroça se afastou, o mesmo cavaleiro importante que havia reposto o cortejo em marcha veio comunicar que Sua Majestade, D. Afonso Jorge II, o Glorioso Excelso, ia recebê-los em seu palácio. Primeiro, contudo, deviam acompanhá-lo a uma bica, onde tomariam banho, pois Sua Majestade era muito asseado e queria todos limpos em sua real presença. Depois esperariam a chegada dele à sala do trono, onde lhes seria concedida audiência.

XIV

A sala do trono, onde Hans, Crescência e a Degredada esperavam a chegada de D. Afonso, era ampla como a nave de uma igreja e, na verdade, lembrava mesmo uma igreja, com exceção da presença, no estrado onde ficaria o altar-mor, sob um baldaquim vermelho com franjas douradas, de um monumental sólio de jacarandá esculpido e debruado a veludo, com almofadas púrpuras de bordas de fio de ouro cobrindo-lhe o assento, o encosto e os braços. Encharoladas nas paredes laterais, grandes imagens de santos e estátuas de heróis do reino do Congo. De cada lado do trono, cadeiras muito menos imponentes, mas ainda assim magníficas, pareciam destinadas a nobres ou dignitários da corte. No topo do alto encosto do trono, o brasão do reino, um leão alado de três cabeças com um florão sobre cada, suas garras de águia cravadas numa serpente e, por baixo desta, uma espécie de cotica, aparentemente, recém-pintada, com os dizeres *Væ victis*. Diante do trono, a uns cinco passos de distância, um banco sem encosto onde a Degredada quis sentar-se, mas foi impedida pelo mais importante do grupo que os acompanhava e que se apresentara como o real mordomo. Esperariam Sua Majestade de pé e só se sentariam quando ele sinalizasse o seu consentimento. Deu ainda outras explicações sobre como proceder corretamente na presença régia. Já que não eram súditos nem prisioneiros, mas visitantes e embaixadores, não seriam obrigados, como todos os outros à exceção do mordomo, a tocar com suas testas o solo, ao surgimento de Sua Majestade. Apenas, Hans se curvaria e as mulheres poriam o joelho direito a um palmo do chão e, se ele lhes estendesse a mão, lhe beijariam a pedra do anel, honraria por sinal só conferida a poucos e, portanto, não a esperassem, a não ser que Sua Majestade se agradasse muito deles. Não tomariam a iniciativa de dirigir a palavra a Sua Majestade, mas aguardariam que falasse primeiro, a não ser que ele manifestamente os dispensasse dessa rígida norma protocolar. Era também falta grave mencionar a Sua Majestade algo em que não houvesse exprimido interesse. Finalmente, podiam por enquanto apreciar as imagens dos santos e o porte augusto dos guerreiros e heróis do reino do Congo, entre os quais o próprio bispo de Utica, feito titular pelo próprio papa Leão X. Ou seja, aproveitassem a oportunidade para aclarar um pouco sua ignorância da História do mundo. Logo o rei seria anunciado pelo seu arauto e viria ter com eles.

De fato, alguns minutos depois, um reposteiro mulato, vestido de libré branca, afastou e apresilhou os falbalás da cortina que ocultava a encoberta de onde emergiria D. Afonso Jorge e, do lado direito, irrompeu um arauto também mulato, de peruca branca e chapéu armado, que deu três vezes no piso com a ponta de um bastão emplumado e anunciou o ingresso de Sua Majestade, que envergava trajes distintos dos que usara no triunfo — manto purpurado com festões de guirlandas, cetro, bragas acolchoadas, meias brancas e escarpins de veludo azul e salto alto — e andava com o peito enfunado, em passadas largas e cadenciadas. Parou junto ao arauto, retribuiu as saudações com um aceno ríspido e tornou a caminhar, desta feita para postar-se junto ao trono, no qual, entretanto, não sentou.

— Que maus sucessos assolam o grande Capitão Cavalo? — perguntou, sem dirigir-se a alguém em particular. — Que se passa com o grande Capitão Cavalo, terá perdido seus afamados haveres e sua opulentíssima fazenda? Ou a vida rude que leva o conduziu a esquecer as regras do bom trato e do respeito, pois que não vejo nenhum entre vós a trazer-nos uma prenda? Ou lhe sucedeu tanto uma coisa quanto outra? E por que nos remete tão extravagante enviatura? Um homem branco, que já nos disseram que fala arrevesadamente e vive entre os selvagens, uma mulher branca que segundo todos se aplica em bruxarias e feitiços e, em sítio cristão, devia ser queimada na fogueira e, se vivesse aqui, expiaria suas malfeitorias indo tostada na grelha velha de São Lourenço, destinada aos condenados às penas infernais, e uma mulher que não conhecemos, embora felizmente não tivesse ousado mandar uma de má raça, como se vê desde já que essa não é, pelos seus traços nobres de congolense. Custa-nos perceber em que intentos isso se assenta, intriga-nos a maquinação que o engendrou, mas já vos demandamos.

Inopinadamente, como se houvesse levado um empurrão nas costas, mexeu-se com uma vivacidade que antes parecia não poder exibir e aproximou-se de Crescência, estendendo-lhe a mão. Espantada, porém lembrada pelo olhar nervoso do mordomo a seu lado, beijou a pedra do anel real. Mas não conseguiu logo libertar sua mão, porque o rei a conteve longamente, fitando-a primeiro nos olhos, para depois, ainda segurando-lhe a mão, afastar-se meio passo e avaliá-la da cabeça aos pés, em etapas que o detinham por instantes, aprovando tudo com gestos e expressões faciais.

— Não és cativa, és? — indagou, finalmente soltando a mão dela. — Não podes ser.

— Nasci cativa na Casa dos Degraus, de Capitão Cavalo, mas agora não tem mais cativos, pelo menos como diz que tem em outras partes. Mas continuo da casa.

— Aqui neste reino há cativos, sempre haverá cativos. Enquanto o mundo for mundo haverá cativos, pois sempre existirão os que nasceram para isso e os que nasceram para mandar, esta é a voz verdadeira dos grandes filósofos e a voz verdadeira da vida. Mas dizer que nasceste cativa quase se iguala a uma blasfêmia! Não nasceste cativa, ninguém ignora que congolense algum nasceu para ser cativo.

— Meu avô vendeu minha avó e minha mãe a um mercador que trouxe elas para São João.

— Devia ser enforcado! Devia ser sentado nu, na ponta dos pés, com uma estaca de madeira e ponta afiada na porta do cu, para que, do cu ao coração, sentisse trespassá-lo devagar o espeto da traição ao sangue! Há reinóis cativos? Não há, porque não nasceram para cativos! E tampouco nasceram os congolenses! Que comprassem uma mulher, bem o entenderia, esta é a usança própria. Mas em cativeiro nunca!

Foi para o trono, sentou-se, repousou o cetro sobre uma almofada cedida pelo mordomo e depois depositada respeitosamente num aparador e principiou a discorrer como um professor. Se o governador não fosse um frouxo, que só se preocupava em fazer fortuna e voltar para Portugal o quanto antes e, se lhe dessem armas, navios, homens e ordens, se tantos altos funcionários não se tivessem avezado a viver de peitas, se a ilha do Pavão não fosse de tão dificultoso acesso para uma frota e até para naus isoladas, Capitão Cavalo já de muito teria pago seus múltiplos crimes contra o direito, os homens, a moral e Deus. Mas um dia a moral e o direito haveriam de conseguir restabelecer-se na ilha por força das armas do reino de Portugal, com o decidido apoio das suas. E a seu reino chamavam de quilombo, nome dado a aldeias de negros fugidos, quando na verdade era ali que estavam a verdadeira legalidade e a verdadeira legitimidade, ali vigoravam as leis de Portugal, bem como as leis de Deus, como comprovava a circunstância de tantos brancos se haverem juntado a seu augusto falecido pai, na fundação do reino do mani banto. Escravos em liberdade, que agora abundavam em toda a ilha, eram um retrocedimento, uma volta aos tempos da barbárie e do paganismo, embora muitos povos pagãos tivessem tido escravos — e não negros, mas brancos como seus senhores, o que mostrava que, não importando a cor da pele, há aqueles que nasceram para servir a seus melhores. A escravidão era a expiação dos pecados e das baixezas dessas raças reles e, além disso, trazia-as à cristandade, lhes dava as almas que antes não tinham, ou, se tinham, eram tão vis que nem o inferno lhes constituía merecimento justo. Muito do que se via como mal, por certa gente, era de fato bem, e bem do mais elevado teor espiritual, pois que aperfeiçoava essas criaturas brutas e evitava a comissão dos atos vis a que sua natureza ignóbil os compelia, era como se do pássaro ingrato se extraíssem as retrizes, para que não pudessem orientar o voo para longe de seu mestre. Se mandava ensurdecer um escravo à custa de tabefes de mãos em concha nos ouvidos, como já havia feito diversas vezes, era para impedir que, tendo demonstrado ser tagarela, abelhudo e intrigante, continuasse a escutar a conversa alheia. Se mandava cortar a língua de outro, era por motivo convizinho. Se mandava capar outro, forçava-o a praticar a virtude da castidade e lhe punia a concupiscência. Por que os súditos do Congo eram melhores e tinham tratamento de igual para igual com os portugueses? Porque souberam fazer por onde, porque sua inteligência era superior, porque conheciam artes e ciências que os povos inferiores das cercanias, porque sua língua era mais bela e expressiva, porque seus costumes eram morais e cristãos, porque eram mais bonitos e mais bem-proporcionados, enfim, por um rol desmedido de grandes atributos. A cor dos congolenses se assemelhava à dos negros, mas, se bem observada, via-se que era diversa. E, mesmo que fosse igual, acaso a cor da pele queria dizer alguma coisa? Se a cor quisesse dizer alguma coisa, o homem estranho que ali estava e vivia entre os índios seria igual aos que viviam em São João, mas não era. O que de fato importava era a qualidade da raça, da estirpe e do espírito, que se refletia nos traços, na conformação do corpo, no porte e nos costumes. Portanto, os congolenses eram como brancos, eram na verdade brancos. No sentido mais sublime da palavra, tanto assim que admitiam casar-se com brancos e fazer filhos em brancas, porque se trata de uma mistura que não alterava nada de essencial. Quem não vê a diferença entre um jaga e um congolense, o primeiro grosseiro, ignorante e feio, o segundo elegante e belo? Quem não reconheceria, como fizera ele próprio no primeiro instante em que a vira, uma congolense legítima, na formosura e na harmonia de traços daquela sua airosa embaixadora?

Sim, airosa — e de repente deu um passo à frente, juntou as mãos e fechou os olhos num devaneio inesperado —, com ancas de redondeza tão sedutora, seios tão graciosamente torneados, pele tão veludínea, lábios tão mimosamente carnudos, dentes tão alvos, tornozelos tão maravilhosamente esculturados, grandes olhos negros e brilhantes, a inexistência de qualquer defeito. Sim, acreditava que sabia, decerto que sabia por que Capitão Cavalo, cuja astúcia nunca pusera em dúvida, fizera compor aquela delegação com a presença dessa extraordinária mulher.

— Mas não podemos esquecer os assuntos de Estado! — bradou, mudando tão subitamente de inflexão e postura quanto da outra vez. — Cremos que deixamos claro que são criminosos os atos de Capitão Cavalo, acolhendo qualquer escravo fugido e tê-lo como forro, terminando por fazer ruir gradualmente a escravatura e estabelecendo uma nação como nunca se viu, em que tudo é diferente de lá fora e contrário ao bom governo, em que o produto da terra se costuma dividir com quem a trabalha, em que negros e pardos são funcionários e comerciantes e se casam com brancas, em que há toda sorte de mistura e convivência licenciosa? Nem ao menos governo quer formar, pois, com tantos homens e tanto poder, se recusa a dar ordens a intendentes e camaristas e deixa que cada um cuide da vida como lhe apraz, não impõe leis nem baixa editos, quando podia ser o verdadeiro senhor da ilha do Pavão, nosso aliado, sem sedição ou traição às regras e ordenações da Coroa. Como dissemos antes, mais cedo ou mais tarde o poder da Coroa se verá restaurado nesta ilha. Mas, enquanto isso não se dá, não podemos deixar passar sem proveito as ensanchas que a Providência nos dadiva, para fazer valer a ordem e o direito. E tais ensanchas nos são oferecidas pela invasão de nosso reino, sabe-se lá com que insidiosos motivos, pelo filho de Capitão Cavalo e por índio dos mais desqualificados entre a sua já desqualificada gente.

— Podemos fazer com eles o que quisermos! — gritou, enfurecido e benzendo-se, antes de se endereçar a Degredada. — Não temos medo dos teus feitiços e bruxarias, não receamos tuas legiões de demônios, temos o Cristo Redentor e Salvador ao nosso lado, temos a força da Santa Cruz, podes convocar que poderes das trevas bem entendas, que não nos deixará amedrontados! Podemos fazer daqueles dois o que quisermos! Podemos mandá-los à grelha! Podemos mandar empalá-los! Podemos esfolá-los vivos! Podemos picá-los em pedacinhos e deitá-los aos porcos!

— Mas — falou, mudando para um ânimo diverso novamente, de maneira tão inesperada quanto antes — já dissemos que sabemos por que Capitão Cavalo nos mandou comitiva de aparência tão esdrúxula. Astuto, muito astuto, uma raposa velha. Mas não astuto o suficiente para perceber que também há astúcia naqueles que julga burlar. Manda-nos este branco seu amigo porque não lhe dá valor e assim arrisca sem medo alguém cuja perda não lhe fará mossa e cujos trabalhos, ao mesmo tempo, poderão ter serventia para ele. Sai ganhando de qualquer forma, ou ao menos sem perder. Manda-nos essa seresma desgrenhada — e apontou para a Degredada, benzendo-se mais uma vez, no que foi imitado repetidamente pelo mordomo e seus acólitos — porque conjectura que nos faz susto com seus pretensos poderes malignos, contra os quais nossa cristandade é bastião invencível. E, finalmente, manda-nos esta deusa em forma de mulher, para que se amolente o nosso coração. Astuto, sagaz, muito sagaz. E sabe ele muito bem o que queremos, em troca da vida do filho dele. Queremos o que por direito nos pertence! Desde o tempo do nosso augusto pai, Capitão Cavalo nos afronta, a nós e às leis, com sua recusação. Os nossos cativos! Os cativos nossos que lá estão foragidos, recebendo guarida! Responde-nos lá, branco inusitado, que diz o teu falso amigo sobre devolver os nossos escravos em troca do filho?

— Receio que não tenha dito nada, pois não sabia que era isso o que pretendia Vossa Majestade — respondeu Hans.

— E de fato fomos mandados aqui para saber. A mensagem que recebemos era tão somente de que o rapaz estava aqui prisioneiro e que Vossa Majestade desejava um entendimento com Capitão Cavalo.

— Mentes. Mas, mesmo assim, diz-nos lá tu, em vez dele. Teremos ou não teremos os nossos cativos de volta?

— Como disse a Vossa Majestade, ele não sabia que era esse o desejo de Vossa Majestade. Por conseguinte, somos obrigados a voltar a ele, para saber que resposta trazer a Vossa Majestade.

— Mentes outra vez, mas estamos de boa disposição e sabemos que mentir é parte do ofício de embaixador. Além do mais, a ladinice de teu mestre rendeu frutos, pois deixaremos que levem convosco o rapaz e o índio e não mais exigimos o retorno daqueles cativos ingratos e imprestáveis. A mais magnanimidade, diria mesmo santidade, não podiam esperar de um soberano. Não me agradeces com o merecido fervor?

— Por certo que sim, Majestade, só podemos louvar-vos e render graças à generosidade do vosso coração. Mas...

— Boa palavra, esta última, bem trazida. Mas. Há sempre um "mas", pois nem mesmo os santos são perfeitos, eis que a perfeição só a conhece o Todo-poderoso. Palavra bem trazida, porque seguramente há um "mas". Que fiqueis com o rapaz, o índio e os cativos, mas deixai esta mulher. Nós queremos esta mulher.

XV

Sentados a uma mesa tornada minúscula por estar solitária no centro de um amplíssimo salão, na casa maior da Irmandade de São Lourenço, Hans, a Degredada, Crescência, Iô Pepeu e Balduíno conversavam aos cochichos, por temerem que, mesmo deixados a sós por ordem expressa de D. Afonso, a Irmandade pusesse em prática algum jeito matreiro de escutar o que conversavam. Depois de espantar-se com a proposta do rei e a reação impassível de Crescência, Hans pedira permissão para ele e suas companheiras conversarem privadamente com os dois prisioneiros, já que não se tratava de uma decisão a ser tomada levianamente, ainda mais que Capitão Cavalo não participaria dela. A permissão foi prontamente concedida, não sem antes o rei passar por Crescência e cheirar-lhe fundamente o pescoço e os braços perto dos sovacos, em seguida levantando muito a cabeça e agitando-a com deleite e os olhos revirados. Em seguida, deu ordens ao mordomo para que providenciasse tudo o que Hans pedisse e retirou-se.

— Eu ainda acho que devemos dizer ao rei que precisamos consultar Capitão Cavalo — disse Hans.

— Não precisamos consultar ninguém! Quem não aceita sou eu! — exclamou Iô Pepeu, muito nervoso e falando tão alto que Hans lhe fez sinal para que baixasse a voz.

— Iô não tem que aceitar nada, quem tem de aceitar é eu — disse Crescência. — E eu aceito, já disse que aceito.

— Não podes! Tu não podes fazer isso! Tu não podes fazer esse sacrifício por mim!

— Posso, sim. Tanto assim que vou fazer.

— Tu queres passar o resto da vida servindo àquele maluco, que no dia em que lhe der na telha pode até te mandar para a grelha?

— Não, querer não quero. Mas, se é o jeito, eu fico.

— Não ficas! Não admito! Não aceito! E meu pai não ia aceitar tampouco!

— Quando ele souber, já vai tar tudo feito.

Iô Pepeu levantou-se e começou a rodopiar pela sala, repetindo seguidamente que não aceitava, não admitia, não consentia. Afinal, se estavam representando Capitão Cavalo, ele, como seu filho, podia tomar uma decisão por todos. Não aceitava, pronto, estava acabado. Mas Balduíno, que, juntamente com a Degredada, não tinha falado nada até então e somente dera um risinho aliviado, ao ouvir pela primeira vez que Crescência lhes daria liberdade, se encaminhou a ele, afagou-lhe o ombro e o levou de volta à mesa.

— Não precisa nevorosidade. Ela não fica. Quer dizer, fica, mas fica muito pouco, muito pouco mesmo.

— Fica pouco, como? Como é que ela vai fugir daqui? Quem é que vai tirá-la daqui? Isto aqui é quase como um cemitério, quem entra nunca mais põe os pés fora!

— Tontice, índio tira ela daqui. E rei maruco doido nem vai botar a mão nela, tu pode deixar.

Índio já tinha tudo na cabeça, já sabia tudo o que ia fazer, podiam deixar tudo com ele. Não era porque ele tinha precisado procurar Capitão Cavalo que estavam naquela situação? Então, ele resolvia, era obrigação. Primeira coisa: procurar o rei, dizer que Crescência ficava e dar umas explicações muito importantes. O rei dizia que não tinha medo da Degredada, mas tinha, toda a gente do quilombo trazia na alma um cagaço grande de feitiço — o que ela confirmou, lembrando como eles se benziam, ao se dirigirem a ela. Então era o seguinte. Era dizer que, sem saber que o pedido do rei seria ela própria, Crescência já tinha se comprometido com a Degredada e seus diabos secretários e senhores a se consagrar a um desses diabos, um dos mais tremendos, senão o mais entre eles, o qual não tolerava que suas devotas e possuídas se entregassem a qualquer homem que fosse, ou mesmo a outro diabo. A cerimônia final da consagração ainda não tinha sido efetuada e, portanto, apesar de através de providências complicadas e perigosas, o pacto ainda podia ser desfeito. Mas todos os complicados ritos necessários tinham que ser executados na lua nova, que só viria dali a muitos dias. Enquanto isso, Crescência não poderia ser possuída por homem nenhum, mesmo os escolhidos por Deus, como era certamente o caso de Sua Majestade, sob pena de desencadear-se o furor dos demônios corneados, furor este que nem a Degredada nem ninguém conseguiria serenar. No começo, o rei iria bazofiar como sempre, mas ficaria logo com os joelhos batendo de medo e, como não gostaria de desistir de Crescência e sabia que Capitão Cavalo talvez preferisse a guerra a atender a qualquer de suas exigências, terminaria por chamar aquilo tudo de crendices mentirosas, mas concordaria de pronto. Por garantia, Crescência, durante todos esses dias, usaria as mil e tantas trampas feminis para fingir-se de parco ou mesmo nocivo préstimo, nos braços de seu pretenso senhor. Havia chás e frutos catameniais por todas conhecidos e em toda parte encontrados, havia tinturas encarnadas que se podia fazer de cascas de plantas ou de frutas, havia dúzias de maneiras para Crescência fingir que estava nas regras, na eventualidade improvável de que o rei resolvesse desrespeitar o resguardo satânico. Se ele tentasse, Crescência não resistiria, para não enraivecê-lo, mas simplesmente diria — e, se preciso, mostraria — que estava nas regras e ele cessaria seus avanços, pois o povo dele considerava impura e imunda a mulher na escorrência, não devendo nem ser tocada, quanto mais fodida.

E as noites escuras de lua nova seriam perfeitas para o que Balduíno pretendia fazer. Ia necessitar da ajuda de Capitão Cavalo, da Degredada e dos seus índios, para que tudo corresse a contento. Podiam deixar com ele, já tinha tudo na cabeça e passou a dar uma explicação minuciosa de seus planos, que no fim os outros aceitaram, embora Iô Pepeu ainda relutasse. Chegou a chamar Crescência para um canto afastado e, com a voz tolhida, perguntou-lhe por que ela fazia aquele sacrifício terrível por ele, que não queria aceitá-lo e jamais o pediria.

— Porque gosto de ti — disse ela suavemente, fitando-o nos olhos e o tuteando pela primeira vez.

Com as pernas pouco firmes, o coração apertado e os olhos úmidos, ele não saberia descrever o que sentiu ao ouvi-la e quis abraçá-la, mas Balduíno, que não cessava de observá-lo mesmo enquanto falava, pressentiu-lhe o gesto e apressou-se a impedi-lo.

— Tá maruco esmiolado — disse. — Se tu abraçar ela e arguém tá vendo por argum buraco, ninguém vai creditar na história da Degueredada. Se o diabo não quer deixar ela pro rei, também não ia querer deixar pra tu. Nem encosta a mão nela, fica queto.

Finalmente, com Balduíno mal contendo a vontade de esfregar as mãos e dar risada, Hans de semblante carregado, Iô Pepeu parecendo que ia cair no choro e as duas mulheres muito calmas, os cinco foram até a porta onde o mordomo os esperava, para dizer-lhe que a vontade de Sua Majestade seria atendida, como não podia deixar de ser, mas antes precisavam muito falar com ele outra vez. O mordomo primeiro fez questão de mandar amarrar as mãos de Iô Pepeu e Balduíno, para depois ordenar que todos subissem a uma espécie de berlinda antiga, na qual seriam transportados imediatamente à presença do rei, que já devia estar impaciente por uma resposta.

Na sala do trono, D. Afonso, desta vez sentado todo o tempo, perguntou imediatamente a Hans sobre o resultado do encontro e, quando foi informado de que teria seu desejo satisfeito, riu, bateu as mãos nas coxas e pareceu querer pular na direção de Crescência.

— Com a graciosa vênia de Vossa Majestade — falou Hans, assim que notou sua intenção, e ele, um pouco contrariado, golpeou levemente um dos braços do trono e voltou a recostar-se. Com que então o estranho mensageiro de Capitão Cavalo não havia concluído sua fala, achava por bem abusar da condescendência real e ser impertinente?

— Que querem de nós? — falou com irritação. — Querem agora tirar ainda mais proveito da nossa longanimidade? Advertimos que nossa paciência é bastante escassa e nosso ver é que já concedemos mais do que o suficiente para demonstrar nossa extremada boa vontade. Advertimos ainda que não aceitamos condições ou limitações para a posse da mulher, que deverá ser nossa da forma que pretendermos.

Hans, com as mãos postas como se rezasse, retrucou que, muito longe disso, queriam apenas que o gesto admirável de Sua Majestade não viesse a tornar-se inútil pelo que sucederia depois, se não fossem revelados certos fatos, os quais deprecava consentimento para a Degredada expor. Depois de persignar--se, imitado pelos cortesãos, D. Afonso aquiesceu. A Degredada então explicou, com uma fartura de pormenores que surpreendeu até mesmo Balduíno, tudo o que tinham combinado e o rei a ouviu com atenção, embora franzindo a boca e olhando para cima, a fim de demonstrar desdém e descontentamento. No final da explicação, contudo, voltou a mostrar-se satisfeito. Naturalmente, não dava um chavo furado por todas aquelas crendices que, em reino de bons costumes, seriam punidas com o completo rigor da fé cristã. Mas, se lhes parecia importante — e fez o sinal da cruz outra vez — e a mulher não iria com eles, tratava-se tão somente de uma questão de tempo e o aguardo da felicidade faz parte de sua fruição, tanto quanto o faz recordá-la. Ficassem entretanto cientes que não esperaria nem um dia depois da lua nova, não precisariam importuná--lo de novo com sua incomodativa presença, para relatar-lhe o termo daquelas manobras infernais. A partir da primeira noite do primeiro quarto da próxima lua, a mulher seria irrevogavelmente sua — e oh e ah e uh-uh-uh — que mais esplêndida montaria alguém jamais encavalgara que aquela fêmea de tais sublimes ancas e tão apurada cepa, cujas narinas agora percebia palpitantes, como a antecipar o seu divino abraço? Estava, por conseguinte, tudo acertado, não lhe apetecia escutar mais nada. De resto, embora não precisasse, ordenou ao capitão da escolta encarregada de conduzir o grupo para fora de seu reino que, na passagem, mostrasse a todos, sem deixar que entrassem, a casa magnífica em que ela imediatamente passaria a residir, acomodada tal qual uma princesa e servida pelas melhores escravas aias e pela fina flor de seus castrados.

Despedindo-se de Crescência, que foi recebida com mesuras por quatro escravas de torso e bata branca engomados, à porta de uma casa ampla, de paredes pintadas em cores vistosas, Iô Pepeu ficou mais uma vez com vontade de chorar e protestar e mesmo lutar contra todos, nem que fosse apenas a cabeçadas, em contraste com a alegria a custo reprimida de Balduíno. O qual, aliás, durante todo o percurso da estacada à beira da mata do Quilombo, não cessava de falar nos episódios assombrados que sempre ocorriam na lua nova e nos espíritos que se alastravam na dita lua nova, a ponto de o capitão da escolta, já nervoso como os outros, tê-lo mandado calar-se, o que ele fez tapando a boca, para não lhe pilharem o sorriso maroto.

XVI

"Ai, América Portuguesa, sol do Novo Mundo, gema celsa da Coroa, torrão de cabedal inexaurível, a que ponto chegaste, nesta sesmaria deslembrada, em que seus princípios e ordenações se envilecem, sua gente se mesticiza e se deprava, sua autoridade não se reconhece, seus camaristas e homens bons se desprestigiam e seu elemento servil se há como livre? Ter-se-á ao menos lenitivo para tantas aflições, poder-se-á ao menos esperar algum governo em tanto desgoverno, algu'a mão segura a guiar os destinos da Assinalada Vila de São João Esmoler do Mar do Pavão, de tantos e tão altivos dotes e suas irmãs não menos abatidas pela desordem e anarquia, as heroicas vilas de Xangó Seco de São José, Nossa Senhora da Praia do Branco e Bom Jesus do Outeirão?"

Assim indagava, a folhas tantas, o memorial arduamente penejado, em jornadas longuíssimas e noites indormidas, pela mão doutíssima do mestre José Joaquim Moniz Andrade e submetido a duros debates e emendas, entre os pares reunidos na recém-formada Confederação das Vilas da Ilha do Pavão, com sede provisória na Câmara assivissojoemapaense, memorial esse a ser entregue pela legação que se enviaria a Capitão Cavalo. As feridas mal pensadas deixadas pela Sedição Silvícola ainda persistiam, apesar da versão oficial dos fatos, também da autoria de mestre Moniz de Andrade. Mas foi labuta estrênua conseguir articular a Confederação, eis que os próprios joaninos não se uniam por completo em torno de um corpo de pensamento harmônico e relutavam em aderir tanto à Confederação quanto aos princípios e reivindicações contidos no memorial, pois diversos não viam mal algum na situação corrente, que ao menos era de fartura e paz geral, exceção feita à campanha pela expulsão dos índios. Acresciam-se a isso o natural ressentimento das vilas menores em relação a São João e o medo de que, sob cor de restauração da ordem, houvesse pretensões de ampliar a hegemonia joanina já em vigor, por força de sua riqueza e prosperidade. Somente os dotes políticos, a eloquência e o poder de persuasão do intendente Dão Felipe Mendes Furtado, apoiado pelas correntes mais ricas e tradicionalistas da opinião pública, bem como o empenho aguerrido do mestre de campo Borges Lustosa, é que foram capazes, a duras penas, de mobilizar a consciência conservadora dos ilhéus, para convergi-la nos antigos ideais, agora desonestados.

Diversos assuntos de magna importância contribuíram também para a demora na tomada das providências. Discutiu-se acesamente, em primeiro lugar, sobre a quem caberia a chefia da delegação, havendo cada vila insistido em que seu intendente ocupasse essa posição, a tal ponto que somente depois de dois dias de altercações e discursos arrebatados chegou-se a uma solução conciliatória, com a escolha do mestre de campo Borges Lustosa, comandante das tropas que, em circunstâncias tão adversas, impuseram acaçapante derrota às hordas de selvagens capitaneados pelo ardiloso e carnífice chefe índio Balduíno Galo Mau. Altercou-se em segundo lugar, não menos incendiadamente, sobre se todos os membros da delegação teriam direito a fazer um discurso, havendo Dão Tomé Santos Ferrão, intendente de Xangó Seco, ameaçado romper com a Confederação, se não lhe fosse dada essa prerrogativa, que finalmente se estendeu a todos os pretendentes, sem prejuízo do memorial. Arrazoou-se em terceiro lugar a questão dos mestres-escolas de Xangó Seco, Praia do Branco e Outeirão, que ajuizavam como demeritório o fato de que somente o mestre Moniz de Andrade tivesse sido incluído na delegação e, depois de renovadas ameaças à integridade da Confederação, concluiu-se que todos participariam, podendo também usar da palavra, ou, no caso de Jerônimo Brandão Fonseca, mestre--escola da Praia do Branco, declamar um acróstico dedicado a Capitão Cavalo. E atabulou-se em quarto lugar sobre o custeio da expedição, das provisões aos jaezes das mulas e burros, bem como a aquisição dos presentes protocolares a serem oferecidos a Capitão Cavalo, havendo sido penosamente elaborado um sistema de percentuais e contribuições especiais compatível com o patrimônio de cada uma das confederadas.

E, derradeiramente, ponderou-se à exaustão cada pequeno trecho do memorial, quase sempre diante de objeções impetuosas de seu autor, notadamente quanto à correção e propriedade de estilo, por ele defendidas através de citações de Cícero, Lucrécio, Tito Lívio, Sêneca e outros representantes clássicos da boa prosa, sempre na língua original, a qual, sendo ignorada por quase todos os outros, assegurou a aprovação de praticamente todos os pontos estilísticos sustentados por Moniz Andrade. E chegou-se a um acordo sobre os aspectos principais do pleito confederado, a saber:

I — Que o povo, em sua geral ignorância e desinteresse pela coisa pública, não podia ficar entregue a seus próprios desígnios desorientados, merecendo e, principalmente, necessitando de condução firme e enérgica;

II — que tal ausência de comando gerava iniquidades e mazelas morais de todos os tipos, arriscando-se a ilha a vir a ser objeto da ira divina pelo esquecimento de Sua verdade e pela prática de atos de origem ilegítima e mesmo diabólica;

III — que o afrouxamento do domínio do elemento servil praticamente o abolia como tal, o que não só era contra a lei e os costumes da Coroa, como violava a própria vocação da raça escravizada, contrariava a Natureza e subvertia a ordem da sociedade;

IV — que os índios, por sua própria índole e criação selvagens, não podiam ter sua presença tolerada nas vilas e aldeias brancas, em que exerciam influência deletéria sobre a educação do povo e praticavam costumes inaceitáveis pelos civilizados;

V — que, diante de todo o exposto, somente um governo forte e implacável, apoiado pelos cidadãos prestantes, poderia remediar a situação e, para exercer esse poder era convocado Dão Baltazar Nuno Feitosa, Capitão Cavalo, que poderia ser, para a ilha do Pavão, o que os grandes césares foram para Roma.

E desta forma arrazoada, documentada, ordenada e decorada, finalmente partiu a expedição para as terras de Sossego Manso, numa brumosa manhã de segunda-feira.

XVII

Dão Baltazar Nuno Feitosa, Capitão Cavalo, não gosta que lhe perguntem sobre seu passado e suas viagens e alega nem mesmo saber sua idade, concordando com qualquer adivinhação que se faça sobre ela. Tampouco diz onde nasceu e, se lhe fazem mais perguntas, responde que não teve de fato vida antes de pousar na ilha do Pavão. Se insistem, age como se não ouvisse e não fala mais nada. O que se diz é que, filho de pai muito rico, tornou-se aventureiro, pirata e contrabandista, metendo-se em guerras, corsos e conquistas a conta própria, pela costa oriental da África, mas desfraldando sempre o gonfalão lusitano onde quer que estivesse e que praça ocupasse. E assim fez frota e fortuna pela Zambézia acima e abaixo, por Sena e Quelimane, na feira de Dambarare, em Zumbo, na mina Jumbo e nas ilhas Querimbas, às vezes navegando pelas lonjuras do Timor, logo adquirindo a alcunha que passou a usar como nome próprio, pela sua resistência e força legendárias, pelas muitas ferezas que cometeu e pela determinação invencível. Nas Querimbas Setentrionais, diz-se que foi amigo, protetor e protegido do grande frei João de Menezes e também amigo dos filhos deste, tendo com ele aprendido muitas coisas, não só da filosofia natural do Oriente, como da sabedoria política, cuja lição principal foi que rei distante é rei nenhum e bispo distante é bispo que não se escuta e, portanto, longe desses braços, que se fizesse o que mais acertado parecesse, pois nada substitui o conhecimento de quem experimenta e convive. Mas, embora assim indiferentes aos raros comandos de uma coroa que, na ilha, não chegava a ter duas dezenas de homens em armas, eram ambos garantia astuta e poderosa do pé português naquelas terras hostis e sezonáticas e o rei lhes filcou tão grato que ofereceu em prazo a Dão Baltazar um dos maiores tratos de terra banhados pelo Zambeze. Mas, já farto das lides na África, das guerras contra os negros inimigos e das febres que lhe matavam os homens, o já renomadíssimo capitão convenceu Sua Majestade a dar-lhe em sesmaria terras férteis, mas não amanhadas por falta de braços e afinco, na estranha ilha da Bahia conhecida como ilha do Pavão, que, de tão inacessível, mal se tinha notícia dos que lá conseguiram chegar, depois de ocupada pela primeira vez pelo almirante Nuno Pires da Beira, seu primeiro sesmeiro, que se afogou, sem deixar herdeiros ou pretendentes a seu patrimônio, quando o navio em que voltava à ilha foi arrojado às negras rocas do mar do Pavão, pelo vento funileiro.

O rei, apesar de doente e de juízo entibiado, sabia da ilha e admirou-se da aspiração do capitão, mas este lhe disse que já de tudo havia visto em vida ainda tão curta e, como Alexandre Magno, queria novos mundos para conquistar. Retrucou-lhe então o rei que lavava as mãos, que tão inesperada vontade seria mesmo assim satisfeita e que lhe augurava bom sucesso, embora não pudesse crer nisso e preferisse dar-lhe recompensa melhor. E, assim, durante alguns meses, Capitão Cavalo preparou-se, levando consigo a esposa que agora tinha tomado, a frágil filha mais nova de um fidalgo minhoto empobrecido, Dona Joana Maria, que o acompanhou com muito mais entusiasmo do que se esperaria de constituição tão franzina e ânimo tão débil, talvez porque sonhasse com outras terras e outra vida, diferente da mesmice triste que já a fizera pensar em entrar para um convento. E, talvez porque não haver sido casamento arranjado, como os que antes queriam para ela, mas resultado da corte apaixonada e correspondida que lhe fez o capitão.

Nas costas da ilha do Pavão, a frota do capitão deitou ferro ao largo da calheta do Carmo. Como sempre faria dali em diante, ele aguardou bom tempo e mandou apenas um navio acompanhar o seu, velejando com êxito pelos acessos pérfidos da ilha e fundeando nas águas plácidas da calheta, que passaria a ser principal ancoradouro de naus de guerra e mercantes. Em seguida voltou, comboiou o segundo navio, o terceiro e os outros, tornando-se em pouco o melhor conhecedor das manhas de mareação indispensáveis para fazer arribar grandes embarcações à ilha sem perigo, manhas estas que só com poucos homens de confiança dividia, assim mesmo reservando para si alguns segredos. Já levava consigo, além de homens e mulheres que se dispuseram a com ele encontrar fortuna e paz na ilha, escravos, armamentos de terra, sementes, mudas de plantas, galinhas, cabras, carneiros, cavalos e jumentos, não perdendo muito tempo para ocupar as terras que a Coroa lhe conferira, das quais ele mesmo traçou os limites, não invadindo os terrenos já ocupados e plantados por outros e declarando não desejar mais do que aquilo, que já era muita gleba. As vilas da ilha eram pequenas e pobres, mas logo a fortuna do capitão fez com que mais gente quisesse vir com ele, nas viagens que se sucederam e que só ele e seus tenentes sabiam comandar com segurança. Vieram também negros para as plantações de cana e fumo e, em pouco, a prosperidade se instalava, o comércio se alargava e moidores eram moeda corrente, como nas praças mais abastadas do mundo.

Cada vez menos desejoso de arrostar mares e combates, Capitão Cavalo julgou-se um homem feliz e em paz com o mundo. Apesar do poder que tinha, recusou-se desde o início a ser autoridade pública, recomendando que os outros se organizassem como bem entendessem ou como mandassem as leis da Coroa, preferindo recolher-se ao Sossego Manso, sede da sesmaria, onde fez construir casas e igreja. A Casa dos Degraus era a única propriedade de monta que tinha na vila de São João, que quase nunca visitava e, quando o fazia, era sempre por apenas um dia ou dois. Até que, pouco a pouco, Dona Joana Maria se foi entristecendo, a ponto de não se ver mais um sorriso em seu semblante outrora alegre. No princípio, ele, que a amava ao ponto de não tocar em nenhuma outra mulher, achou que era porque não tinham filhos, depois de anos de convivência. Mas não era essa a razão, pois, quando ela engravidou de Iô Pepeu, nem sequer fazia comentários sobre o filho que estava por vir, limitando-se a mirar o horizonte horas seguidas, sem falar nada e sem alterar a expressão melancólica. Até as danças, folguedos, cheganças e saltimbancos que ele arranjava para entretê-la e que antes a divertiam não lhe afastavam a tristeza das feições.

Finalmente, Pedro Feitosa Cavalo, Iô Pepeu, nasceu e a mãe, com febre alta, só saiu do leito do parto para o jazigo na igreja do Sossego Manso. Mas, ao pé da cama, inconformado e com lágrimas lhe escorrendo pelo rosto, ele ainda a ouviu explicar o motivo de seu abatimento, tanto abatimento que nem mesmo lhe importava saber que suas horas estavam contadas e que não ia poder criar seu filho, como antigamente tanto sonhara. Sua tristeza era ver tanta abastança nas mãos de uns poucos, que nem mesmo tinham o que fazer com ela, e miséria e infelicidade para muitos. Era presenciar como era injusta a existência, com os negros e os pobres sofrendo maus-tratos, numa vida sem esperança outra que não uma boa morte. Talvez não fosse para o céu, tendo convivido com tudo aquilo sem protestar e agora deixando um filho inocente naquele mundo desapiedado, onde aprenderia a ser como todos os demais e achar naturais todos aqueles males. Sabia que ele também tinha a natureza boa e generosa e não compreendia como não tinha os mesmos sentimentos. Era só o que queria dizer-lhe, pois continuava a amá-lo e a tê-lo como seu marido e senhor, a quem sempre se dedicara com toda a abnegação de que fora capaz. Ele ainda quis responder-lhe, mas ela fechou os olhos e o deixou para sempre.

Capitão Cavalo sepultou sua mulher, passou quase dois meses encerrado em seus aposentos e, quando saiu, tudo começou a mudar. Os negros de suas terras, que já antes eram tratados de forma bem melhor do que no resto da ilha, foram declarados livres e receberam permissão para irem embora, se quisessem. Mas as famílias que ficassem teriam seu torrão para plantas e criação das miunças que desejassem e todos os que trabalhassem para ele receberiam pagamento conforme o que rendessem as colheitas, o gado e o trabalho dos engenhos. Quanto mais rendesse a fazenda, mais eles seriam pagos. Em relação aos outros senhores de terras, que o imitassem, se quisessem. Mas os escravos fugidos deles que se abrigassem em sua sesmaria teriam o mesmo tratamento que todos os lá residentes — o que logo fez com que o regime dos outros titulados, das vilas ou do campo, fosse aos poucos também mudando, entre resmungos e acessos de raiva impotente, e agora a ilha era diferente de todas as terras que a cercavam, sem que ninguém pudesse fazer nada contra.

Sentado no varandão da casa-grande, em frente ao pomar, o coração do capitão se apertava, enquanto ele pensava em seu filho único, pois, apesar de, depois do nojo rigoroso a que se obrigara pela morte de Dona Joana Maria, ter começado a ir às muitas mulheres que o aceitavam, nunca mais lhe nascera filho algum, nem nunca mais lhe apetecera casar-se. Estaria realmente certo em não aceitar as exigências do negro Jorge Diogo, agora rei do quilombo? Perderia, ainda por cima de forma tão ignominiosa, seu filho amado, seu único descendente, o único descendente de Joana Maria, tão forte e vigoroso, mas ainda assim tão parecido com ela? Que pensaria ela, não estaria lá de cima a reprová-lo, por manter princípios tão duros? Não, não estaria, o que ele fazia era o certo e acreditava que o próprio Iô Pepeu pensava assim. Pagaria até resgate por ele, pois tinha dinheiro de sobra e quase não o gastava, porquanto havia muito que aprendera a não ter em excessiva conta dinheiro ou bens e, quanto mais velho ficava, menos se apegava a eles. A troca que certamente Jorge Diogo queria era inaceitável, ninguém seria entregue à tortura ou morte, ele não tinha esse direito. Mas era também inaceitável a morte do filho e não era impossível que, concretizada a proposta de Jorge Diogo e ganho algum tempo por Hans e a Degredada, ele conseguisse um plano para atacar o quilombo e libertar o rapaz, até porque, com toda a sua fanfarronice e falta de senso, Jorge Diogo devia ter amor a sua própria pele e, na última hora, podia entregar o refém, com medo de perder seu reino e morrer, o que com toda a certeza lhe aconteceria, se algum mal sobreviesse a Iô Pepeu. Sim, sabia o que responderia. Responderia que não devolveria os negros fugidos e que, se não soltassem seu filho, não sobraria nada de pé no quilombo, nem ficaria vivo quem o defendesse, a começar pelo seu rei. Ou então não responderia nada e reuniria seus homens, sua cavalaria e a artilharia que pudesse deslocar, para invadir e arrasar o quilombo. Homem louco, provocando guerra e matança onde só deveria haver paz, querendo voltar a um ponto a que a humanidade, pelo menos na ilha do Pavão, jamais deveria retornar. Mas, se não restasse outro jeito, haveria guerra e matança.

Lembrou-se da infância de Iô Pepeu. Sempre se orgulhara de ele não haver jamais conhecido o mundo que tanto entristecera sua mãe, pois, quando tomou consciência, a ilha já tinha mudado inteiramente. Vivera sempre livre entre livres, mamando em amas de leite até quase os quatro anos, cuidado pelas mulheres da fazenda, brincando com os filhos delas e estudando na mesma escola que o pai estabelecera para todos os que quisessem aprender. O capitão não se importava que agora o filho não fizesse praticamente nada, além de andar com as mulheres, caçar, pescar e folgar. No momento certo, alguma coisa o interessaria ou, se isso nunca ocorresse, também não tinha importância. A vida devia ser vivida com liberdade e, já que não precisava, decidir trabalhar era com ele. Seu mundo era a Casa dos Degraus, a mata, as águas e a vila de São João. Nem ao menos falava em viajar, não parecia ter nenhuma curiosidade em ver as maravilhas contadas pelos professores e narradas nos livros que fora obrigado a ler, geralmente sob protestos, talvez também porque acreditasse, como lhe contavam o pai, Hans e a Degredada, lá fora havia miséria e iniquidade muito mais do que coisas boas. De qualquer forma, tudo isso poderia mudar com os anos, não existia pressa para nada, em vida tão descuidada e feliz, presentemente ameaçada dessa maneira brutal. Agora, repentinamente, o capitão achava que convivera pouco com o filho e que, se ele escapasse, se aproximariam mais, tentaria acompanhá-lo nas caçadas e pescarias, talvez até nos jogos de cartas e bilhares na vila. Sentiu também muita raiva, tanta raiva que esmurrou as palmas das mãos repetidamente, com a boca crispada. Levantou-se para andar e pensou em sair para ver o engenho, a casa de farinha ou os galpões de fumo, mas sabia que não prestaria atenção a nada, como vinha acontecendo enquanto esperava a volta de Hans. Teria aquele maluco também feito Hans e a Degredada prisioneiros? Esperaria mais uns poucos dias e, se não chegassem notícias, atacaria o quilombo. E já estava arrumando na cabeça os detalhes da invasão, quando o vaqueiro Nastácio chegou a galope, tirou o chapéu e lhe disse que estava chegando ao Sossego Manso uma comitiva de intendentes e altos funcionários das vilas, para visitá-lo. Justamente numa hora dessas? Que podiam estar querendo esses safardanas?

XVIII

Queriam muito, os confederados. Depois de apearem, fazerem cumprimentos reverenciosos e serem convidados a ir para o salão, iniciaram o falatório pela boca do mestre de campo Borges Lustosa, que, antes da entrega do memorial, pronunciou breve discurso de cerca de um quarto de hora, com tal veemência que espumava com o rosto muito vermelho, esparralhando perdigotos em todas as direções. Capitão Cavalo chegou a desenrolar o memorial para lê-lo, mas antes foi obrigado a escutar outros discursos, começados por Dão Felipe Furtado e concluídos pelo acróstico de mestre Brandão Fonseca:

— Campeão na guerra e na paz,
A vitória como eterna companheira,
Prima pelo valor do braço tenaz,
Inigualável ao ponto que queira.
Tanto aqui quanto em nossa mãe, a Beira,
'Ão seus feitos de ser sempre cantados
E seus anseios satisfeitos pelos fados.
Com a mão férrea que nunca o abandona,
A ilha do Pavão vai governar,
Valentemente retornando à tona,
A ordenação e a lei de além-mar.
Leal súdito de Sua Majestade,
Obedecerão todos a sua vontade!

— Muitíssimo obrigado, observei que são rimas ricas — disse Capitão Cavalo e mestre Brandão Fonseca enrubesceu, com o peito empinado e o fôlego um pouco opresso.
— Mas não mereço palavras tão elogiosas.

— Vossa Mercê merece, sim, e muitas mais! — exclamou, entusiástico, Dão Felipe Furtado, um pouco enciumado porque seu discurso não recebera tal elogio de estilo.

— Posso então ler o memorial? Não que já não imagine o que diz e também imagino a resposta que vos darei, mas é necessário que o leia, não é isso o que se deseja?

— Mas com toda a certeza, pois, afinal, foi para isso que fizemos esta longuíssima jornada.

Demorou na leitura mais do que o esperado, porque se interrompia com frequência, tirando as lunetas, cerrando os olhos e suspirando volta e meia. Numa hora como a que estava vivendo, aqueles asnos emproados tinham resolvido procurá-lo, para lhe infernarem a paciência e lhe fazerem propostas desmioladas. Começaram querendo expulsar os índios das vilas, agora queriam que ele se transformasse numa espécie de governador tirânico, cuja missão principal seria, sem dúvida alguma, atender aos interesses deles e estender-lhes todo tipo de favor e privilégio. Podia dizer-lhes que fossem à merda, que agora tinha seu filho para preocupar-se, mas resolveu ser paciente e não tocar nesse assunto — não conseguiria, além de tudo, suportar as manifestações de solidariedade que se seguiriam, as declarações aparatosas, as ofertas mentirosas de ajuda, novos discursos empolados. Com a plateia ansiosamente se mexendo nas cadeiras, somente o mestre de campo permanecia de pé, junto à janela, contemplando o horizonte, a mão no bracamarte, em pose marcial.

— Meus nobres senhores — falou finalmente Capitão Cavalo, reenrolando o memorial, passando-lhe a fita em que viera atado e pondo-o sobre uma mesa —, quero inicialmente agradecer as palavras de todos os senhores, que, repito, não mereço.

— Não apoiado! — bradou Dão Felipe e o capitão suspirou novamente, com um aceno enfarado.

— Como dizia — prosseguiu o capitão —, agradeço-vos pelas palavras generosas, mas temo que minha resposta não vos agrade. Por graciosa dação real, me foi concedida esta sesmaria, mas disso não me aproveitei para contestar direitos dos que aqui já estavam. Ocupei somente terras ainda sem cultivo, nunca quis ser o dono supremo da ilha do Pavão, que para mim deve ser de todos os que nela vivem e labutam. Já por aí bem vedes que minha ambição está longe de ser desmesurada. Quanto aos índios, não sei por que não terão o direito de entrar e viver nas vilas, pois que se encontravam aqui antes de qualquer um de nós e a terra também é deles, antes mais deles do que nossa. Se têm seus costumes, também temos os nossos e, se queremos os nossos respeitados, respeitemos os dos outros. Quanto aos negros, se estão quase todos livres, é porque compreendi que muito melhor que escravos é ter comigo homens livres e leais, que me sirvam porque queiram e que possam ganhar a vida honestamente. E, se agora isto se torna geral em toda a ilha, a única culpa que me cabe foi ter começado. E não há, na verdade, por que falar em culpa, pois isto, se pensardes bem, a ninguém causou dano, antes pelo contrário. Agora os negros podem ser proprietários, podem juntar-se em grupos para cultivar a terra, trazendo fartura e bom comércio, que a todos beneficiam. Os brancos fazem melhores negócios, as negras de casa continuam a prestar seus serviços em troca de bem pouco, os negros fazem seu ganho, os brancos fazem o que bem entendem, todos têm liberdade. Tende a liberdade lá que quiserdes. Se quiserdes mudar a situação criada, no que só vejo insensatez e estreiteza de pensamento, fazei por onde e só não o fareis nas minhas terras, porque nelas mandamos eu e meus homens. Quanto às vossas leis do Reino, que as façais cumprir como puderdes, mas não com a minha ajuda, pois há muito que aprendi não haver tanta sabedoria nessas leis, que são as mesmas leis desse quilombo despótico que se intitula aliado da Coroa. Vejo esta ilha diferentemente dos senhores. Vejo esta ilha livre, com todos misturados e podendo levar as vidas que desejarem, sem as intrigas, as misérias, as guerras, os morticínios, as perseguições e as maldades que tanto já testemunhei pelo mundo afora. Tampouco a cristandade aqui sofre violência, mas antes é vivida em sua inteireza, que é o amor ao próximo e à justiça, como quis o Cristo, que jamais mandou ou desejou queimar quem fosse na fogueira e morreu na cruz por amor a nós. Não, senhores, se desejais esse governo prepotente, fazei-o vós mesmos, se puderdes. Cada um se governa como quer ou como pode e eu não me intrometo. Apenas não governareis a mim, que já acreditei no que vós hoje ainda acreditais, mas não mais acredito, tenho crenças bem diversas. Se quereis expulsar os índios, não vos admiro por isso, mas administrai-vos como entenderdes correto, não sou dono das vilas.

— Mas, com todo o respeito devido, ouso perguntar a Vossa Mercê: não crê Vossa Mercê que com isso foge a um dever, a deveres para com a Coroa, o rei e a Santa Madre Igreja?

— Não fujo a dever algum. Meus deveres sei bem quais são e não careço de que mos lembrem.

— Perdão, não foi do meu intento ofender Vossa Mercê, longe, longíssimo de mim, tal desígnio. Sei muito bem que é Vossa Mercê um homem exemplar, que conhece perfeitamente bem seus deveres. Mas me refiro a um dever mais alto, um dever que se impõe pela própria História.

— Não percebo onde há essa imposição. Aliás, as poucas luzes que iluminam meu juízo me mostram o exato contrário.

— Que outro, senão Vossa Mercê, com vosso poder e vosso comando pode reconduzir a ilha a seu destino reto?

— Como já devia estar claro para todos vós, não acho que o destino da ilha esteja torto. Isto acham os senhores. Pois bem, como também já disse, isso é com os senhores. Não vos tendes governado da maneira que desejais, até agora? Pois então continuai a fazê-lo, não me passa pela cabeça impedir-vos. E se algo vos impede, não será que os tempos estão a exigir novos governos, diferentes do vosso? Como já disse, os do quilombo se governam com leis semelhantes às que desejais ver de novo vigorar com severidade. Acaso já quis eu invadir o quilombo, para impor minha maneira de ver o mundo? Lá eles que tenham suas leis, governem-se como quiserem e, quando quiserem ou se tornar imperativo, que façam eles próprios suas mudanças.

Um a um, os membros da comitiva pronunciaram novos discursos, outra vez elogiando esmeradamente o capitão e exortando-o a aceitar a missão que lhe ofereciam. Ele os ouviu com impaciência mal disfarçada e de novo os repeliu. Desistissem de uma vez de uma ideia que nunca aceitaria, não queria nem mais falar nesse assunto. Teria muito gosto em hospedá--los pelo tempo que desejassem, convidava-os desde já para o almoço, que viria um pouco atrasado por causa do imprevisto, mas seria farto e cordial. E, pedindo licença para ir lá fora, dar algumas ordens, até mesmo para que fossem desarreadas as montarias da delegação e lhes dessem água e comida, saiu, deixando atrás de si uma fileira de rostos indignados.

Bem mais tarde, em meio a um almoço silencioso e quase soturno, o mestre de campo viu através da janela alguma coisa que o deixou apoplético e incapaz de engolir o naco de porco guisado que estivera mastigando e, sem ter o que fazer com ele e não querendo pô-lo de volta no prato, olhou em torno desatinado, cuspiu-o na mão e enfiou-o na algibeira. Como havia pendurado o espadagão num porta-chapéus, para sentar-se à mesa, levantou-se e marchou para ele, sacando-o da bainha sem preocupar-se em pô-la à cinta e invectivando alguém pela janela.

— Em guarda, vilão, biltre, postema, aldravão, abantesma, verme pestilento, filho do demônio, encarnação de Judas, porteiro do inferno, praga do gênero humano, desta feita podes dizer adeus a tudo e todos, podes despedir-te de tua vida ascorosa!

Perplexos, os outros convivas abandonaram afobadamente a mesa, para ver o que tanto enfurecia o mestre de campo e divisaram, cavalgando suas mulas em direção à casa--grande, Iô Pepeu, Hans, a Degredada e Balduíno Galo Mau, este último, sem dúvida, o objeto da cólera tão vividamente exposta. E já Borges Lustosa marchava de chanfalho em riste para a porta, quando Capitão Cavalo, que não se havia levantado, segurou-o pelo braço e deu-lhe um puxavante enérgico.

— Senhor mestre de campo, lembre-se o mestre de campo que está em minha casa e, em casa como a minha, não se sacam espadas, nem se usa tal linguagem, muito menos à mesa.

— Peço mil perdões ao senhor capitão, mas trata-se de honra ferida! Não permite a minha honra ver aquele selvagem maldito sem passá-lo pelo fio da espada, não sabe Vossa Mercê o desdouro que essa aberração da Natureza me infligiu!

— Não tenho a menor dúvida de que o senhor mestre de campo tem suas fundadas razões, mas este não é o sítio indicado para resolver tais questões. Em minha casa, não!

— Neste caso, rogo a Vossa Mercê vênia para retirar--me. Manda o decoro, manda o pundonor, manda a vergonha na cara que não permaneça em qualquer recinto na presença desse celerado, que, não sei por quê, com perdão de Vossa Mercê, consente Vossa Mercê que ande na companhia do filho de Vossa Mercê, como o vejo agora.

— Na companhia de meu filho? — e Capitão Cavalo se levantou, não para ir à janela, mas à varanda, de onde já se aproximavam os quatro viajantes. — Meu filho!

XIX

Gorada sua missão, a comitiva confederada deliberou não aceitar o convite de pernoite anteriormente feito por Capitão Cavalo e partiu imersa em melancolia e revolta, com o mestre de campo muito pálido e de olhar erradio, para evitar a visão de Balduíno, que, por via das dúvidas, enconchou-se o quanto pôde e, como sempre, contou a primeira mentira que lhe veio à mente, pedindo licença para uma rápida visita ao engenho pequeno, onde ia tratar de matéria de grandíssima urgência, algo a ver com tachos, caldeiras, bolandeiras e outros aprestos para a fabricação de açúcar e cachaça. Capitão Cavalo, sem conseguir pensar em mais nada depois da chegada do filho, mal prestou atenção na saída da comitiva e nem se deu conta dos olhares rancorosos e cumprimentos secos da maior parte de seus membros, já intimamente decididos a não deixar aquela verdadeira afronta sem resposta à altura, embora ignorassem qual. Despediu-se apressadamente e, com um braço no ombro do filho, voltou para a sala do almoço, onde mandou rearrumar a mesa e deu ordens para que fossem ao engenho pequeno buscar o índio Balduíno, que chegou logo depois, um pouco trêmulo, com medo de ainda encontrar o mestre de campo determinado a lhe fender o crânio e de que Capitão Cavalo o responsabilizasse por tudo que havia sucedido aos dois.

— Índio dá jeito em tudo, índio dá jeito — foi dizendo atropeladamente, assim que chegou. — Pode deixar, celença vossemerecê grande Capitão Cavalo, índio já mostrou que arresorve tudo, pipiripapá-pipiripapá, pode deixar tudo com índio.

Capitão Cavalo, embora achando graça, pensou que seu nervosismo era devido aos acessos do mestre Borges Lustosa e o acalmou, dizendo que seu inimigo não era senão um fanfarrão pomposo, passando-lhe a mão pela cabeça e o convidando efusivamente a sentar-se junto aos outros. Mas que felicidade, então estava tudo resolvido, então certamente nada havia sido tão sério quanto se imaginara, Jorge Diogo não era tão doido assim e talvez o quilombo não fosse, afinal, o covil de celerados que tantos descreviam. E Iô Pepeu não precisava ficar com aquela cara preocupada, tudo não tinha passado, da melhor forma possível? Hans, contudo, lhe disse que a situação não era bem essa. Contou todas as peripécias ocorridas no quilombo, da captura de Iô Pepeu e Balduíno ao triunfo e às ameaças de D. Afonso Jorge e opinou que suas bravatas não deviam ser menosprezadas, já que ele realmente parecia ser um louco desatinado, acreditando-se de fato igual a um imperador da antiguidade, ou algo ainda mais importante. E, finalmente, explicou a expressão abatida de Iô Pepeu, causada pelo interesse do rei em Crescência, que aceitara sacrificar-se pelo rapaz.

— Pode não ter sido na verdade um sacrifício — ponderou o capitão. — Pode ser que ela queira mesmo ser mulher de um rei, talvez rainha ou comborça preferida, mesmo tratando-se do maluco do Jorge Diogo. Afinal, ele mesmo disse que ela não pode ser escravizada, tem poder e fortuna e manda em tudo e em todos no quilombo.

— Nunca! — gritou Iô Pepeu, com uma veemência que causou grande surpresa no pai. — Ela fez um sacrifício por mim, sim, ela fez o sacrifício porque gosta de mim, ela me disse!

— E tu gostas dela?

— Eu? Eu... Não é isso, eu...

— Gosta, sim — interrompeu Balduíno. — Gosta muito aperetado, de coração, de cabeça, de corpo, de tudo. Homem gosta de toda mulher, mas tem aquela mulher mais gostada do que as outra, aquela mulher que o homem mais estima cheirar, mais estima alisar, mais gosta de ouvir conversar e dar risada junto, mais gosta de ver andar, mais estima se distrair com ela... Iô Pepeu não tira ela da ideia, ele quer casar.

— Casar? Casar, eu? Eu nunca disse que queria casar, nunca disse que queria casar nem com Crescência nem com ninguém, nunca falei com ela que queria casar, nem ela falou comigo, isso é tudo invenção de Balduíno, eu nunca disse nada disso!

— Não disse, mas quer, índio sabe, tu não engana índio.

— Então, meu filho, mesmo que, como dizes, não queiras casar, se ela gosta de ti e se tu gostas dela, por que aceitaste tão prontamente a troca, sabendo que ias perdê-la para sempre? Compreendo que foi uma decisão difícil, mas, em seu lugar, eu houvera de ter recusado. Não ia aceitar ver ninguém perder sua liberdade em troca da minha, muito menos uma mulher de quem eu gostasse e que gostasse de mim. Tenho grande alívio em ver-te de volta, mas não posso dizer que me orgulho do que fizeste.

— Mas eu não queria! Eu resisti! Eu resisti tanto quanto pude, todos eles podem dar testemunho, até ela mesma, se estivesse aqui! Mas mestre Hans e Don'Ana acham que Balduíno vai ajeitar tudo e conseguir tirar Crescência de lá. Ele diz que vai resolver tudo, já inventou não sei quantas coisas que disse que vai fazer.

— Índio ajeita, certo, certo, certo! Precisa de um pouco, um pouco-pouco de ajuda, mas faz tudo na luna preta, sem luz de luna, escondida, né? Ah, piripipatatá, índio sabe, saracondida, é? Noite escura-cura, povo pintado de preto, índio pintado de preto no aocomando, vai lá e tira Crescência, purinha, aodevolta!

— Sozinho?

— Não, sozinho não pode. Vai mais índio do Mato Preto, mais Iô Pepeu, que vai querer ir junto...

— Vou, sim! Sem mim, ninguém vai, eu vou na frente, me pinto de preto também e vou!

— E mais uns home de celença Capitão Cavalo. Na noite escurona, eles morre de medo de demono, eles já tá morrendo de medo agora, quanto mais na hora que índio — ratatará, perequetabum! — invade quilombo.

— Tu vais invadir o quilombo? Tu não podes fazer isso, é morte certa, eles têm armas, são fortificados, sabem guerrear, só se fosse uma tropa muito forte. E, se chegar uma tropa, ele pode muito bem preferir matar essa Crescência a devolvê-la, como queria fazer com Pedro, se eu atacasse o quilombo. Isso não pode dar certo.

— Índio vai invadir, mas não vai fazer combate, eles não vai querer fazer combate, eles vai correr tudo com o rabo no meio das perna. É que índio ainda não explicou. Índio explica e celença grande vossemerecê Capitão Cavalo vai ver que dá certo, toda a gente aqui já viu que é de dar certo. Índio é mestre do mato, conhece bicho do mato, conhece planta, conhece tudo, conhece quilombeiro safado medroso, já tinha metido medo neles na saída de lá só de conversar patranha de mal--assombramento, sabe a casa de Crescência onde é que fica, sabe tudo pra tirar ela de lá mais ligeiro do que passarão pica-peixe garfeando saúna. Pergunta mestre Anso, pergunta Don'Ana.

A Degredada e Hans confirmaram que consideravam o plano de Balduíno viável, embora não se pudesse garantir nada. E, instado pelo capitão, o índio expôs suas ideias. A ajuda dos outros índios deixassem com ele, os índios não gostavam mesmo dos quilombeiros, que já várias vezes haviam ameaçado laçar índios para fazê-los cativos, e gostavam de Iô Pepeu, a quem deviam favores grandes, e gostavam também de Capitão Cavalo, que sempre os respeitara e os tratara bem. De Capitão Cavalo, precisava somente de uma meia dúzia de homens que fossem valentes e dispostos e soubessem usar cordas. E também ia necessitar de um fogueteiro, para fazer uns rojões e parentes de rojões que ele tinha imaginado. Iô Pepeu ia porque queria, mas não haveria risco para ele. Na noite de lua nova, perto da meia-noite, a expedição chegaria ao quilombo e aí tudo seria feito de acordo com o que agora passaria a descrever e que não devia ser falado com ninguém, mas ninguém mesmo, a não ser os homens que iam participar e, assim, mesmo, só já na véspera do dia que agora iam marcar. Pintada e silenciosa, a expedição chegaria, por atravessadeiros que ele já astuciara, e aí a função ia começar. Primeiramente...

XX

Reunidos no Senado da Câmara, os representantes da Confederação e seus aliados deram início aos trabalhos com o falario enraivecido do mestre de campo. Que homens e fidalgos eram eles, que se calavam diante de tal desmesurado ultraje, como o que lhes havia sido desdenhosamente lançado ao rosto por Capitão Cavalo? Nem que ele mesmo, José Estêvão Borges Lustosa, tivesse que fazer tudo sozinho, algo seria feito, pois era ele o principal interessado em lavar sua honra, malferida por um botocudo desclassificado, que só um lunático concordaria em que pertencia ao gênero humano. Era bem verdade, triunfara na campanha contra a Sedição Silvícola pois jamais perdia em porfia em que se empenhasse, mas à custa de onerosíssimos sacrifícios pessoais, da desmoralização da tropa e da autoridade e da maledicência que ele sabia grassar sobre o desenrolar do episódio heroico. Não, não, alguma atitude tinha de ser tomada, assim mandavam a honra e o brio!

Mas que fazer contra o poder de Capitão Cavalo, cujo povo livre não tinha milícias, mas se empenhava sempre em exercícios militares e lá todo rapazinho queria aprender as artes de um guerreiro, era povo bem armado, tinha peças de artilharia capazes de esfarelar muralhas de argamassa de baleia temperada, contava com hábeis comandantes e temíveis combatentes e era lealíssimo, porque, sendo leal a seu sesmeiro, estava sendo leal a si mesmo? Como mobilizar de maneira eficaz as pobres milícias e guardas municipais das vilas, de armas velhas, sem fardamento, sem interesse, de minguada disciplina e pior adestramento? Como evitar que, se quisesse, a frota de Capitão Cavalo ocupasse a angra do Bispo e fizesse suas bocas de fogo cuspir ferro sobre a vila de São João? Seriam massacrados ou, se Capitão Cavalo recobrasse o ânimo vingativo que se dizia tê-lo sempre animado antigamente, pelo menos perderiam tudo. O confronto era suicídio e a possibilidade de ajuda da Corte era, como sempre, remotíssima. Não havia naus e, se houvesse, não se dispunha de muitos pilotos capazes de enfrentar os azares do mar do Pavão, ainda mais em pesados vasos de guerra. Não esquecessem os poucos que lograram êxito o que sobreviera a suas tripulações e a suas intenções. Ao contrário do que se pretendia, apenas fortaleceram ainda mais Capitão Cavalo, que tomou cada navio abandonado por *res derelicta* e o juntou à sua frota. De mais a mais, a verdade era que os funcionários da Coroa não queriam realmente incomodar Capitão Cavalo, por dele tomar peita que, se quisesse, não pagaria e também por acharem que não valia a pena enfrentar tão grandes riscos para desafiar homem tão poderoso, que, na verdade, não lhes fazia mal, antes um grande bem. E, assim, se viam os confederados ofendidos sem nenhum poder para restabelecer a ordem que tanto almejavam e obrigados a resignar-se a que tudo continuasse como estava, ou até mesmo a ter de receber os índios de volta, suprema e esmagadora humilhação.

Mas não, a intelecção militar não limita seus horizontes às meras táticas de combate. O verdadeiro intelecto militar apreende, como os grandes capitães da antiguidade, toda sorte de conhecimento, das artes políticas à grande filosofia. Destarte, já tinha decidido o mestre de campo em que aliado apoiar-se. Saltava à vista, mas, como tudo o que salta à vista, custava a discernir-se. E agora lhe vinha transparente e luminosa: a Santa Madre Igreja! Sim, a Santa Madre Igreja podia estender seu poderoso guante à ilha do Pavão e contava com a maior autoridade entre todas, qual seja a do espírito, da representação da Divindade sobre a Terra. Nem Capitão Cavalo nem ninguém ousaria rostear esse poderio e as ameaças tremendas por ele acenáveis, que podiam culminar em excomunhão, expropriação dos bens e a própria morte. Contrariada, a Igreja não deixaria de exercer a sua força, não só junto ao braço secular mais próximo, funcionários da Coroa na Bahia, como até junto a el-rei, para não falar nos muitos corações que, intimidados pelo temor das penas infernais, se aliariam a eles. Sim, sim, sim com uma simples visitação pastoral estariam desencadeados os eventos que terminariam por restaurar, talvez mais expeditamente que acreditava, os verdadeiros princípios da cristandade, na ilha do Pavão.

O irmão do mestre de campo, o notável monsenhor Gabriel Fortunato Borges Lustosa, era homem da mais estreita confiança e convivência junto ao bispo da Bahia. Seu pedido, com absoluta certeza, seria imediatamente acolhido e não deixaria de encaminhar esse pedido da forma mais vigorosa possível, não só por se tratar também de interesse de seu diletíssimo irmão, como pelo escândalo que, sem a menor dúvida, provocaria em seu espírito severamente reto o relato dos desmandos, pecados e agravos à fé correntes da ilha do Pavão, olvidada por governo e clerezia, eis que os seis padres de que dispunham já de muito se haviam afeito aos costumes da terra e todos eles, reconheça-se a verdade por todos sabida, mantinham raparigas e se entregavam a práticas muito pouco probas. O mesmo podia ser dito de frades e freiras em geral, não havia ponto em que não se envergonhasse a Assinalada Vila de São João.

Para levar o pedido, o mestre de campo embarcaria no brigue *Santa Cruz,* pilotado e tripulado por práticos da ilha, que saberiam fazer bem a viagem de ida e volta, e procuraria imediatamente o irmão. Pedir-lhe-ia que enviasse pelo mesmo brigue um reverendo visitador de superior envergadura moral e intelectual, seu fiel escrivão e quaisquer outros que ajuizasse convenientes para a boa composição da Mesa, medida que, estava certo, seria obtida sem dificuldades. Solução mais engenhosa não poderiam conceber e, entre tantos cidadãos prestadios e tementes a Deus, ali presentes, quem poderia opor-se à visitação?

Ninguém, por certo, e todos aplaudiram o mestre de campo, felicitando-o pela argúcia e agilidade de pensamento, assim como por sua decisão de tomar a frente das providências. Contudo, um olhar mais observador, dirigido às faces e movimentos dos assistentes, talvez revelasse que a unanimidade era pública, mas estava longe de ser privada. Sabia-se como eram as visitas pastorais. Instalava-se solenemente a Mesa de Visitação e a devassa principiava sem maiores tardanças, com a convocação compulsória de homens de bem e de devoção reconhecida, para que examinassem os muitos e complexos quesitos do reverendo visitador e denunciassem os que estivessem incursos em um ou mais de tais quesitos. Aparentemente, não havia o que temer, porque os convocados seriam eles mesmos e mais alguns de condição similar. E, claro, eram amigos e aliados, tudo muito bom, tudo muito certo, mas o segredo da denúncia, da qual não era dada ciência ao denunciado, nem se contava a ele quem o denunciara — que consequências terríveis não poderia ter o segredo da denúncia? Não seria a porta aberta para que se desse vazão a desafetos abafados, despeito, inveja, malquerença oculta, vingança sempre desejada em sigilo? Quem não guardava, no coração ou no fígado, sentimentos ínvidos, ressentidos, ofendidos, rancorosos, ambiciosos, despeitados, odientos mesmo? Ser-lhes-ia mesmo benéfico o convívio próximo com o grande olho sempiterno da Santa Madre, *in facie Ecclesiæ?* Não deixou de palpitar um só coração, naquela assembleia.

Enquanto continuavam a comentar e louvar a iniciativa do mestre de campo, os presentes entremeavam suas palavras com olhares atravessados para os outros. Não conheciam os quesitos dos visitadores e, mesmo que conhecessem, podia ser que este tivesse seus próprios quesitos, diversos daqueles dos outros, como diziam que era prática de muitos, notadamente os mais inclementes. Mas sabiam que alguns assuntos inevitavelmente viriam à tona. Bruxaria, menos mal, existia, ou pelo menos parecia existir, unanimidade quanto à Degredada e sua caterva repulsiva. Em toda a Bahia, terra sabidamente fecunda em feiticeiras, brancas ou negras e de toda extração nesta gama, não se tinha notícia de nenhuma de tanta desvergonha como a da feiticeira da ilha do Pavão, cujos predicados diabólicos pareciam também estar a serviço de Capitão Cavalo, seu amigo e, quem sabe, seu aliado em desígnios secretos e indesejáveis para a ilha. Quem sabia se ela não almejava tornar-se senhora da ilha, estabelecendo um reino ministrado por rabudos satânicos, onde os negros e os índios ficassem à vontade para suas práticas pagãs e tudo o de bem-estabelecido pela Humanidade se esboroasse? Que se descesse o *Malleus maleficaram* — o temível Malho das maléficas — sobre ela, que a queimassem, enforcassem ou esquartejassem, assim também dando um golpe em Capitão Cavalo, o qual, apesar da força da Igreja, dificilmente seria atingido de pronto e diretamente pela Mesa e provavelmente desdenharia as sanções espirituais que lhe impusessem, já que dizia de há muito rezar somente para Deus, por haver visto o suficiente de padres e prelados para não confiar em seus arrotos de piedade. Este teria que ser vencido depois, quando a Mesa já houvesse reunido provas tão poderosas que obrigassem a ação devastadora das forças do braço secular, instadas pela Igreja. Primeiro, portanto, as bruxarias.

Mas viriam novidades depois, não havia somente bruxarias, havia mais, muito mais! Ledices e molícies, mencionara mestre Moniz de Andrade, com o cenho pejado de ciência. Que seriam mesmo ledices e molícies? Perguntado, mestre Moniz de Andrade reagiu com as feições transtornadas, a voz estrangulada inquirindo se acaso o julgavam homem de discutir temas de tão vil baixeza, que sequer deviam ocupar nem mesmo os pesadelos dos homens tementes a Deus. *Numquid potest homo abscondere ignem in sinu suo, ut vestimenta illius non ardeant?*, perguntou ainda, silenciando os que porventura ousassem insistir em que violasse seus princípios ou quiçá, Deus tivesse piedade de suas almas, manifestassem dúvida sobre conhecer o mestre o significado eclesiástico de palavras de sons tão sugestivos. Mas não eram só ledices e molícies, havia atos mais claros, de descrição precisa e compreensão ao alcance de qualquer simplório. Aventurasse alguém mencionar em voz alta o meter o membro pelo vaso traseiro de uma mulher, em vez de pelo vaso natural. Ou compor relação desonesta, usando o vaso traseiro de homem como se fora o natural de mulher. Quem saberia, quem contaria, quem inventaria? Consentidores, alcoviteiros indevotos, freiráticos, barregueiros, amancebados — quem escaparia? Jogos de azar condenados pelas leis e pela Igreja. Havia quem não jogasse pelo menos jogos de apostas em feiras e festas de largo? O voltarete era permitido? Folgar nas festas e ir aos copos em público? Que mais, que mais, eram tantas coisas mais, era quase tudo o mais! E quais seriam as punições? Falava-se em penitências arrepiadoras, em pagamentos de multas vultosíssimas, em vergonha e abominação pública. Quantas perguntas, quantas dúvidas, quanta inquietação! Tanta inquietação que, depois de mascar os bigodes e de ter feito em falso várias tentativas de falar, Dão Felipe Furtado acabou de juntar na cabeça as peças de seu plano para chegar-se ao monsenhor e ao visitador com a maior presteza possível, assim tentando proteger-se antes que alguma infelicidade o atingisse, e dirigiu-se ao mestre de campo.

— Como já disse, não há como deixar de aplaudir a atitude de Vossa Mercê, digna da inteligência, da coragem e da fortitude que há sempre assoalhado. Mas, se reparos não tenho a oferecer, antes louvores, faço uma observação que considero de elevada pertinência. Creio que Vossa Mercê, em que pesem os muitos e exaltados dotes que em Vossa Mercê reconhecemos sem reservas, não pode conduzir sozinho essa pesada carga sobre os ombros. Acredito que, apesar do sacrifício da viagem e de outros que me venham a ser exigidos, é da minha obrigação irrefragável acompanhá-lo nessa ida ao ilustríssimo irmão de Vossa Mercê.

— Peço vênia para discordar de Vossa Mercê — respondeu o mestre de campo, sem conseguir esconder direito o desapontamento por tentarem dividir com ele a glória e pela suspeita agora sólida de que não lhes inspirava confiança. — Mas trata-se de obrigação somente minha, que desempenharei como dever e galardão, pois nenhum sacrifício é demasiado, quando se trata de defender os legítimos interesses da ilha e lavar a honra injustamente enodoada.

O intendente ia responder, mas já um coro de vozes pressurosas se levantava. Era isso mesmo! Não se podia abandonar o mestre de campo num transe de tanta arduidade como esse! Não só Dão Felipe devia ir, como também os outros intendentes, os camaristas, todos os homens bons que se dispusessem, enfim. Havia o intento unânime de participar, não se encontraria nenhum que não encarasse desassombradamente aquela missão. E a discussão se acalorou, com um número de candidatos cada vez maior, pronunciamentos heroicos, discursos acerbos, questões de ordem fulminantes, apartes desaforados. Finalmente, depois de três horas de deliberações, em que se lembrou que o brigue não transportaria em segurança delegação tão avultada, resolveu-se, para inconformismo de muitos, que seguiria para a Bahia a mesma comitiva que visitara Capitão Cavalo. Mas, mesmo entre os escolhidos, a paz interior não se instaurou e, quando a reunião finalmente se dissolveu, o único tranquilo era o mestre de campo Borges Lustosa, irmão do poderoso monsenhor Gabriel Fortunato e, portanto, inatacável pela Mesa, pelo bispado e talvez por Deus.

XXI

As defesas do quilombo não se limitam às estacadas, mas são na maior parte naturais, pois de um lado ele é cercado por um taquaral espesso e cortante, que só os tatus e uns poucos animais conseguem cruzar. Uma tropa com facões, além de sangrar muito, faria tal estrépito, ao ceifar aquelas tabocas gigantes e emaranhadas, que logo chamaria a atenção. Do outro lado, está o Lama Preta, um mangue vasto e tão atoladiço e infestado de mosquitos e mutucas que nem os catadores de caranguejos e sururus mais traquejados se atrevem a enfrentá-lo. E, finalmente, do lado oposto a este, abre-se o boqueirão da Quaresma, rasgão na rocha que faz a maré enchente revolutear estrepitosamente terra adentro, para encontrar o rio da Quaresma, um enlace feroz e nevoento, no fundo de um abismo de dezenas de braças.

Balduíno Galo Mau não pretendia entrar no quilombo através das paliçadas, porque, mesmo apoiado nas artimanhas que havia engenhado, achava praticamente impossível escalá--las e sabia que, mesmo assustados, seus porteiros prefeririam fugir a abri-las, como, aliás, ele esperava que acontecesse — mas ainda é cedo para saber-se disto. Desafiar o taquaral também estava fora de cogitação, bem como se atascar no Lama Preta. Desta forma, restava somente o boqueirão, sobre o qual ninguém jamais sonhara ser possível construir uma ponte, mas ele estava convencido de que, num de seus pontos mais estreitos, existia uma maneira mais ou menos fácil, se bem que arriscada, de atravessá-lo.

Os preparativos precisavam ser apressados, porque a lua nova se aproximava e não podia ser perdida. A luz das estrelas não permeava as copas das árvores e, mesmo no pequeno descampado em frente às paliçadas, a escuridão seria absoluta, engolindo inteiramente os homens pintados de preto. Mandou os meninos catar montanhas de jenipapos verdes, para tingir todos os que tomariam parte na expedição. Escolheu alguns, entre os homens que se ofereceram a Capitão Cavalo para a missão, fê-los permanecer na aldeia com os índios nos dias anteriores à ação e mandou logo que se pintassem, porque a tintura durava mais que uma semana e não havia água que a lavasse, além de que a reforçariam no dia do ataque. E reuniu brancos e índios, sob a promessa estrita de não conversarem sobre o assunto com ninguém, nem entre eles mesmos, para detalhar seus planos. Conseguissem umas caveiras de gente e de bode, não era muito difícil. Queria também pólvora, enxofre, foguetes que assobiassem, girassem e corressem pelos matos. Queria velas, queria flautas de osso de todos os sons, mandou enterrar ovos bem fundo em terra umedecida e quente, para apodrecerem depressa.

Os meninos não se limitaram somente à coleta de jenipapos. Também lhes encomendou apanhar formigas da embaúba, o maior número que pudessem, guardando-as nos próprios ocos dos troncos cortados. E não só formigas queimadeiras, mas toda casa de marimbondo que conseguissem encontrar, todo lacrau, toda aranha braba, toda espécie de bicho que mordia e empeçonhava, e mesmo que não empeçonhasse, mas metesse medo, como a jitiranaboia. Aos rapazes mais velhos, ordenou que capturassem todas as corujas jacurutus ou qualquer outra coruja-de-orelha que vissem e todas as cobras, de preferência surucutingas, jararacas e cobras-cipó, as primeiras por serem ariscas e irritadiças, as segundas por serem mansas, as terceiras por serem finas e se esgueirarem por qualquer buraco ou fenda e todas as três raças por serem venenosas e meterem medo no povo do quilombo. Mandou também armar redes de pesca finas nas bocas das grutas do Melão e do Saco Preto, para pegar os morcegos, na hora de sua revoada do anoitecer. Às mulheres encomendou cestos e gaiolas de cipó e taquarinha para guardar os bichos e também bastante caacambuí, erva-de-cobra, somente por precaução, porque não acreditava que ninguém fosse aparvalhado o suficiente para ser picado. Também pediu que juntassem gravetos fininhos, que se acomodassem facilmente no oco da boca, entre dentes cerrados. E, na maior caveira de bode que conseguiram, pediu a Hans que escrevesse que um diabo de nome bem atemorizador dizia que o que era dele ninguém tirava — e então Hans escreveu "O que é de Asmodeus, nem homem nem demônio toma" e Balduíno disse que ia com essa caveira pendurada à cintura.

Na terceira noite de lua nova, Balduíno juntou os homens na beira da mata do Quilombo, todos já nus e tingidos, inclusive Iô Pepeu, e fez suas últimas recomendações. Somente ele, Iô Pepeu e dois homens de Capitão Cavalo iriam para o boqueirão. Os outros seguiriam diretamente para a entrada do quilombo, onde deveriam executar o que já tinham ensaiado, obedecendo sempre ao comando de Hans, que era quem havia compreendido melhor o plano e trazia tudo o que fazer na cabeça. Cada um com seu graveto? Hans com seu isqueiro de pederneira? As caveiras e as velas estavam prontas? Cestos de morcegos, cestos de cobras, ocos de embaúba tampados, casas de marimbondos, ovos podres, as duas escadas, tudo, tudo? Quanto a ele, Iô Pepeu e os outros, só precisavam daquelas cordas reforçadas, do machadinho para alguma necessidade, da caveira de bode com a inscrição do diabo, da erva-de-cobra pilada, das tochas e de outro isqueiro. E, lembrassem bem, começassem a função assim que chegassem à estacada, porque Balduíno e sua companhia estariam transpondo o boqueirinho só um pouquinho depois, não se podia perder tempo.

Na beira do boqueirão, cujas pedras de cima eram felizmente branqueadas pelas bostas das aves marinhas e assim podiam ser vistas, mesmo dispondo-se somente da luz das estrelas, explicou o que queria aos homens do capitão.

— Mecês laça o chifre do Diabo — disse ele, apontando para o vulto mal discernível de uma protuberância em forma de obelisco pontiagudo, do outro lado do boqueirão.
— Cende facho pra alumiar, laça com três, quatro corda. Depois amarra a outra ponta da corda bem amarrado, no pé de

pau aqui. Depois, cada um amarra uma corda por baixo do subaco e passa uma laçada nas corda amarrada, que é pra, na hora de trevessar, se a mão escorregar, não cair lá embaixo. Depois passa um a um, sem carecer de pressa. Chegando lá, garra no chifre, pula outro lado e se desamarra. Antão?

Depois de várias tentativas, sob a luz incerta dos fachos e desajudados pelo vento do boqueirão, os homens conseguiram três laçadas firmes no chifre do Diabo, fazendo depois um nó reforçado no tronco de uma jataíba, perto do chão. Em seguida, passaram pedaços curtos de corda por baixo dos braços, como instruía Balduíno, que foi o primeiro a dar a laçada de suas cordas nas cordas principais.

— Índio vai por premero, mostra como é, tenção, tenção — e, um por um, todos transpuseram o boqueirão, pendurados nas cordas pelas mãos, sem escorregar e sem maiores dificuldades. Quando todos já haviam passado, Balduíno cortou as amarras do chifre do Diabo, explicando que, um dia ou dois mais tarde, voltaria à jataíba para fazer a mesma coisa do lado dela e jogar a corda lá no fundo, de forma que os quilombeiros não viessem a descobrir como entraram no território deles, atribuindo tudo aos diabos, como ele queria.

Enquanto isso, do lado de dentro das paliçadas, os mulatos Josué e Calixto e os negros bantos Consolação e Duarte se entreolharam, ao ouvir nos matos tantos pios de coruja e tantos sons assombrados, como se golfados das gargantas de monstros sobre-horrendos. Que bulha era aquela, tão fora de hora, que bichos podiam ser? Bichos ou diabos? Não era lua nova, lua sobre a qual aquele índio agoureiro tanto falara como cheia de mistérios e malevolência? A Degredada tinha feito um feitiço, tinha convocado todas as suas entidades, para vingar-se do rei? O diabão a quem Crescência deveria ter sido consagrada não se conformara e agora teria vindo buscá-la? Mal reuniam coragem para espreitar pelas portinholas e, ao abri-las, o terror se apoderou de todos eles, fazendo-os fechá-las quase no mesmo instante, com as mãos trêmulas e as pernas bambas.

Hans iniciou o ataque com as corujas, as flautas, a queima de enxofre e os foguetinhos, para em seguida chegar com os homens junto à paliçada e soltar as formigas e outros insetos pelas suas frestas. Logo depois, enquanto nuvens fedidas de enxofre queimado enchiam os ares, os índios, cada qual com um graveto em brasa no oco da boca e aparecendo apenas como sorrisos demoníacos flutuando na escuridão, começaram a pular aqui e ali e caveiras se acendiam nas forquilhas das árvores, ou oscilavam como se suspensas no ar. Os homens do capitão encostavam escadas na paliçada, para do alto lançarem abertos os cestos de cobras, ao tempo em que os índios atiravam casas de marimbondos e ovos podres por cima das estacas. Finalmente, um clarão intensíssimo e breve cegou os guardas e uma profusão espessa de morcegos irrompeu por trás da luz, passando a adejar por trás da estacada em voos rasantes, sem dúvida encarnando espíritos alados do Mal e despejando sobre o quilombo doenças e malefícios mortais.

Subitamente cercados de cobras, aferroados atrozmente por formigas sanguinárias e marimbondos atarantados, entre visonhas ameaçadoras e miasmas que só podiam provir do inferno, assediados por demônios e juruparis invencíveis, os quatro membros da guarnição, benzendo-se, bateram em desespero na estacada interior, que só a muito custo foi aberta pelo mulato Cristóvão, que também do lado de lá, com seus companheiros, tinha ouvido os sons sobrenaturais, estavam também sendo perseguidos por formigas, marimbondos, morcegos, cobras e lacraus, sentiam os mesmos cheiros infernais e o mesmo pavor.

— Que foi, que foi? — perguntou Cristóvão.

— É a bruxaria da Degredada, a mardição da lua nova! Ou senão é o diabo vindo buscar a mulher!

— Cês vai sair pra ver o que é. Cês é da guarnição de fora, a obrigação é sua!

— Contra homem eu luto, contra diabo eu não luto. Ninguém vai abrir esse portão, vamo sair daqui e fechar tudo! Ai, minhas pernas, formigas desgraçadas, ai minhas pernas, o marimbondo já pegou meu olho, o morcego já cagou ni mim, ai minhas pernas!

— Mas, se souberem que nós larguemo a guarda, vai ter castigo brabo, pode até ter grelha.

— E quem é que vai contar? Tu vai contar?

— Eu não. Não tem esse bom que vá ficar aqui, com essa diabaria solta lá fora.

— Então vamo sair daqui e logo! Aqui tá cheio de cobra e lacrau, ai minhas pernas, ai meu olho!

Como Balduíno havia previsto, a guarnição abandonou seus postos às carreiras e, quando ele, depois de se esgueirar junto às paredes das casas escuras do quilombo na companhia dos outros, chegou às paliçadas e pôde abri-las sem problemas, até porque as cobras e os outras bichos já se tinham escondido ou dispersado, só restando do ataque os sons, diabos e caveiras que Hans continuava a comandar lá fora.

— Anso, Anso! — chamou Balduíno. — Quede tu?

— Aqui — respondeu Hans, praticamente invisível junto ao índio, porque escondia a cabeleira amarela por baixo de um barrete preto.

— Eles tudo fugiro já. Vamo correndo, agora somente as assombração, nada de barulho, só os diabo e as caveira, toda gente de tiçãozinho aceso na boca.

A casa de Crescência não ficava longe da paliçada e Balduíno esperava apenas que houvesse tempo para libertá-la e disparar com ela e os outros mata afora, antes que alguém acorresse, embora tivesse certeza de que o medo da guarnição, que exageraria o acontecido a quem quer que o contasse, contagiaria todos e haveria grande demora na perseguição que montassem, se montassem. Por precaução, resolveu ir primeiro apenas na companhia de Iô Pepeu. Se demorassem, que chegassem os diabos para ajudá-los, mas, enquanto isso, esperassem escondidos nas imediações.

Balduíno e Iô Pepeu se aproximaram com facilidade da casa silenciosa e escura, que não estava sendo vigiada do lado de fora. Subiram a varanda, prontos para tentar arrombar uma janela, mas tentaram a porta e ela estava destramelada. Devagar, para que ela rangesse o mínimo possível, Balduíno a empurrou e ambos entraram. A claridade de uma lamparina era suficiente para que vissem duas negras dormindo em esteiras, que não acordaram à chegada deles, para alívio de Iô Pepeu, que não queria ameaçá-las ou mesmo matá-las com facas, como haviam combinado, em caso de necessidade. Adiante, a porta aberta do que parecia ser um quarto grande. Balduíno apontou silenciosamente para ele, devia ser o quarto de Crescência, o melhor da casa. Fez também sinal para que Iô Pepeu, antes de acordar Crescência, lhe pusesse a mão na boca, para evitar que ela gritasse com o susto. Pegou a lamparina e foi para o quarto, que de fato era o de Crescência, que dormia numa cama com sobrecéu, vestida numa espécie de camisola branca. Enquanto Balduíno lhes alumiava o rosto com a lamparina, Iô Pepeu marchou para ela com decisão e lhe tapou fortemente a boca.

— Sou eu, Crescência, Pepeu! — sussurrou ele. — Nós vamos embora daqui agora, levanta-te logo!

Depois de alguns instantes de surpresa e olhos arregalados, Crescência tocou-lhe na mão, como para indicar que ele podia descobrir-lhe a boca.

— Como é que tu entrou aqui?

— Não interessa, vamos embora. Se demorar mais, elas acordam e aí vem gente de tudo quanto é canto, te despacha.

— Pera aí — disse Balduíno. — Tira roupa feito nós, de branco tu não vai sair.

Sem discutir, Crescência tirou a camisola, enquanto Balduíno equilibrava a caveira de bode com a mensagem num aparador, e saiu com os dois. Logo se juntaram ao grupo dos diabos, passaram pelas paliçadas e se abrenharam pela mata do Quilombo, na direção da aldeia do Mato Preto.

XXII

Os preparativos para a viagem da comitiva insulana para sua deputação junto às autoridades eclesiais da Bahia foram mais breves, porém mais complexos do que os que precederam a malograda visita a Capitão Cavalo, começando pela persistência de más condições de navegação, dias borrascosos e um cheiro de maresia penetrando em tudo, alternados por noites frias e golpeadas por lufadas de ar úmido. O *Santa Cruz,* ensecado havia semanas na praia da angra do Bispo, também requereria reparos no gurupés, no velame e no casco. E, revelando deplorável falta de sentimento cívico, os tripulantes convocados para a viagem, notadamente o piloto Nuno Mar Aberto e o imediato Felisberto Saracura — os melhores de toda a ilha, com exceção dos pilotos de Capitão Cavalo e ele mesmo — impuseram condições exorbitantes, inaceitáveis em quaisquer outras circunstâncias, mas nesse caso relutantemente acordadas depois de extensas e disputadas negociações, com grandes sacrifícios para o erário, pois, se tratando de ato de interesse público, os envolvidos não tinham a responsabilidade de realizar desembolsos.

Além disso, as despesas pessoais já eram muitas, pois não se tratava de uma viagem comum. Havia as compras que fariam no comércio da Bahia, farto em objetos finos importados, em tecidos, perfumes e louças, bem mais que o comércio da ilha, que dependia das mercadorias trazidas nos navios de Capitão Cavalo e dos contrabandistas. E a maior parte da comitiva encomendou roupas novas aos alfaiates mais habilidosos com inusitada pressa, urgência que, naturalmente, elevou os preços dos algibebes mais toscos aos das costureiras, bordadeiras e rendeiras, todas a confeccionar a toque de caixa vestidos sóbrios e decorosos, para as senhoras de posição. Isto para não mencionar os presentes para o bispo e o monsenhor. Uma alfaia qualquer estava fora de cogitação, havia que ser de ouro ou prata de lei. Grandes sofrimentos e incertezas marcaram a escolha dos presentes, até por causa da compreensível preocupação quanto ao valor ou qualidade do que os outros dariam, embora, se interrogados, dissessem somente que estavam levando uma modesta lembrancinha, só para não chegarem de mãos abanando.

Todos os estorvos, contudo, foram superados com habilidade e firmeza pelo mestre de campo Borges Lustosa, que se multiplicou em dez ou vinte, praticamente sem comer ou dormir, ordenando ali, exortando acolá, trabalhando até na calafetagem do casco do *Santa Cruz*. Logo o brigue, pintado, consertado e chusmado, mareava novamente, logo recebeu a bênção, logo o tempo suspendeu sua colcha de neblina como por direta intercessão celeste, logo toda a comitiva embarcou, com as mulheres muito chorosas à beira do ancoradouro, logo o velame alegre do barco se enfunou pela angra do Bispo afora. A todo pano, proejou fachudamente pelo canal da Bicuda, afilou com bom vento de feição e contornou os cercados de pedras da ilha, para a viagem de poucas horas à Bahia, poucas embora suficientes para que toda a comitiva se entontecesse e tivesse de arrevessar copiosamente pelas amuradas abaixo, assim que afocinharam pelo canal da Bicuda.

Não foi tão simples como haviam imaginado, chegar ao monsenhor Gabriel. O dia era verdadeiramente impróprio para a visita, pois ele estava ocupado em orientar e despedir-se de diáconos portugueses que aportaram à Bahia para seguir para as Minas Gerais, onde se dizia que era ainda muito ausente a mão da Igreja. E o dia seguinte também seria impróprio, tomado por compromissos impreteríveis de toda ordem. Mas o mestre de campo, com a ajuda de um beneditino amigo seu, conseguiu fazer chegar um bilhete a seu irmão, que foi respondido às pressas. Sim, naquele dia era impossível e no outro também seria, se não se tratasse de um irmão dileto, benjamim de uma família sempre muito unida. Dessa maneira, excepcionalmente, o monsenhor abriria um intervalo em seus esgotantes afazeres e os receberia na tarde seguinte, em seu gabinete na casa do bispado, logo após o meio-dia.

Imperioso e um tanto impaciente, em sua luzida loba de seda preguedada, o monsenhor abraçou brevemente o irmão, cochichou-lhe alguma coisa ao pé do ouvido, estalou os dedos ossudos diante da ansiosa comitiva, pigarreou afetadamente e disse que agradecia *ex toto corde* os tão gentis quão imerecidos presentes, mas não os conservaria, eram incompatíveis com a pobreza de seu sacerdócio e com certeza seriam vistos como ostentação a um rebanho ao qual dar o bom exemplo e a boa medida era o mais sagrado dos deveres — e essa, seguramente, era também a posição de Sua Eminência. Doaria os presentes a orfanatos e casas de caridade para que os vendessem e, com o dinheiro resultante, continuassem a praticar a beneficência de que hoje o mundo é tão avaro. Sabia que isso iria ao encontro dos nobres sentimentos daqueles homens pientíssimos, ali reunidos em missão ditada por Deus e por Deus amparada.

De resto, como deviam supor, era homem atarefadíssimo, pois jamais rejeitara qualquer mister que lhe fosse incumbido, não importava quão penoso e, por iniciativa própria, deixava cair sobre os ombros cansados encargos que não lhe diziam diretamente respeito, mas que avocava para si, com vistas à sua melhor execução. Sabia que muitos entre os ali reunidos, senão todos, haviam preparado alocuções em que exporiam com eloquência e propriedade as graves razões que os tinham trazido nessa arriscada viagem desde a próxima, mas tão remota, ilha do Pavão. Lamentava estar sendo, pelas vicissitudes de seu ofício, privado da oratória que sem dúvida o enlevaria e iluminaria, mas ordenava o tempo minguado que se ativessem à matéria absolutamente essencial, a qual examinaria com os olhos e a paixão de um amigo e aliado. Embora desculpando-se por talvez intrometer-se, sugeria, pois, que falasse pela delegação apenas um. Não por tratar-se de seu irmão, mas pela sua eminência na ilha e fora dela, vitoriada por todos, que o mestre de campo José Estêvão Borges Lustosa fosse o escolhido.

— Se não tendes nada a opor — completou, com um olhar circundante que não esperava e não obteve contestação.

Ouviu então, com o sobrolho franzido e momentos em que, pasmo, abria a boca e erguia os olhos para o alto, a espantosa descrição do estado a que chegara a ilha do Pavão, praticamente uma oclocracia independente, às vésperas da anarquia, onde não tinham vigência, ou mesmo se conheciam, os editos e ordenações da Coroa, nem as regras da Igreja; onde o elemento servil já praticamente não existia, onde, se se dissera oclocracia, governo do vulgo e da gentalha, melhor se dissera dulocracia, governo dos escravos, pois que se ombreiam com seus senhores, comprando propriedades, comerciando, vestindo-se como brancos e até casando com brancos, tanto negras quanto negros; onde os selvagens a nada obedeciam e exerciam sua barbaria nas vilas ou onde quer que lhes apetecesse, tal comprovando a batalha da Sedição Silvícola, vencida em condições adversíssimas e graças à bravura inata dos assivissojoemapaenses. Estremeceu o monsenhor, ao escutar pormenores da escancarada e descarada feitiçaria da Degredada e seus sequazes, das adivinhações por cristais, espelhos e cartas de tocar, de conluios com os demônios, de sortilégios em encruzilhadas, de ritos pagãos que os negros, mesmo batizados e recebendo os sacramentos, continuavam a praticar, a dissolução dos costumes, do abismo avernoso a que a ilha estava por certo condenada, se não fosse de pronto acudida pela mão providencial da Santa Madre, através de uma visitação pastoral rigorosa e implacável, que talvez pudesse ser seguida pela ação armada da Coroa.

— *O tempora, o mores!* — disse o monsenhor, levantando-se da cadeira de braços onde terminara por derrear-se, sob o peso da exposição de tanta impudência. — Sim, faz-se urgente, mais que urgente, faz-se premente que essa providência seja tomada! O mal está sendo feito, mas será cortado pela raiz. *Oderunt peccare mali formidine pœnœ.* O castigo corrigirá essas faltas terrificantes. Só me admira que Vossas Mercês somente agora tenham achado por bem recorrer à autoridade da Igreja. Havíeis que tê-lo feito antes, quando tanta nequícia ainda não fora cometida, tardastes muito, tardastes quase ao ponto da cumplicidade.

— Havíamos, sim, de ter feito algo antes, meu nobre irmão. Mas confiávamos em que o sesmeiro Dão Baltazar Nuno Feitosa, conhecido como Capitão Cavalo e mais poderoso do que muitos príncipes, viria em nosso socorrimento, pela Coroa e pela cristandade. Ele, porém, nos repeliu com indiferença, aliás com a indiferença de quem é o responsável por esse estado de coisas calamitoso, pois foram suas práticas que o implantaram. Todos sabem que, se não houvesse dado exemplo e incentivo, nada disso, ou muito pouco disso, havia de ter sucedido.

— Não serão o poder e a fortuna desse que chamam pela alcunha desairosa de Capitão Cavalo que o isentarão do nosso escrutínio. *Dominus index est, et non est apud illum gloriæ personæ.* O Senhor Bom Deus não faz distinções entre seus filhos, a não ser quanto ao pecado. E os poderosos deste mundo não são nada diante de Sua divina onipotência. Se Dão Baltazar Nuno Feitosa for declarado culpado, cairão sobre ele as mesmas penas que a qualquer outro. Enquanto falavas, já me vinham à cabeça os nomes certos para essa visitação. Irão convosco, no mais tardar em três dias, o padre Tertuliano Jesus da Mota e o escrivão Terêncio Góes e talvez mais um ou dois auxiliares, que alvitrem de necessidade. Creio firmemente que faço a melhor escolha possível e vejo que a Divina Providência de fato se encontra a vosso lado, pois mais bem servida não poderia estar a causa da Igreja do que nas mãos desses dois homens insignes, que já tantos serviços nos hão prestado e que nos merecem a mais cabal confiança.

Em seguida, olhando com ar de sobressalto para o relógio de pêndulo que ficava junto à porta como uma sentinela, passou a dar explicações apressadas aos membros da comitiva. Como já dissera antes, em dois ou três dias os visitantes pastorais estariam prontos para embarcar para a ilha do Pavão, aguardassem notícia que enviaria ao brigue, tão logo fosse tudo resolvido. Abraçou o irmão, soprando-lhe novo cochicho, despediu-se dos outros quase afobadamente e acompanhou-os até a porta, não cessando de repetir que o padre Tertuliano e o escrivão Terêncio tinham toda a capacidade e tenacidade requeridas pela dura missão, fazendo jus integralmente à sua plena confiança. O que não disse, é claro, foi em que constituíam a capacidade e a tenacidade dos dois indicados, nem que a plena confiança que lhe inspiravam era plena até certo ponto. Fechou a porta por trás da comitiva, esfregou as mãos com os olhos luzentes e tocou a sineta para chamar padre Pascoal Amora, seu secretário.

XXIII

Na aldeia de Mato Preto, Crescência parecia índia, nascida e criada ali mesmo. Chegou nua e nua permaneceu, embora algumas índias, sabendo que ela por costume não andava nua, lhe tivessem oferecido vestidos que raramente usavam. Disse que não, que sempre tivera vontade de andar assim, solta e livre como as índias, no máximo usaria um enfeite aqui, outro acolá. Iô Pepeu se vestira ao chegar, mas, quando o sol subiu e Crescência caminhou nua para o rio junto com as outras, dando os mesmos gritinhos e risadinhas, ele resolveu que ia brincar de índio também, quem sabe assim não conseguiria, mesmo sem a cabacinha, que ficara na Casa dos Degraus, aquilo que tanto queria? Ao chegarem à aldeia, já de madrugada, depois de uma atropelada fuga pelos matos, ela abraçara Hans, Balduíno e a ele, agradecendo por a terem libertado. O abraço dele foi o último, mais longo e mais apertado e, ao sentir os pelos crespos do púbis dela encostarem de leve em sua coxa, um arrepio lhe percorreu o espinhaço e todo o seu corpo vibrou, mas percebeu que, mesmo que estivessem sós, nada aconteceria além de abraços e carícias.

— Tu tá um preto bonitinho — disse ela, olhando-o de cima a baixo, depois que se separaram.

Ele quis responder, não descobriu o quê e logo se viram engolfados na algazarra e alvoroço de todos os participantes da expedição, dos que queriam lembrar passagens ou ser informados do que não tinham presenciado, entre risadas e imitações dos quilombeiros assustados. Ninguém queria dormir ou descansar. Pelo contrário, queriam festejar com grande animação, como anunciou Balduíno.

— Índio faz festa! Índio pega butijona de cachaça, pega butijinha, pega cachaça toda guardada escondido e faz festa! Índio dança, canta e come! Tudo fazendo fogueira pra carne assada, nada de comida sem graça do mato, tudo comida com pimenta e sal, menino come rapadura, bebe mel, come todo doce! Toda gente que querer bebe cachaça, festa grande, muito disturbança, muita alegria!

— Balduíno — disse Hans —, não achavas melhor fazeres a festa amanhã? Agora já vai amanhecer e pode ter gente querendo descansar.

— Tá maluco, doido do juízo? Quem quiser descansar, descansa, mas ninguém quer descansar. A festa faz ni hora da festa e hora da festa é agora. Tu tá querendo dormir?

— Bem, eu não, acho que me ia chegar o sono. Mas...

— Tem gente aqui querendo dormir? Tá vendo gente querendo dormir? Antão? Índio busca cachaça!

A festa, talvez bem mais animada do que Balduíno havia esperado, teve até dança de preto, ao som dos tambores que alguns homens do Capitão Cavalo haviam levado para a aldeia nos quartos de suas mulas e agora tocavam como se não pudessem parar, com cachaça dada na boca pelas mulheres dançarinas. Já de dia, as mulheres que não bebiam, inclusive Crescência, resolveram tomar banho de rio. Iô Pepeu, prostrado com as costas num tronco, viu Crescência correndo junto com as outras, sentiu novamente um arrepio e levantou-se para ir atrás delas, mas só conseguiu dar alguns passos cambaleantes e sentar-se de volta.

— Ah! — riu Balduíno. — Mecê mecezinho acha que pode botar cachaça toda na ideia e ainda sair correndo atrás de mulé? Não vai trás delas, não, não vai tomar banho com as mulé no rio, o banho é delas, tem as conversas de mulé delas, as coisa delas. Não, vai não, e eu sei o que mecê tá pensando, mas não adianta, tem que esperar hora. Hora certa, tem hora certa pra tudo.

— Eu só estava querendo... — começou Iô Pepeu a responder, mas lhe veio uma tontura indomável e ele deitou-se, começando a dormir quase imediatamente.

Da mesma forma, dormiram todos os que haviam bebido, somente começando a acordar quando Hans sacudiu Balduíno e o chamou. Pronto, já haviam bebido e festejado, já havia passado o efeito da cachaça, matassem logo a sede estorricante que deviam estar sentindo e fossem cuidar das muitas coisas importantes que os aguardavam. Foram também acordar Iô Pepeu, que só se levantou quando lhe disseram que iam chamar Crescência para a conversa que precisavam ter.

— Nós não podemos ficar muito tempo — disse Hans, depois que os quatro se juntaram. — O rei Afonso Jorge não ataca a vila e muito menos o Sossego Manso, mas a aldeia ele pode atacar. Pelo que nós sabemos dele, deve estar com imensa raiva e não duvido que muitos daqueles infelizes que assustamos estejam por esta altura a ir para a grelha.

— Nada disso — disse Balduíno, ainda um pouco bêbedo. — Ele está é com medo dos diabo, da caveira que eu deixei no quarto de Crescença e de que venha mais assombração pra cima deles. Nada de ir, fica aqui, faz outra festa. Ele pensa que os esprito da Degredada é que foi lá pegar Crescença, ele não sabe que foi nós, só viu os diabão e os bicho atacando.

— Disso ninguém pode ter certeza. E ele pode até mandar alguém vir espiar a aldeia e, se descobrir que Crescência está aqui, com certeza ataca, vai perceber que não houve diabo nenhum na história. É melhor não arriscar, já tivemos muita sorte. E, de agora em diante, Crescência só vai ter segurança ou na vila ou na furna da Degredada, porque ele também não tem coragem de atacar Don'Ana. Ou no Sossego Manso. Mas, no Sossego Manso...

— Pode ser — interrompeu Balduíno, sem muita vontade de discutir.

— Eu também tenho o mesmo pensamento — disse Iô Pepeu. — Vamos para o Sossego Manso amanhã de manhã cedo mesmo.

— Eu não — disse Crescência. — Eu vou voltar pra Casa dos Degraus, preciso ver minha mãe, cuidar das minhas coisas. E, logo que der tempo, quero voltar na Degredada,

162

quero agradecer a ela e continuar acertando minha vida por lá e ajudando no que possa ser.

— Mas tu não podes deixar de ir ao Sossego Manso! — disse Iô Pepeu, quase alarmado.

— Por que não posso? Tu vai lá ver teu pai, Hans vai dar parte da missão e Balduíno vai porque quer. Eu não preciso, não tenho nada que fazer lá e tenho muito o que fazer em casa.

— Mas isso é ingratidão, é grande ingratidão. Tu agradeces à Degredada e não queres agradecer a meu pai? Meu pai também te ajudou, e muito. Se não fosse ele, Balduíno nem Hans nem eu tínhamos conseguido tirar-te lá do quilombo. Não é, Balduíno?

— É, é.

— Então, então?

— Bom, quanto tempo vamos ficar lá?

— Dois dias, três dias. O bastante para descansar e pegar viagem para São João. Eu volto para a Casa dos Degraus contigo. Então?

— É, tá certo, preciso agradecer a teu pai mesmo, tu tem razão, não quero ser chamada de ingrata.

— E também vai pra conhecer o pai dele — disse Balduíno, com uma gaitada. — Ele quer casar, ih-ih-ih.

— Balduíno, deixa de ser besta! — gritou Iô Pepeu subitamente nervoso, e Crescência, depois de hesitar um instante, levantou-se e saiu correndo na direção dos matos.

Iô Pepeu só a encontrou depois de procurar muito, porque ela havia se embarafustado por entre as árvores, para chegar até a beira do rio e sentar-se numa lomba coberta de capim rasteiro, com os braços descansando sobre os joelhos levantados e o queixo repousando neles. Ouviu a chegada dele, levantou o rosto com um sorriso amável. Tendo esperado encontrá-la aborrecida, ele se surpreendeu e sorriu de volta.

— Balduíno é maluco, avariado, ele mesmo diz — falou, chegando perto dela. — Ele foi quem inventou isso, já disse até a meu pai.

— E o que é que teu pai disse?

— Não disse nada, meu pai não gosta de se meter em nada, só quando não tem jeito.

— O que tu quer é que eu diga "a ela sem pena".

— Ai! Ai! Sim! Pronto, disseste-o uma vez, não te custou nada, nem te tirou pedaço. Agora tens de dizê-lo só mais um par de vezes, com mais sentimento, ai, ai, vais dizê-lo? É tão simples, viste como é simples e não tens que fazer esforço. Eu bem sabia que, na aldeia, tu mudarias, aqui nos campos e nas matas, com somente o céu por sobre nós e não os caibros do teto da Casa dos Degraus, eu bem sabia, és boa, és boa, tens um coração imenso, não és cruel. És boa, és bondosa. Pronto, pronto, agora vais dizer as palavras, não vais?

— Não.

— Mas por quê?

— Porque não me apetece, porque não quero. Tu me quer? Tu me tem, eu tou aqui, não tem mais ninguém aqui, já tá ficando escuro, esse capim é macio. Mas não digo nada.

— Tu disseste que gostavas de mim, no quilombo, tu disseste, olhando bem nos meus olhos, não disseste?

— Disse.

— E então? E era mentira?

— Não, era verdade. É verdade, eu gosto. Gosto muito.

— Se é verdade, então, por tudo o que é sagrado, por tudo que para ti tem valor, por que não dizes o que te peço? Não te peço quase nada, apenas umas poucas palavrinhas bem ditas, somente isso!

— Eu já respondi tantas vezes que não que não sei como tu pode pedir novamente. Mas pode pedir tanto quanto quiser. Eu não digo, não adianta.

— Pois então não acredito que gostas de mim. Sabes que eu, sim, gosto de ti e és cruel.

— Não sou, eu tou aqui, tu pode chegar.

— Mas tu sabes que... Não, não acredito, neste caso não acredito que gostas de mim, não gostas de ninguém, estás a troçar de mim, não acredito mesmo.

— Então não acredite.

Iô Pepeu sapateou exasperado. E não acreditava mesmo, ela era de fato cruel, muito cruel, queria espezinhá-lo, rebaixá-lo, maltratá-lo. Mas aquilo não ficaria assim. Ela conhecia o dito segundo o qual quem ri por último ri melhor, não conhecia? Pois, pois ia ver o que aconteceria, assim que chegassem à Casa dos Degraus. Ia ter de desmentir suas palavras fingidas sobre gostar dele, porque não precisaria que dissesse mais nada, não era aquele parvo pisoteado por quem o tomava. Aliás, só não voltava diretamente com ela para a Casa dos Degraus porque tinha obrigações com o pai, que com toda a certeza esperava vê-lo antes que voltasse para a vila e também porque precisava dar tempo para que aquela tintura de jenipapo clareasse um pouco, não queria que lhe fizessem muitas perguntas na vila.

Ela não respondeu e se limitou a encará-lo sorrindo de novo, até que ele, ainda sapateando e se agitando, esfregando a cabeça e estapeando as pernas, chegou a abrir a boca para usar mais argumento, mas desistiu, por saber que seriam os mesmos, e saiu sem olhar para trás. Voltou à aldeia, decidido a deitar com alguma índia, entre as diversas que sabia que o queriam, mas não tinha realmente vontade e, além disso, temia que ela visse essa atitude com humilhante indiferença, da mesma forma com que encarava o que fazia com as outras mulheres, na Casa dos Degraus. De noite, enquanto ela foi ouvir histórias para depois dormir junto com as mulheres, ele primeiro foi falar com Balduíno até este adormecer durante a conversa, e teve um sono inquieto e cheio de sonhos e pesadelos, dos quais acordava desapontado ou assustado. Na madrugada seguinte, já todos vestidos e em silêncio, saiu a caravana para o Sossego Manso, com Hans, Balduíno e Crescência à frente e Iô Pepeu, de cara fechada, na retaguarda, sem olhar para ela. Sabia que não resistiria e ainda tentaria alguma coisa no Sossego Manso, embora sem muita esperança, como antes, somente a lembrança da cabacinha fazendo com que de vez em quando lhe viesse um ar triunfante às feições.

XXIV

Padre Pascoal, secretário do monsenhor Gabriel Lustosa, esperava com impaciência o fim da reunião a portas fechadas entre seu superior, o padre Tertuliano da Mota, o escrivão Terêncio Góes e o seminarista João Manuel Taborda. Não ousava interrompê-los, nem tinha de fato razão para querer fazê-lo, a não ser sua obsessão por ordem e horários. Enviara ao brigue *Santa Cruz* um bilhete, confirmando a chegada e o embarque dos visitadores para as sete da manhã, mas já quase batiam as nove, no relógio junto à entrada da antessala. Decerto era uma missão de alta relevância, mas os três dela encarregados, até mesmo o jovem seminarista, tinham experiência e não deveriam necessitar de tantas instruções e explicações, como certamente estaria dando o monsenhor. Seriam estratégias especiais, requeridas pela natureza singular da ilha do Pavão? Que tanto conversavam lá dentro?

Conversavam sobre graves questões relacionadas a visitações em geral e a essa importante visitação em particular. Já podiam imaginar os comentários sobre a sua ousadia, enfrentando em nome do dever as mais temíveis circunstâncias e a mais inconjeturável odisseia, em perigos de que antes já fugiram tantos homens de tão renomada bravura. Muito importante, sim, certamente a mais importante visitação quiçá do século. Tão importante que o monsenhor, diferentemente do que dissera à comissão da ilha do Pavão, fora quem tivera a ideia de incluir o seminarista na visitação, contra os desejos do padre Tertuliano e do escrivão Terêncio. Para que serviria esse rapaz mal saído dos cueiros, quando ambos já tinham tanta experiência e sabiam à perfeição fazer o que se esperava deles? Não se recordava o monsenhor das profícuas e rendosas visitações às freguesias de Cachoeira, de Santo Amaro, de Nazaré das Farinhas, de São Félix, de tantas outras visitações feitas apenas pelos dois? Não sabia o monsenhor que os dois conheciam todos os meandros e sutilezas dessas embaixadas sagradas, não se deixando jamais enganar ou dobrar? Para que o menino, nesse caso?

Para ajudá-los, retrucara o monsenhor. A ilha do Pavão era uma questão especial, especialíssima. A vila de São João era próspera e rica, bem mais rica que essas outras freguesias. Somente nessa vila, sem contar as outras, o trabalho seria desmedido. Um moço dedicado, estudioso e obediente provar-se-ia de grande utilidade, até mesmo indispensabilidade, no ajuntar de papéis, no tomar de anotações, no escrever dos termos dos testemunhos, nas diligências a todo tempo necessárias. Omitiu o monsenhor a circunstância de que seu jovem protegido, mancebo de ambição e habilidade, estava lá para fiscalizá-los, enquanto era por eles fiscalizado. Sabia que logo cada um dos três estaria a desconfiar das ações dos outros dois e isto era bom para que não cedessem, sem pensar duas vezes, à compreensível mas inaceitável tentação de enganá-lo, como já haviam feito anteriormente. Negou-se a continuar discutindo o assunto e encerrou-o, levantando-se com uma palmada na mesa.

Agora aos pormenores. Já conheciam a postura pública imprescindível aos visitadores — austeridade absoluta, inatacabilidade acima de qualquer provação. Nenhuma intimidade com quem quer que fosse, nem mesmo com as pessoas gradas que constituíam a comitiva do *Santa Cruz* e as muitas outras que viviam na ilha. Os visitadores representavam a diocese, a diocese não, a própria Igreja e peso maior e mais edificante cabia a bem poucas espáduas. Obtivessem de seu irmão a relação de cidadãos que seriam chamados a responder aos tradicionais quarenta quesitos, sobre os atos ilícitos e ímpios cometidos pelos outros. Conforme observassem a conduta do povo, acrescentassem mais quesitos, que pudessem ampliar o leque dos atos imputáveis e assim favorecer a que mais gente fosse denunciada. Cuidassem que não deixasse de haver um bom número de pronunciações, denúncias formais a serem julgadas pela diocese, mas nunca de gente que adiantasse sua contribuição pecuniária para a expiação dos pecados. A feiticeira, por exemplo, não podia deixar de ser pronunciada e haveria de possuir bens para pagar tanto a eles quanto à diocese. Não incomodassem o tal Capitão Cavalo, embora não devessem participar a ninguém, nem ao próprio, essa orientação. Não valia a pena incomodar homem tão poderoso, quando havia caça farta e bem mais fácil. A ameaça de excomunhão precisava ser brandida com frequência e seriedade, por ser a pena que mais atemorizava entre todas, já que outras sanções podiam vir a ser menos temidas, dadas as dificuldades de acesso à ilha. Tampouco a perspectiva da morte em fogueira purificadora devia ser esquecida, podendo-se, caso surgisse a necessidade, contar com o apoio das autoridades da ilha, que talvez quisessem queimar a feiticeira. Nas ocasiões públicas, o padre Terêncio falava em nome do monsenhor, falava até em nome de Sua Eminência, falava em nome da própria cristandade — e, portanto, medisse e pesasse cada palavra, antes de proferi-la. Instalassem logo a Mesa, requisitassem das paróquias o que fosse necessário, trabalhassem com pressa e eficácia. E, quanto à partilha do que lhes pagassem, agiria com generosidade, como de hábito. Cinquenta por cento seriam seus, vinte por cento tanto para o padre quanto para o escrivão e dez por cento para o seminarista, maior munificência impossível. Esperava estreita colaboração e harmonia entre os três e que tratassem de manter as contas da visitação, notadamente a secreta, em completa ordem, vistoriada pelos três.

Pronto, então já tinham tudo? Já tinham os selos, já tinham os artigos de escritório, já tinham as cartas, já tinham o cofre de ferro de segredo e três chaves, já tinham os paramentos corretos, não haviam esquecido de nada, nem de uns punhados de milho para terem na boca contra o enjoo que certamente experimentariam, entre os escolhos procelosos do mar do Pavão? Então que partissem, já estavam lá fora a carroça com a bagagem e os negros para fazer o carreto, assim como a berlinda da diocese que os levaria, com todo o aparato justificado pela sua autoridade, que devia ficar logo bem patente, aos olhos da delegação da ilha. Deus os haveria de iluminar e prover que tudo saísse a contento.

Já eram quase dez horas e o comandante Nuno Mar Aberto, que esperava os visitadores num batel, na companhia de dois remadores, sugeriu que talvez fosse melhor que almoçassem logo, mas padre Terêncio lhe disse desdenhosamente que não comia em estalagens ou tascas. E, além disso, o tempo estava ventoso e o mar não muito calmo, de maneira que almoçar antes de enfrentar viagem tão molestosa seria uma provocação a eventos catastróficos nas vísceras de qualquer cristão. Jejuaria, não deixava de ser um bom começo para missão tão árdua. Esperava que pudessem ter algum sossego no barco, pois precisavam conversar, notadamente com o chefe da delegação, mestre Borges Lustosa. Não tinham tempo a perder e já via que aquele batel de reduzidas proporções seria obrigado a fazer duas ou três viagens, para embarcar tudo e todos. Ao embarque, ao embarque.

Já no brigue, padre Terêncio quis ficar a sós com o mestre de campo, mas tanto o escrivão quanto o seminarista, sob inúmeros pretextos, não saíram de perto dele, de maneira que a conversa teve de ser entre os quatro, com o escrivão fazendo anotações a lápis. Nervoso, o mestre de campo pediu tempo para pensar em que pessoas indicar para depor. Denunciar era mais fácil, denunciava os negros e índios batizados, denunciava a Degredada e seus aderentes, denunciava Capitão Cavalo e seu filho devasso, era um rol quase sem fim. Mas, quanto às pessoas de destaque para convocar, tinha dificuldade, era tarefa de grave responsabilidade. O padre, contudo, insistiu, mas o brigue endireitou para o canal da Bicuda parecendo um brinquedo entre as ondas altas e ninguém conseguiu fazer mais nada, tendo os visitadores desembarcado na angra do Bispo muito pálidos e com o andar pouco firme.

XXV

Capitão Cavalo não dava mais festas desde que ficara viúvo. Apenas, não se opunha a que fizessem festas em suas terras e às vezes aparecia em algumas delas, para assistir às danças e cantos. Desta feita, contudo, resolveu que ia abrir e enfeitar os salões, as varandas e o terreiro da casa-grande e fazer uma grande festa de três dias, em homenagem a seu filho, a Hans, Balduíno, Crescência e a Degredada. Não precisava organizar nada, porque sabia que o povo era festeiro e a foliada tomaria forma sozinha, pelas mãos dos muitos folgadores do Sossego Manso. Assim que o grupo vindo da aldeia do Mato Preto chegou, antes mesmo de se inteirar dos acontecimentos em torno da expedição ao quilombo, mandou chamar Sansona, que, apesar de já entrada em anos, parecia bem menos velha do que era, a cara lisa, a peitarrama pesada mas dura, a disposição de sempre. Estava fazendo beiju e chegou ajeitando o torso, ainda coberta por uma poeira branca e fina.

— Tou assim porque tava na casa de farinha — explicou, ao encontrar com o capitão, na varanda da casa-grande. — Mas ioiô mandou dizer que tava com pressa e aí eu nem lavei a mão.

— Não tem importância, porque tu vais te sujar ainda mais. Quero dar uma festa, festa para toda a gente, festa grande mesmo, três dias. É para Pedro, Hans, a Degredada e uma negra que tu não conheces.

— Nega nova, nhozinho? Ih...

— Não é o que estás a pensar, eu devo um favor a ela, um grandíssimo favor. Se não fosse ela, meu filho estaria preso no quilombo, podendo até ser morto por aquele maluco que diz que é rei.

— Preso no quilombo? Mas como?

— É história comprida, não tenho tempo nem vontade de contar-te agora, depois tu vais saber. O que interessa é que meu filho estava preso, essa menina aceitou ficar no lugar dele e muita gente trabalhou para soltá-la. E então eu quero fazer uma festa.

— Festa grande mesmo, festança graúda.

— Com tudo o que uma festa pode ter, a maior festa que já houve aqui. Percebeste?

— Percebi. Aqui na casa-grande também?

— Aqui na casa-grande, nos terreiros, no engenho, debaixo das árvores, na beira do rio, em tudo quanto for canto. Três dias de festa, comida, bebida, cantoria, batuque, sarambeque, chula, xiba, o que aparecer, folgança completa. Percebeste mesmo bem? Não estás disposta, ficaste mole depois de velha, queres que chame outra pessoa em teu lugar?

— Não, iozinho, cruz-credo, tou velha nada, tou só mais antiga. É o queixo caído de ver iozinho assim tão animado, já tinha até esquecido como era o riso de iozinho. Mas já percebi tudo, vou fazer a festa, vou chamar Ducelina, Mengarda, Veveia, Lampreia, Chico Bunda, Bico Doce, esse povo, não tem preocupação.

— Então não me digas mais nada e despacha-te. Diz a todos que a minha palavra é festa da grande e trata de fazer tudo o que for preciso, não pode faltar, tem que sobrar, diz que sou eu quem faz questão e vou ficar desgostoso com quem não tomar parte, nem quiser ajudar.

— E pra quando é?

— Se eu pudesse, era para hoje, mas, como não é possível, começa amanhã, termina domingo. Anda, despacha-te. Sabes mais do que eu o que de trabalho tens pela frente. E, além disso, meus convidados estão lá dentro e ainda tenho muito a conversar com eles.

— Então já vou, já vou, já fui. Pode deixar, pode deixar. Dou todas as ordes que for querendo, não é, não precisa mais conversar com ioiozinho.

— Mas quanto mais velha ficas, mais perguntona te tornas! Faze tudo como quiseres, mas faze a festa, anda, despacha-te, avia-te, que já me deixas impaciente.

— Iô sim, iô sim.

De volta à sala, o capitão abraçou seu filho outra vez, abraçou Hans e Balduíno e anunciou a festa, para a qual já estava mandando chamar a Degredada, que não podia faltar, nem que fosse no último dia. Finalmente, dirigiu-se a Crescência e tomou-lhe as mãos entre as suas.

— E tu, minha filha, como estás, trataram-te bem, enquanto estiveste presa no quilomho?

— Trataram, nhô sim. O rei disse que era para me tratarem como princesa e me trataram. Todo dia ele ia lá, me olhava, me passava a mão e me cheirava, mas não fazia mais nada.

— Então deu tudo certo, certíssimo, como Balduíno calculou. Tenho que agradecer a ti, Balduíno, tenho que agradecer muito a ti, a Hans, à Degredada, a todos os que tomaram parte no salvamento e agradecer também muito a ti, minha filha.

— Não, se não fosse vossemecê eu nunca ia sair de lá, eu que tenho de agradecer.

— Não tens nada que me agradecer. Eu, sim, é que tenho de mostrar-te minha gratidão. O que fizeste pelo meu filho não tem preço, podias até agora estar nas mãos daquele tanso. Não, senhora, minha dívida contigo é muito grande, tão grande que podes pedir-me o que quiseres, que terei gosto em dar-te. Anda lá, que queres? Queres umas prendas, queres uma casa na vila, queres dinheiro? Sei que o que fizeste não foi por interesse, mas assim mesmo mereces uma recompensa generosa.

— Não, nhô, não quero nada. Quero somente conservar minha amizade com mestre Hans e Don'Ana.

— Mas não é possível que não queiras nada. Tens que ter um desejo, qualquer desejo, não vou ficar contente se não te fizer um desejo.

— Se um dia eu precisar, eu peço, nhô pode ficar descansado. Mas agora não preciso de nada, só preciso continuar aprendendo com mestre Hans e Don'Ana, eles têm muito o que me ensinar.

— Lá isso têm, têm mesmo. E vão continuar a ensinar-te, pois quem sabe se no futuro não poderá voltar a ajudar-nos.

— Era o que eu mais queria, mas ainda não me disseram como.

— Isto saberás a tempo. Nem eles mesmos, nem eu, ainda sabemos tudo, podemos estar muito longe disso, ainda que às vezes pareça que estamos perto. Mas isso não é coisa para agora. Eu queria dar-te alguma coisa agora. Anda lá, pede-me alguma coisa, por mais pequena que seja.

— Então, peço, mais ioiô não se ofenda, porque de fato é coisa pequena mesmo.

— O que quiseres, já está dado e permitido.

— Então eu quero ajudar na feitura da festa. Eu gosto de festa, gosto de preparar as coisas, fazer comida, fazer enfeite.

— Isto é tudo o que queres? Ajudar na festa? Mas...

— Sei cozinhar, sei enfeitar, sei costurar, sei tudo. Se ioiô deixar, eu vou ser boa ajuda na festa.

— Ajudar na festa... Que pedido, ajudar na festa... Agora acho que estou a perceber uma coisa que Balduíno me disse de ti e de... Bem, falamos nisso depois. Se queres ajudar na festa, ajudarás na festa. Quem está a cuidar de tudo é uma amiga de muita confiança minha, de muita estimação, que sempre resolveu de tudo para mim. Chama-se Sansona e daqui a pouco mando chamá-la para que a leve com ela. Vão dar-se bem, ela é uma boa mulher, das melhores que já conheci. Ajudar na festa, que pedido...

— Vossemecê celença Capitão Cavalo também me dá um pedido? — interrompeu Balduíno, inquieto desde o começo da conversa.

— Claro que te dou. E sei que não é para ajudar na festa.

— Não, ajudar índio ajuda, ajuda muito na cachaça, aqui não tem ninguém que faz cachaça mais benfeita do que índio.

— Nem que beba melhor. Mas não é este o teu pedido, diz logo o que queres.

— É pedido difícil.

— Hoje não há cá pedidos difíceis, isto já está resolvido. Anda lá, que queres?

— O que índio quer é poder ficar na vila, índio gosta de aldeia, mas gosta mais de São João.

— O intendente não quer os índios lá e o mestre de campo Lustosa quer matar-te. Mesmo assim ainda insistes em voltar para a vila?

— Índio quer. E, se mecê celença quer também, índio volta.

— Tu tinhas razão, é um pedido difícil. Mas eu disse que hoje aqui não há pedidos difíceis. Pronto, se assim desejas, assim será. Prometo-te que acharei uma maneira de voltares à vila. Ainda não sei como, mas, depois da festa, vou pensar num jeito. Voltarás à vila, Balduíno, está prometido, agora vai aos alambiques, ver como estão as providências, não quero que falte nada na festa.

Enquanto Balduíno, aos pulos, saía pela varanda em direção aos alambiques, Capitão Cavalo olhou para Hans.

— Tu — disse —, tu não queres nada, bem sei. Pergunto-te porque é da minha obrigação, como fiz com os outros. E tu bem mereces tudo o que desejares.

— Não é da tua obrigação, fiz o que um amigo faz por outro.

— Sei que és sincero, mas sei que também sabes que nem todos os amigos são capazes de fazer por outro o que fizeste por mim, arriscaste a pele duas vezes.

— No meu caso, duas a mais, duas a menos, não fazem diferença. Arriscava mais quantas vezes fosse preciso, disso tu também sabes. E, na verdade, quero, sim, quero uma coisa mas não a peço, porque já sabes o que é e pedir-te te poria em má situação. Então não peço, sei que não é o momento.

Sim, Capitão Cavalo sabia o que ele queria. Queria o fim do quilombo, queria o fim de todas as iniquidades que ainda persistiam na ilha, queria que aquele realmente fosse um mundo diferente e separado daquele de que tinham fugido, não só ele, como a Degredada, como também, de certa forma, Capitão Cavalo. Mas este apenas disse mais uma vez que Hans tivesse paciência, esperasse mais algum tempo por uma coisa de que já tinha praticamente certeza. Isso tornaria tudo completamente diferente, abria um caminho tão maravilhoso que continuava a parecer impossível de crer. Mas Hans saberia do que se tratava, talvez até bem antes do que esperava. E Crescência, de novo, percebeu que havia muitos segredos que não conhecia, mas revelou a esperança de um dia partilhar deles.

XXVI

Na manhã claríssima do domingo, último dia da festa, que começou com uma alvorada de foguetes estrondando como ribombos de canhões e prosseguiu em cantos, bailes e comilanças por todas as partes do Sossego Manso, Sansona deixou o bando em que saracoteava pelo terreiro e veio ao encontro de Iô Pepeu, que estava sentado numa cadeira de balanço na varanda da casa-grande, com as feições pensativas e os olhos colados no horizonte, aparentemente sem notar nada do que se passava em torno.

— Iozinho esqueceu que é festa e a orde é brincar? — perguntou ela. — Nunca te vi assim numa festa, encaramujado pelos cantos e sem nem sacudir o corpo na hora do batuque? Isso tudo é tristeza? Tristeza por quê, já não basta que a vida é curta e, quanto mais se aproveitar, melhor? Segue o bando, nós vamo parar na casa pequena e vamo comer caruru, moqueca de galinha, moqueca de todos os peixes do mar, farofa de dendê e beber até ir pro céu.

— Eu não estou triste, estou só pensando. Triste o quê, eu nunca fui triste, eu só não tou com vontade de dançar, nem de comer. Minha vontade é ficar aqui, pensando e desfrutando a fresca.

— Pensando em quê, em Crescência? Ela tá lá folgando com as outras e não falta homem pra ela, pra mim tu tá é bestando, em vez de procurar ela, dançar com ela, pular com ela, conversar com ela e resolver logo essa frioleira. Mulher gosta de homem, tem que ser homem, não tem que ficar feito santo de pedra.

— Que frioleira, não tem frioleira nenhuma, não sei de frioleira nenhuma, sei que eu estou aqui quieto, só sei disso. A alma quer ficar quieta, é só isso, a alma quer ficar quieta.

— Não adianta mentir, que eu te conheço desde pequenininho, conheço tuas manha todas, esse beiço pendurado eu já vi muito.

— Mas eu não estou mentindo, não sei de nada.

— Sabe, sim. Tá aí de crista caída no meio da festa, só porque tá pensando nessa bestagem. Quer dizer, eu sei que pra tu agora não é bestagem, mas é, é só parença, porque é bestagem mesmo.

— Eu estou pensando na Casa dos Degraus, estou é com vontade de voltar para lá, é lá que eu gosto de ficar.

— Tá certo, mas o que é que tem assim de sangria desatada, na Casa dos Degrau? Se for por causa de mulher, não percebo como, porque aqui já tá cheio de mulher pra todo gosto. E Crescência também não tá lá, não, tá aqui!

— E quem foi que disse que tou preocupado com Crescência? Estou só pensando na Casa dos Degraus, já estou cansado de festa, já teve festa na aldeia, já teve festa demais.

— Tá preocupado com Crescência, sim, eu sei de tudo. Ela me contou tudo dos dois, eu sei de tudo.

— Ela te contou? Ela te contou o quê? Não tem nada para contar, deve ter sido tudo mentira dela.

— Ela não tem cara nem jeito de mentirosa, é tudo verdade o que ela disse. Quer que eu te conte, pra ver que é verdade? Ela disse que tu gosta dela e ela gosta de ti, disse que já ficou à tua disposição não sei quantas vez, mas tu não resolve nada e fica aí com essa cara de tacho.

— Mentira dela, ela não gosta de mim. Ela inventou isso somente para me acalcanhar, ela tem a natureza malvada.

— Que natureza malvada que nada, uma menina boa daquela! Por que ela ia querer te acarcanhar? Por que ia querer dizer que gosta, se não gostasse? E por que ia oferecer a vida dela no lugar da tua, se não gostasse?

— Se gostasse, fazia o que peço a ela. Mas não adianta, já pedi de todo jeito, já prometi tudo, já cheguei até a me ajoelhar, mas não adiantou nada, ela não faz.

— O que é que ela não faz?

— Tu já sabes, perguntas por perguntar. Sabes muito bem, aprendi contigo, foste tu que começaste.

— É, eu sei, foi eu que começou. Mas não comecei pra ti deixar assim amofinado, aquilo é só uma coisa que eu gosto de dizer certas horas, só certas horas.

— Mas me viciou. Eu só faço se a mulher falar isso, não adianta, não escapa nenhuma. E não é só na primeira vez, é todas as vezes.

— Aí é que tá. Ela não é uma menina como as outra, é muito diferente. Ela quer ser diferente pra tu, não quer ser igual às outra. Por que tu não casa com ela? Teu pai ia fazer gosto e tenho certeza de que ela ia querer.

— Casar, eu? Eu nunca pensei em casar. Quem fica falando isso é Balduíno, eu nunca pensei.

— Pensou, sim. Mas o que tu pensou também é que, mesmo casando, ela não vai falar o que tu quer.

— E ela vai? Ela disse que vai?

— Não disse que vai nem que não vai. E nem sei se ela acredita que tu quer casar com ela. Mas, talvez, depois do casamento, tudo sacramentado, tu não precise mais das palavra. Experimenta pedir a ela que se case contigo, que diga as palavras depois do casamento.

— Não, isso eu não faço. Depois ela não diz e eu fico com cara de besta, de casamento donzelo. E, além disso, eu não vou mesmo precisar que ela diga nada. Quando a gente chegar na Casa dos Degraus, ela vai ver. Eu pensei que, aqui no Sossego Manso, ela amolecesse, deixasse de ser soberba, mas não deixou. Mas então, se não vai por querer, vai sem querer mesmo. Ela vai ver, eu não sou fraco assim, ela vai ver. Ela pode ficar calada que nem um peixe, que eu resolvo a situação, já arranjei uma maneira que não falha.

— Oxente, que jeito é esse, é um feitiço? É alguma reza que lhe ensinaram na furna?

— É mais ou menos. Mas eu não posso dizer, é segredo.

— Segredo pros outros, mas não pra mim, eu sei o que é, Balduíno me disse.

— Ele te disse? Índio descarado, sem-vergonha, aldrabão, não era para dizer nada a ninguém!

— Ele disse que tu não pediu segredo nenhum, que é a coisa mais sem dificuldade no mundo, é uma tisana que ele aprendeu a fazer com um velho da aldeia dele, segredo só é a receita.

— E ele já disse a Crescência também?

— Não, a ela ele não disse nada, diz que não vai dizer nada. Só disse a mim porque eu já estava preocupada com tua tristeza e com essa tua situação com Crescência e ele aí me disse pra não me preocupar mais. Mas eu me preocupo do mesmo jeito.

— Não tens nada com que te preocupares, a tisana resolve, já experimentei e resolve até demais.

— Pode ser, mas, no caso dela, acho não resolve, tu vai ver. Ela não é igual às outras, tu vai acabar querendo que ela diga, ela não é como essas que às vezes parece que é bicho, é uma menina diferente.

— Quer dizer que tu vai querer tirar minha tristeza e agora vem dizer que a tisana não resolve?

— Eu quero tirar tua tristeza, mas tua tristeza não se resolve com tisana, essas coisas de cabeça não se resolve assim. Só vai resolver quando ela querer mesmo tu e falar as palavras. E, daí em diante, minha confiança é que ela não vai mais precisar dizer palavra nenhuma, só as que quiser.

— E como é que tu sabes dessas coisas todas? Tu está na cabeça dela, para saber?

— Não tou, mas tou. Eu sei de muita coisa que tu não sabe. Sei coisa de cabeça e coração de mulher e sei também que o destino dela é diferente do das outra, ela nunca vai ser igual a essas outra. Eu conversei muito com ela. Talvez antes que o povo pensasse que era cabeça de vento igual às outra, que só quer da vida homem e diversão, mas não é verdade. Eu conversei muito com ela, ela pegou muita ideia com mestre Hans e Don'Ana Carocha, pode crer, mas pode crer mesmo que ela é muito diferente das outra, até ler livro ela já está começando a aprender. Ela vai ficar muito amiga de teu pai, tu sabe?

— Hem? Meu pai está...

— Não, que é isso, deixe de besteirada e brasfemada, teu pai é um home direito e um home bom e só quer tudo de bom pra tu. Ele quer que tu case com ela, ele sabe que ela ia ser boa mulher pra tu, possa ser até que ele ache que ela é a melhor mulher pra tu, aqui na ilha.

— Eu não estou entendendo nada disso e agora só vem essa conversa de casamento para cá e casamento para lá, não tem nada de casamento, isso eu resolvo com a tisana de Balduíno, eu sei que ela tem efeito e muito bom efeito, depois eu te conto, depois ela mesma te conta. Eu vou continuar como sempre fui, fazendo as mesmas coisas que sempre fiz, com as mesmas mulheres que sempre tive, sem casamento nem muita mancebia.

— Tu não sabe nada dessa ilha aqui, tu não sabe nada do mundo, mas tu vai saber. Tudo ninguém sabe, nem a metade da metade de todas as metades de tudo, mas tu vai saber o que pode. A verdadeira feiticeira da ilha do Pavão não é Don'Ana, a verdadeira feiticeira é como se fosse a ilha mesmo, com gente como teu pai, mestre Hans, Don'Ana e Crescência.

— Não sei como é que uma negrinha da Casa dos Degraus pode ser tão diferente assim, para mim tudo isso é invenção tua, enganos tirados das tuas luas só para agravar meu juízo, ouviste o galo cantar e não sabes onde, nem o quê.

— Não tou inventando nada, mas ouvi o galo cantar, sim, eu conheço teu pai até melhor do que tu. E conheço tu melhor do que tu, foi eu que te começou, foi eu que te mostrei o meio do mundo, pense nisso, pense nisso e, quando tiver velho e eu tiver que não mais uma maginação sua, tu vai saber que não foi maginação, nem pra bem, nem pra mal. Foi uma coisa, tudos foi uma coisa. Nossenhora, cala-te miolada, cala-te boca, nossenhora, mas já se viu? Muito bem, meu filho, nem se lembre disso que eu falo quando às vez a alma fica querendo sair e arengar. Eu não sei de nada, não sei de quase nada, só sei o que vou sentindo pelo ar, não percebo nada direito da ideia deles, mas sei que tem. Percebo menos ainda do que Crescência, que já percebe mais um pouco, mas só mais sente, não sabe explicar.

— E por que meu pai nunca me falou nada disso?

— Porque teu pai acha tu um menino e tu é mesmo um menino. Menino que faz menino, mas menino, que só quer saber de meninagem. Agora, depois de Crescência, talvez um dia ele te fale. Ele não quer a ilha pra ele, mas quer a ilha como ele acha que deve ser, não quer como seja lá fora, ele já viu, ou então sabe por visagem e conversa com mestre Hans e a Degredada, que a ilha tem outra coisa. Não, ele vai falar, vai falar, sim, mas ainda não está na hora, nem eles mesmo sabe. Tu vai ver, tu vai ver. Anda, entra no bando, vai folgar, vai ver Crescência, vai conversar com ela, não fica aí com essa cara de cachorro que virou o tacho.

— Não, eu vou ficar aqui. Amanhã a gente volta para a Casa dos Degraus e tudo vai ser diferente do que tu disseste, tu verás.

— Então é, então tá certo, depois tu me diz.

XXVII

Ainda no brigue, entre ânsias, engulhos e acessos de tontura, o mestre de campo Borges Lustosa havia sugerido que os visitadores fossem recebidos com honras oficiais, talvez mesmo em sessão solene da Câmara, para a qual, sem dizer nada a ninguém, já tinha quase terminado de escrever e decorar um discurso de improviso. Mas o padre Tertuliano lhe fez as mais severas objeções, em tom quase predical. Não se tratava de uma ocasião festiva, mas de momento de meditação, contrição e oração, grave instalação de ritos solenes e sacratíssimos, que dispensavam qualquer manifestação profana, que não as estritamente necessárias segundo seu julgamento. Desejavam apenas hospedagem modesta, porém digna e compatível com sua missão, na casa paroquial. E de cômodos reservados, talvez na própria Intendência, onde seus trabalhos pudessem ser iniciados sem maiores delongas. Quanto ao resto, faria às autoridades as solicitações e requisições que considerasse necessárias.

Não puderam, contudo, evitar que, ao fundearem o brigue na angra do Bispo, uma multidão estivesse aglomerada na praia e nas ruas, sequiosa por vê-los. Puxando o nariz enervadamente, padre Tertuliano inquiriu se não seria possível dispersá-la, mas o mestre de campo e o intendente, um tanto constrangidos, tiveram que responder que não. Por mais que a discrição lhes conviesse, tratava-se inegavelmente de uma grande ocasião para a ilha, um momento de magna importância nunca antes experimentado, e não era possível e muito menos forçar o povo a sair dali. Contudo, os membros da comitiva desceriam antes dos visitadores e providenciariam uma escolta que os livrasse dos importunos excessivamente curiosos e dos vários que desejavam discursar, entre os quais sabiam haver pelo menos dois loucos, Salustiano Boca Larga e Pedro Vaca, normalmente inofensivos, mas de grande, se bem que destemperada, magniloquência e vocação para o tribunato da plebe. Estes seriam reservadamente conduzidos à cadeia local, enquanto durasse a comoção. Levaram nesses e em outros misteres mais tempo do que seria de prever-se, já que a guarda municipal e a milícia encontravam-se dispersadas em seus afazeres não militares e reunir um contingente adequado era tarefa que demandava recados, ordens e mesmo ameaças. Finalmente constituída, sob o comando do sargento-mor Felisberto Campos, a escolta conseguiu abrir um dificultoso caminho entre a turba e aguardar enfileirada o desembarque dos dignitários, que eram também esperados pelos padres Boanerges e Virgílio, ambos pressurosos e ansiosos.

Desembarcaram em ordem hierárquica, padre Tertuliano à testa, o escrivão Terêncio a três passos e, bem mais atrás, o seminarista João Manuel. Já de pé no pequeno atracadouro em que encostou o batel que os conduzira, padre Tertuliano verificou com desgosto que a escolta não era bastante para livrá-los inteiramente do assédio da multidão e, afogueado, ordenou que os fizessem chegar de imediato à casa paroquial, o que custosamente se logrou, entre ensaios de beija-mãos esmerados e brados de "viva a Eterna e Sacratíssima Santa Madre Igreja", "valei os pobres, humildes, caridosos e pecadores arrependidos", "dai-nos a bênção, dai-nos a graça da bênção", "castigai e esmagai os hereges" e outras exortações borbatadas do povaréu e ignoradas com altivez acaridada pelos sisudos visitadores. Dois ou três outros loucos, que, por no geral pouco militantes, haviam escapado do destino imposto a Salustiano Boca Larga e Pedro Vaca, chegaram a trepar no toco de pelourinho velho, outro numa biriba semidespencada, outro numa biriba da ponte descaída, outro com um pé em cada caçuá de um jegue vago, outros a quem negavam prestígio e audiência em outros postos, e ainda outro, o sempre admirado forro antigo Cabeça de Morcela, que, quando não estava malucando, estava fazendo todo serviço que lhe mandassem a troco de comida ou fornicação, sem diferença, agora a falar ao povo metendo e tirando a cara entre as fenestrais da torre da ermidinha de São Judas, sem que ninguém entendesse como subira até lá e o que proferia, mas não deixando de respeitar-lhe o gesto, pois alguma coisa de importante ele sem dúvida acrescentava àquele transe inaudito. E já via qualquer um de senso que os ares da vila se tinham transfigurado.

Finalmente a casa paroquial foi adentrada pela ofegosa comitiva. Os padres Boanerges e Virgílio, muito cerimoniosamente, pediram desculpas pela modéstia do mobiliário e outros utensílios, ouvindo como resposta que ao serviço de Deus não importavam quaisquer vis considerações materiais e que o próprio Cristo certa feita afirmara que o Filho do Homem não tinha onde repousar a cabeça, sem que isso O demovesse de Sua missão divina um instante sequer, cabendo esse celestial exemplo ser arremedado pelos Seus vigários, tanto quanto permitisse a humana baixeza. Os padres da vila disseram ainda que, no intento de deixar seus visitantes insignes completamente à vontade, haviam diligenciado mudar-se para casas de famílias simples, mas de alguns recursos e gente bondosa e temente a Deus, lá pretendendo permanecer enquanto fosse necessário. Padre Boanerges, ao custo de inconfessado mas vastamente insinuado sacrifício pessoal, se abrigaria na casa do almotacel aposentado Zacarias Rabelo, que, apesar de entrevado e sem forças, devido a uma apoplexia solapante, sofrida no decorrer dos anos mais recentes, tinha uma esposa, Dona Maria do Espírito Santo, disposta, dedicada e devota no ver unânime de toda a vila, que se orgulhara do pedido feito pelo padre e dele atenderia a suas frugais necessidades de sacerdote. Quanto a padre Virgílio, mudar-se-ia para uma casinha mais do que singela, anexa ao convento das Ursulinas, também prontas, como sempre, a qualquer sacrifício no serviço dos céus.

Nas horas subsequentes, enquanto os visitadores se instalavam na casa paroquial e acertavam com o intendente a visita que fariam, logo na manhã seguinte, ao prédio da Câmara, para a escolha da sede da Mesa, um enfebrecimento difuso se espraiou pelos ares de toda a São João, em conversas exaltadas ou furtivas, ruminações dissimuladas e medos nunca antes declarados ou mesmo experimentados. Se tomassem existência sensível, em guisa de vapores, sombras, exalações pérfidas, eflúvios de más cores e odores, ululações desassossegantes e formas monstruosas, as incontáveis mazelas secretas que cada espírito carrega no seu bojo, o casario da vila, enganosamente ornado pelos reflexos aurirrubros desse crepúsculo pejado de tão momentosas iminências, por certo não seria visão tão grata a olhos e corações desavisados.

Dir-se-ia que, pelos pecados e desvirtudes que parecem enxamear em cada esconso de suas ruelas e becos, a baixa do Alecrim seria onde se encontraria o maior número de aflitos, o mais arquejante entoar de suspiros de arrependimento e temor, o mais intenso acender de velas pelo perdão dos pecados e a intercessão dos santos junto aos anjos vingadores. Mas não era assim. Se bem que, com a ausência dos índios, as noites não fossem tão inflamadas quanto antes, permanecia o mesmo clima festivo de sempre. Os índios prestavam muitos serviços de importância, de recados a engodos maritais, mas agora só estavam lá uns três ou quatro, os dispostos a passar o tempo todo encavernados pelos cantos, só aparecendo em momentos muito seguros — Salustiano, Boi Velho, mais um ou outro e Dominguinho, que já estava broco de velho mesmo e ficava socado num quartinho, fumando cachimbo, sacudindo o saco e cantando numa voz que mal se ouvia. Mas as meninas de Mirinha, as meninas de Duzinha, as meninas de Tavinha, todas essas meninas e mais todos os recantos sortílegos que a baixa do Alecrim abriga, onde se diz que tudo pode acontecer e todo desejo bem pedido satisfeito — isso faz com que muito se viva e muito se folgue naquelas paragens.

Pois então, pois diante desse estado de coisas mais do que salaz e ofensivo aos bons costumes, não parece a baixa sobrepairada pelos miasmas semifunéreos das outras partes da vila. Seus moradores e frequentadores teriam talvez aprendido com os índios que tudo o que não fazia mal era inocente. Haveriam de ter, por alguma razão, as consciências tranquilas. Anoitecia no dia da chegada dos visitadores e não mais na baixa se falava sobre eles, passavam-se a assuntos e empresas bem mais agradáveis. E podia-se dizer mesmo que a baixa estava totalmente livre de receios, não fosse pelos que mortificavam Bico Preto, Nanásio, Bororó e Nunciação, este último dupla-mente, tudo tendo a ver com o jogo da mosquinha, por eles disputado todo dia, o dia todo, com pequenos intervalos e sob as pragas e xingamentos de suas mulheres. O jogo da mosqui-nha consiste, como se sabe, em arrumarem-se os contendores em torno de uma mesa ou barril, cada um com um camarão à sua frente. A cada rodada, o camarão onde pousar a primeira das muitas moscas que estão em toda parte é o vencedor. Ao contrário do que possa parecer, é jogo de requintes e sutilezas, mas execrado por bons cristãos, pois, sobre ser jogo a dinheiro, depende dessas funcionárias do diabo, que, também como se sabe, são as moscas. E Nunciação, além de pecar com o jogo da mosquinha, ainda rouba o quanto pode, até mesmo com um soprinho enviesado que inventou, para espantar a mosca do vizinho. Agora, as mulheres ameaçavam denunciá-los aos visitadores e Nunciação, mais que os outros, remoía-se por seus múltiplos pecados.

Os quais, não podia saber ele, desapareceriam como bichinhos imperceptíveis, diante dos pecados do resto da vila, que agora quase estremecia de tanta contrição recém-chegada, como já se verá.

XXVIII

Por que tanto puxa os cabelos em esgares bestiais, agride móveis e paredes a pontapés, range os dentes lastimosamente, estrangula urros na garganta e esbugalha os olhos revirados para o alto? Sim, por que o mestre de campo José Estêvão Borges Lustosa, o Lobo de São João, nessa noite que pareceria não ter fim, demonstra tamanho destempero e ausência de compostura, que, mesmo na sua condição de guerreiro, raramente o haviam dominado? Nessa tardinha, ao chegar em casa, entrara aos coices por todas as portas que encontrava, amedrontando todo o pessoal da casa, principalmente sua santa esposa, Dona Maria Angélica, que não desejava passar pelo disciplinamento enérgico que se seguiria a qualquer pergunta ou interferência de sua parte. Finalmente chegou a seu gabinete, fechou-o com estrondo, passou a taramela e a tranca de ferro, esticando nesta o casaco, para que de fora nada se visse entre frestas, deu um safanão vigoroso no busto de Marte que lhe adornava a mesa, fazendo com que a peça de bronze se soltasse de seu pedestal e rolasse no chão, como a cabeça decepada de um vencido.

De peito exposto e os cabelos já desgrenhados, passou então a estapear-se com fúria, roncando autoxingamentos raivosos e arranhando-se por todo o corpo. Em seguida, atacou os móveis e as paredes, estas às vezes por cabeçadas, para, estupidificado momentaneamente, derrear-se sobre uma cadeira, com as pernas espichadas. Vagarosamente recomeçando a mexer-se, alisou e puxou os cabelos ao mesmo tempo, deixou uma baba espumosa escorrer-lhe queixo abaixo e bateu os punhos no peito, com os olhos fechados. Estaria o bom mestre de campo saindo de um acesso de hieranose, mal comicial, gota-coral, doença de Júlio César, moléstia que fazia homens comuns de repente escabujar-se no chão, entre estertores, grunhidos e salivação copiosa? Não, com certeza que não, porque jamais sofrera, em toda a sua vida já bastante vivida, achaqueira tão desabrida. Nem tampouco se podia alegar que ele houvesse sido brevemente possuído por um espírito maligno. Isso não aconteceria a ele, sempre protegido por seus dois escapulários e por um crucifixo benzido pelo bispo, nem se demoraria tão pouco a entidade, a não ser exorcizada por um santo homem.

Não, a verdade era bem outra e, ao lembrar-se dela novamente com vividez, o mestre de campo pulou da cadeira e reiniciou seus movimentos agitados. Como, como pudera ele fazer isso, como não pensara, como fora tão parvo? Teria estado com a ira e a vaidade a embotar-lhe de tal sorte o julgamento que não pensara em como daria um golpe de morte em si mesmo, ao conceber a ideia funesta da visitação? Pior, muito pior que a morte, a desonra, o opróbrio, o escárnio, o inferno, o inferno, enfim, não podia haver pior inferno do que aquele que o esperava e — ó Deus, a quem agora implorava perdão em nome de Sua infinita misericórdia — trazido pelas suas próprias mãos? Como pudera esquecer que sobre ele mesmo certamente se abateriam piores males do que os que deseja aos mais odientos inimigos? E por que, por que, por que tinha feito aquelas coisas todas que ele mesmo considerava ignominiosas e que o levavam a levar dias ensimesmado e esquivo, sem querer conversar com ninguém?

Sim, era verdade. Como homem, mas era verdade. Sempre como homem! Jamais lhes virara o traseiro nem lhes tocara os bagos. Sempre os punha de quatro e os enrabava como homem, ainda dando-lhes umas mordidas fortes no cogote e nas costas e baixando-lhes umas boas dúzias de palmadas nos quartos. Sim, sempre como homem e, depois, não tinha com eles chistes nem intimidades. Dizia-lhes sempre que lhes tinha ido aos cus porque lhe apetecia e porque assim prestavam algum serviço na terra e que tratassem de calar a boca e não tomar ousadias com ele, do contrário não viveriam para repetir a história. E não contava nos dedos as vezes em que, ao mandar um deles embora, fazia-o à custa de xingamentos destinados a pô-los em seu lugar e debaixo de umas boas lapadas com os lados do espadagão.

Mesmo assim, Domitilo e Cosme, os dois milicianos em que agora estava pensando, podiam dizer qualquer coisa, embora soubessem que a pena pior seria para eles. Sim, talvez fosse bom falar-lhes, mostrar-lhes que ele, em seu papel de homem, não fizera senão sua obrigação para com dois que não se negaram e sofreria, no máximo, uma leve reprimenda e uma penitência de uns dez pais-nossos. Quanto a eles, que se deixaram penetrar como mulheres desqualificadas, não se podia nem descrever o que os esperava. Mas, não, por que conversar com eles? Claro que não, devia fazer precisamente o oposto, não os conhecia, mal sabia deles, que fossem torturados para confessar suas calúnias. É, é, claro que é — e o mestre de campo voltou a derrear-se na cadeira, um pouquinho aliviado, mas ainda vivendo as mais supliciantes das dúvidas.

Dúvidas que, não longe dali, dilaceravam, e por motivos não muito diversos, o renomado mestre-escola, gramático, poeta, orador e estilista Joaquim Moniz Andrade. Acaso alguns meninos e meninas com quem ele achava já ter estabelecido sólida cumplicidade falariam sobre o que faziam com ele, sabendo que ele nunca os havia forçado e que participavam de bom grado, como numa brincadeira de rua? Bem verdade que brincadeira de rua não poderia propriamente jamais vir a ser, porque o que o mestre-escola fazia era ir desenvolvendo aos poucos um rol de pretextos e manobras a fim de que certos alunos e alunas de que era preceptor particular baixassem as calças, para serem chibateados levemente por ele, entre uma apalpadela ou outra. Jamais passaram disso, a não ser que se considere como tal o fato de que, depois de algum tempo chibateando os alunos, o mestre passava a pedir retribuição, baixando por seu turno as calças para que o vergastassem, só que, ao contrário do que ele fazia, com toda a força que quisessem. Algumas gerações de assivissojoemapaenses já haviam passado por essas experiências e muitas delas já eram compostas de senhoras e senhores casados, uns poucos dos quais, mesmo depois de crescidos, tinham procurado o mestre para umas trocas de chibatadas. Falariam, falariam?

Saberiam, saberiam? Na mesma casa, de ânimo equivalentemente angustiado, Dona Joana Maria, mulher do mestre-escola, seus olhos muito claros tingidos de encarnado, não indagava se falariam, antes se saberiam. O negro Serafim não podia falar e, se pudesse, certamente não contaria, era muito leal e tinha em jogo a boa vida que levava. Incendiada pelos desejos que não derivavam satisfação de ter um marido sempre às voltas com as musas, os clássicos e as chibatadas de que ela já tinha conhecimento fazia bastante tempo, Dona Joana Maria escolhera Serafim para amante. Bonito negro, alto e espadaúdo, era cego, surdo e mudo de nascença. Mas sempre exibia um sorriso feliz e, somente cheirando e tateando, aprendeu a ajudar no serviço da cozinha e podia-se mesmo dizer que, quase sem assistência, era por direito cozinheiro dos bons. Dona Joana Maria o seduziu numa noite que o marido resolveu varar até o dia em seu sótão, no preparo de um importante documento. Não falou nada, apenas pegou-o pelo pulso e o levou para a cama. E, desse dia em diante, sempre aproveitou as muitas oportunidades de encontrar-se com Serafim, achando até mesmo que, como no caso das chibatadas em relação a ela, o marido também sabia e não se importava, talvez até gostasse de que o rapaz a servisse e o deixasse livre para a consecução de sua obra. No começo, Dona Joana Maria achou que Serafim não a reconheceria e sentiria nela apenas a presença de uma fêmea. Mas logo viu que se enganara, porque ele sabia que era ela só pelo cheiro de sua passagem. Se isso no início a preocupou um pouco, logo se dissipou. Mas, durante todo esse tempo, com tanta liberdade, será que os outros não já saberiam? E, pensando bem, em sua inocência, Serafim não teria de alguma forma deixado alguém saber? Antes, nada disso teria importância, mas, agora, com a visitação... Saberiam, saberiam?

E, assim, saberiam-contariam, saberiam-contariam, saberiam-contariam eram os revérberos, com pequenas variantes, dos pensamentos de quase todos os habitantes da vila, nessa noite prenhe, antecedente ao arrebol em que chegaria até eles a mão implacável da Justiça. Tremia padre Boanerges mesmo enroscado com a mulher do almotacel, ainda mais se se contasse, como todos sabiam, que os dois filhos dela não eram do marido, mas dele. Tremia o intendente Felipe de Melo Furtado, pelo muito que prevaricara e furtara do dinheiro alheio, tremia sua mulher, Dona Felicidade, pelo muito que mentia, intrigava e surrupiava do marido e pelas dezenas de promessas não cumpridas. Tremia Faninho, filho deles, deitado entre duas índias. Tremia padre Virgílio, evitando conversar com as ursulinas, tremiam as ursulinas. Tremia, enfim, toda a Assinalada Vila de São João Esmoler do Mar do Pavão.

XXIX

Se o coração da vila titilava e volta e meia disparava inquieto, nada semelhante se passava na Casa dos Degraus, a não ser no coração de Iô Pepeu. Muito agitado, nem prestou atenção nas notícias sobre os visitadores, só queria saber onde estava Crescência. A ordinária desaparecera assim que chegara. Com a ajuda de Terência, Iô Pepeu correu mais de uma vez todo o casarão, do porão ao sótão, todas as casas anexas, todos os galpões e até mesmo o galinheiro e o estábulo, nada dela. Suspeitou até de que ela estava encarapitada numa árvore copada qualquer, cuidando de alguma coisa da Degredada, ou somente brincando, nunca se sabia. Mandou os meninos procurar, ninguém achou nada. Mandou-os também à vila e, novamente, nem sinal dela, somente notícias da visitação, que o irritavam e faziam com que ele deixasse o interlocutor falando sozinho, porque nada daquilo lhe interessava, o que lhe interessava era o paradeiro de Crescência.

Sentado num degrau da escada do varandão, com a cabacinha na algibeira, Iô Pepeu não podia imaginar que Crescência nesse momento estava, na companhia do jumento Paciência, sentada à beira da lagoa Paçu, aprendendo a ler com livros cheios de figuras. Es-quar-te-ja-do. Primeira palavra decifrada por ela, a primeira das que vinham abaixo da figura de um homem com os braços e as pernas cada um amarrado a um cavalo de tiro, cada cavalo puxando para um lado, as roupas do homem já se partindo e escorrendo sangue, um dos braços já sendo despegado do tórax, os olhos dele aterrorizados numa careta medonha de dor, que levou Crescência a fechar o livro e fazer menção de deixá-lo de lado. Mas voltou à figura. Es-quar-te-ja-do. No meio da tarde, quando começou a escurecer sob as frondes cerradas que circundam a lagoa, já tinha conseguido compreender que, numa terra de gente branca de que nunca tinha ouvido falar e cujo nome não acertara a ler, romperam aquele homem em quatro porque ele tinha livros proibidos em casa e dava abrigo a hereges. Sim, era uma das muitas coisas horrendas, lembradas por Hans e a Degredada, que aconteciam fora da ilha do Pavão.

Iô Pepeu apalpou a cabacinha, tirou-a um instante e a acariciou demoradamente. Será que Crescência teria voltado logo para a furna da Degredada, onde agora parecia querer viver? Não, não tinha, ele mesmo ouvira a Degredada dizer a ela que levasse uns tempos em casa, aprendendo a ler com os livros que agora tinha em seu poder. Muito bem, aprender a ler, então Sansona estava certa. Mas para que aprender a ler, que coisa mais despropositada, que leituras poderiam interessá-la, de que era que ler ia servir a ela? E que conversa estranha, que não compreendera direito, a respeito de segredos entre ela, a Degredada, Hans e até seu pai! Agora que tinha a cabacinha, que já vinha considerando tudo resolvido, terminaria por perder Crescência, assim bobamente, a um instante da vitória? Podia ser até mesmo que ela tivesse conseguido convencer a Degredada a deixar que voltasse logo para a furna — e, num impulso em que não parou para pensar que certamente estava tendo um gesto inútil, levantou-se e saiu depressa em direção à entrada da trilha das Malícias. O jumento Paciência não estava no local costumeiro. Por conseguinte, devia ter sido pegado por Crescência para transportá-la à furna. E já estava pensando em se faria a maluquice de desembestar pela trilha adentro a pé mesmo, quando a andadura compassada de Paciência se ouviu, logo por trás da curva entre os matos, e nele encavalgando, com seus livros no embornal, Crescência em carne e osso.

— Onde é que tu estavas? Não podias estar na furna, não...

— É obrigação dizer onde eu estava?

— É, é. Quer dizer, não. Mas queria saber onde estavas, procurei-te como doido o dia inteiro. Por que não me disseste que ias sair?

— Era obrigação também? Eu não sabia, nunca ninguém me avisou disso.

— Mas sabias que ia procurar-te.

— Não, não sabia. Se soubesse, tinha dito.

— Não, é porque és cruel, continuas sempre cruel. Sabias que te estava a procurar e sumiste.

— Não foi por tua causa que eu sumi.

— Mas sumiste, sumiste! E eu sem saber mais o que pensar, eu aqui...

— Mas agora tou aqui, pronto, não é preciso mais me procurar.

— Não tinhas nada que sumir! Desde cedo...

— Pronto, pronto... Olha eu aqui, pronto, já estou aqui, não tou mais sumida.

— Sim, é verdade, pronto, já cá estás. Quero encontrar-te no meu quarto agora, não me podes negar. Não queres provar que gostas de mim? Eu quero essa prova.

— Já dei, mas posso dar mais, eu sei o que é, eu quero.

— Tu queres, tu queres?

— Quero, já disse que quero, já fiquei à disposição, não foi uma nem duas vez.

— Sim, mas nunca disseste as minhas palavras, como tanto te supliquei, até de joelhos.

— Ah, bom, então é a mesma coisa. Então eu respondo a mesma coisa. Não vou dizer palavras nenhumas.

— Mas é isto que estava querendo dizer-te antes! Vou mostrar-te, não preciso mais das palavras!

Verdadeiramente, não precisava mais das palavras! Que ficasse ela com essa cara incrédula e mesmo de boca aberta, mas logo confirmaria o que ele estava dizendo e — sim, oh! — como confirmaria! Sim, sim, apeasse ela logo desse jumento e o acompanhasse ao quarto, pois podia esperar, já havia esperado quase uma vida! Refeita da firmeza com que ele falou, ela sorriu e disse que sim, estaria lá com ele, logo depois do escurecer. Antes, não, porque tinha que guardar suas coisas, ver a mãe e tomar um banho, devia estar com bodum de mato brabo e jumento. Não se incomodasse ele, pois ela chegaria, chegaria do mesmo jeito, vestindo o mesmo camisão do dia em que deitara nua na cama dele, para sair de lá somente alisada. Agora ele dava licença? Quanto mais ele a fizesse tardar-se, mais ela demoraria a ficar pronta. Vou chegar cheirosa, disse ela ainda.

Quase tirando da algibeira a cabacinha e se contendo no último instante, porque não queria que ela soubesse de nada, ele sorriu e lhe deu um abraço curtíssimo. Ela já estava cheirosa, mas ele concordava, fosse ela fazer o que precisava, ele já tinha esperado tanto, podia esperar esse tantinho mais. E, além do mais, lembrou-se de que ainda não havia bebido nem um gole da cabacinha e o tempo que ela tomasse seria o que a poção levaria para fazer efeito. Claro, claro, fosse ela com calma cuidar de sua vida, ele esperaria também com calma. E, embora lhe tivesse chegado uma imediata vontade de sair correndo para o primeiro gole, afetou a calma que tinha prometido — e de fato era mesmo sempre preciso ter calma.

Calma, sim, mas que calma, como, calma, que calma era possível? Tomadas tantas talagadas da tisana que a cabacinha já chocalhava como se estivesse quase vazia, ele já estava no quarto, também de camisolão, bem antes de o sol se pôr de vez. A tisana fazia efeito, sim, estava fazendo já um efeito tremendo, não só físico como mental, a ponto de até as borboletas que via adejar pela janela aberta lhe trazerem fantasias lascivas. Queria tudo, queria todas, queria o próprio universo, era capaz de qualquer coisa e agora ela veria, veria, sim. Examinou-se, sopesou-se, suspendeu o camisão e, com o semblante safadamente orgulhoso, pendurou o jaleco naquele cilindro de carne que mais parecia feito de madeira ou osso, o jaleco foi sustentado sem o menor esforço, ele pulou de contentamento algumas vezes e começou a andar impaciente, de um canto do quarto ao outro.

Já pensava em sair, em ir pessoalmente à cata dela, pois que ela não chegava nunca e talvez estivesse rindo dele, por haver acreditado em suas mentiras. Mas a porta rangeu levemente e se abriu devagar, e ela, a camisa branca sem nada por baixo e carregando um lampião que dava à sua pele todas as tonalidades, entrou e sorriu. Demorara um pouco mais do que previra, mas viera como prometera: com a mesma camisola, limpinha e cheirosa. Cheirasse o cangote dela, sentisse como estava perfumoso. Ele a abraçou e a cheirou longamente no pescoço, para logo em seguida tirar-lhe a camisola quase à bruta e também despir-se, altivamente ereto diante dela.

— Vês? Vês o que me fazes? Anda, toca aqui, sente como está duro e doido por ti! Dá-me cá tua mão.

A mão deixou-se docilmente arrastar para o lugar que ele queria — a noite, a grande noite, ia começar — e o apertou, enquanto sua dona sugava ar ruidosamente, com os lábios entreabertos e os dentes cerrados. A noite, a grande noite, ia finalmente começar?

XXX

Não se deve rir da desgraça alheia, nem fazer pouco dos desventurados, até porque aquilo que a um vitima sói muitas vezes sobrevir a outro, não raro piormente. Sabe toda a consciência cristã que bem pouco caridosa é a ausência de compaixão e carece de desculpas aquele que vê motivo de mofa no sofrimento do próximo. São tantas as penas inventariadas nos infernos, obrigatoriamente pagas por pecados e más ações deste defeito derivados, que livros com mais de cem vezes as páginas deste cá, o qual tão desutilmente vos ocupa, não seriam bastantes para conter-lhes os resumos. Mas, desde o começo do mundo, o vizinho ri do vizinho quando devera chorar, ou chora quando rir devera, ambos os casos fruto da inveja e da má vontade, sentimentos igualmente sabidos, desde o início das eras, como os maiores senhores do coração das gentes, mesmo habitualmente mascarados por elogios ou condolência. Todavia, certamente haverá, nessa fruição da agonia que atinge o outro, algo que não proceda dessas árvores daninhas, mas seja tão somente o resultado de que, pela graça de Deus, recebemos o dom de rir de nossa pífia condição terrestre. Rimos do que aflige o outro, mas sabemos que outro entre os outros virá a rir de nós, mais dia, menos dia. Portanto, ao rir do outro, rimos de nós mesmos, no que por vezes exibimos, não o pecado de que suspeitamos, mas quiçá elementar virtude, qual seja a da humildade, que amiúde nos alcança por vias antes não desconfiadas, infelizes vindo a ser aqueles que nelas não atentam. O mundo é perfeito, já diziam os antigos, e com eles nos vemos obrigados a concordar, eis que, se tudo se passasse como quer cada um de nós, não duraria este mesmo mundo mais do que três peidos de mula, louvado seja Deus, para sempre seja louvado.

Foi necessário expor acima tal dilemática questão para que não venham a esfalecer, com medo de pecar gravosamente, aqueles que agora se recreiam com a situação tão oprobriosa em que se acha Iô Pepeu, de novo rogando lastimosamente a Crescência que lhe declame as palavras de que pensara estar livre para sempre. Ora, pois, a que se assiste agora, no quarto acabrunhado de Iô Pepeu? Por certo a quadro lancinantíssimo, nus tanto um quanto outra, aquele quase esmigalhando as baldosinhas do piso sob calcanhares desapoderados e esta serenamente deitada de lado, os pelos do púbis faiscando ao facho de luz do sol que trespassa as telhas de vidro. Pungentíssimo quadro, sem dúvida, mas também lá com sua pitada de bufonaria, Iô Pepeu olhando para seus baixios enlanguescidos e recriminando amargamente o principal agente de sua humilhação.

— Desgraçado — vociferava, entre tabefes, sacudidelas e esticões. — Miserável, aí embaixo, dependurado como um pescoço de galinha morta, miserável, miserável, mil vezes desgraçado!

Sim, miserável, desgraçado, maldito, traiçoeiro, aleivoso, covarde, poltrão! Quantas vezes sonhara com a mão esbelta e grácil de Crescência, apertando-o como se tivesse sido feita apenas para isso, enobrecendo-o somente com esse gesto? Ela atendera ao puxão suave da mão dele e parecia cada vez mais, à vista e aos ouvidos, uma potranca prestes a ser coberta, a pele comocionada fibrilando, as narinas abertas, o fôlego apressado, a boca úmida e lustrosa com os lábios crispados, esperando agora somente que ele a deitasse, enlaçasse e, em meio a gemidos, suspiros e arrulhos, irrompesse de vez por ela adentro, fazendo-a gozar como já quase estava, somente por estreitar suas coxas arrebatadoras uma contra a outra. Mas, qual, assim que os dedos delicados cingiram o que antes se exibia como uma lança enristada, esta inexoravelmente principiou a murchar e já se transmutara numa pelanca desvalida poucos instantes depois. Não, não, isso não estava acontecendo, não podia ser, e ele, desarvorado, a agarrou pelo tronco e a derrubou na cama, encostando as virilhas nas dela, afastando suas pernas e vendo entre elas o sítio tão belo, macio e acolhedor que tanto o encadeava e obrigado a apenas pincelá-lo debilmente, quase aos prantos. Por quê, por quê, que aviltamento era aquele que tanto o perseguia, desejava morrer, sim, queria desaparecer e nunca mais ser visto, nem por si mesmo. Num ímpeto que jamais antes o acometera e nem teve tempo de surpreendê-lo, mergulhou a cabeça entre as coxas dela, alçou o rosto e, alternando beijos e lambidas, apertou a face contra ela, desatinando-se ainda mais com a umidade e a fragrância que lhe invadiu o corpo todo. Mas nada nele se enrijeceu, a não ser os dedos contraídos arroubadamente em torno dos quadris dela. E, ouvindo a própria voz como se esta não lhe pertencesse, ganiu o que tanto desejara esquecer.

— A ela sem pena! — implorou. — Por favor, por graça, por misericórdia, por tudo que te é sagrado, por tudo o que jamais desejares, a ela sem pena, a ela sem pena!

Mas ela apenas mudou de semblante, afastou-se para perto da beira oposta da cama e olhou para ele longamente, sem dizer uma palavra.

— A ela sem pena, a ela sem pena! — continuou ele incessantemente, já depois de levantar-se e começar a marchar dramaticamente pelo quarto, puxando os cabelos e se dando palmadas violentas no traseiro, entremeadas por todas as imprecações de que conseguia lembrar-se, mesmo sem entender o que algumas delas queriam dizer. Encolerizado, avançou em direção ao aparador onde havia depositado a cabacinha, bebeu o pouco que restava de seu conteúdo e novamente agitou e estapeou seu falo inerte, sem receber de volta a menor reação. Crescência nem se mexia, nem modificava a expressão e somente não tirava os olhos dele, que deu dois pulos repentinos no mesmo lugar, abaixou-se, apanhou a roupa, vestiu-se às pressas e saiu, batendo a porta com estrondo. Mas, tão logo caminhou alguns passos pelo corredor, sentiu que de novo se intumescia e executou uma meia-volta triunfante, para escancarar a porta do quarto e exibir-se ostentoso a Crescência, que ainda permanecia na cama, com a mão direita roçando o púbis.

— Olha! Espia! Vê! Toca! — bradou ele, para, um instante depois, presenciar o mesmo encarquilhamento súbito que antes o devastara, suspender as calças e, outra vez fora de si, sair com a mesma pressa com que entrara.

Terra em que ninguém de fato se surpreendia com o vigor amoroso de homens, mulheres e bichos de todas as raças e matizes, a ilha do Pavão jamais foi palco de furor priápico nem sequer comparável ao que avassalou Iô Pepeu, depois do infausto episódio. Invadindo a cozinha descabelado, puxou Eulâmpia pelo braço e arrastou-a para outro quarto, com ela, em antecipação do que se passaria, já gritando "a ela sem pena!" pelo trajeto, para logo após se aturdir com o vigor com que ele lhe suspendeu os panos e penetrou-a rudemente, sem as exortações habituais. E, com ela ainda arfante e dolorida, dir-se-ia que não houve mulher na Casa dos Degraus ou suas cercanias que não fosse igualmente atacada, até a chegada da noite. Não que essa chegada houvesse detido o arrebatamento de Iô Pepeu, pois, com os olhos chamejantes e os lábios trêmulos, muniu-se de um archote de pescador e disparou para a baixa do Alecrim, onde ordenou que lhe servissem a mais forte das jeropigas disponíveis, no maior dos canecos à mão, exigindo serviço de todas as mulheres, sem dispensar nem mesmo Mirinha Vesga, que já não estava acostumada a essa função, mas aquiesceu, estarrecida diante da veemência com que foi convocada.

E dessa forma raiou o dia na vila de São João, Iô Pepeu desabado de exaustão e vinhaça na cama onde forcejara para extravasar seu eretismo desmesurado e onde, mesmo adormecido, ainda balbuciava nomes de mulheres e praguejava contra o destino inclemente a que o condenara a teimosia de Crescência. Nos ares, um sol vigoroso e alegre irrompia sobre o casario, o mar e os campos, tudo levando a crer que, não fora pelo infortúnio de Iô Pepeu, a força de tal beleza emoldurava uma povoação feliz e livre de cuidados, todos tratando de seus afazeres e prazeres cotidianos, uns felizes, outros nem tanto, como ditam os desígnios da Criação. Mas não era bem assim, pois se ultimavam os trabalhos de instalação da Mesa Visitadora e pavores excruciantes assediavam os corações de um número inestimável de joaninos. Nunca se viram tantas velas acesas em nichos, edículas, oratórios e capelas, tantas imagens, medalhas e bentinhos beijados a cada instante, tantas preces fervorosa e prolongadamente sussurradas aos pés dos altares, nunca tantos santos normalmente deslembrados foram recordados — eis que se sabe que, como demonstra o exemplo do excelente São Judas Tadeu, de tão infeliz homônimo, os santos esquecidos ou ignorantemente desprestigiados revelam, ao serem despertados do imerecido olvido, invulgar desempenho na solução das causas em que sua intervenção lhes é suplicada. Constelação inarrolável de tais celícolas foi conclamada pelas consciências atribuladas de toda a ilha e certamente paira sob esse firmamento mais que azul, na busca de consolar e dar a mão a seus devotos, antigos ou recém-conquistados. O olho privilegiado, bem como o ouvido abençoado pela Graça infinitamente misericordiosa, reconheceria nos espaços etéreos São Leandro, incorrompível conversor de visigodos e irreprochável aconselhador de freiras; Santa Matilde, viúva sofredora e resignadíssima mãe de filhos ingratos; Santo Anascário e seu biógrafo, o igualmente santo São Remberto, ambos de virtudes inexpugnáveis, que só queriam de Deus ser apenas homens bons; Santo Elói, patrono dos ferreiros, ourives e escultores de obras sacras; Santa Brígida, fundadora da ordem do Santíssimo Salvador, que acolhia mulheres e homens castos, aspirantes à glória eterna. E mais tantos outros, Santa Godeliva, a protetora das noras perseguidas, Santa Batilda, São Julião Hospitaleiro, São Nicéforo, Santo Edmundo, São Jacinto, Santa Agatonice, santos, santos e mais santos, em esforçado socorro a seus devotos, mesmo dos que só tiveram notícia deles depois da chegada das agonias deflagradas pela Visitação.

Mas a fé humana vacila e fraqueja diante da adversidade, conquanto isto não deva ser motivo de excessiva culpa, pois que o próprio Pedro, sob cujo nome se edificou a Santa Igreja, chegou a três vezes negar o Cristo, de quem depois se tornou seu primeiro vigário e guardião das portas do Paraíso. Será talvez por isso que, do largo da Calçada ao campo da Fortaleza, da própria baixa do Alecrim à rua Direita, de canto em canto e beco a beco, em pouca coisa mais se fale, apesar da proteção dos santos, promessas e atos votivos, do que naquilo que a Visitação pressagia. Alguém deixava de conhecer ou impressionar-se com as histórias tremendas do que obrara o Santo Ofício em todos os reinos, com exceção dos bárbaros, excomungando, queimando, esquartejando, empalando, triturando ossos, garroteando, afogando e encomendando as almas imortais dos ímpios às punições eternas dos infernos? Contava um a triste história de um certo Vasco Simões, marrano tornado cristão-novo, mas depois denunciado como novamente ajudeuzado, por sua postura furtiva, seu sorriso suspeito, sua excessiva cordialidade, sua caridade que só podia ser falsa, suas artimanhas de judeu, murmurando-se haver ele secretamente regressado à sua seita estrangeira e anticristã, praticando à sorrelfa seus ritos malditos, mesmo casado com mulher católica, batizando os filhos, indo à missa, confessando-se e comungando, só para que não percebessem suas maquinações diabólicas. Mas, embora escudado por esses ardis, não conseguiu enganar a argúcia divinamente inspirada do Santo Ofício, que o condenou à fogueira, após seviciá-lo até que não pudesse mais ficar de pé ou falar — prova cabal de que Deus não queria que continuasse a proferir seus juramentos mentirosos de inocência —, confiscar seus bens e amaldiçoar seus descendentes até a quinta geração, apesar de que, com a misericórdia própria da Santa Madre, lhes houvessem consentido viver em liberdade, sob a justa restrição de submeterem-se às muitas penitências que sua condição odiosa lhes impunha. Não seria Simão Pereira, seleiro na rua Direita, proveniente dessa genealogia infame? Não estariam seus amigos e fregueses arriscados ao mesmo trevoso destino? Não haveria outros igualmente suspeitos? Ah, Deus nosso que estais no céu e que tudo vedes, como escapar, como escapar à mão onisciente do Salvador, quando tudo indicava que ela se abateria implacável sobre os pecadores?

E assim multiplicavam-se as histórias, geralmente narradas pelos mais velhos e repetidas com retoques pelos mais novos. E os temores aumentavam em cada um que deparava as cataduras severíssimas do padre Tertuliano da Mota, do escrivão Terêncio Góes e mesmo do seminarista João Manuel Taborda, que, apesar da juventude ainda quase lampinha, exibia feição tão austera que mesmo as beatas mais velhas lhe procuravam a bênção, concedida de cenho franzido e ares ponderosos. Deus do céu, já intimavam os primeiros depoentes, já circulavam rumores de acusações seriíssimas, já toda a vila se preparava para a antevisão terrificante do Juízo Final.

XXXI

Relâmpagos cegantes, raios fulminando o mar, trovões terre-moteiros e uma chuva de assombrar Noé, eis talvez a manifes-tação da ira divina sobre os numerosíssimos pecados que, nes-ta noite tremebunda, depois de quase dois meses de trabalho infatigável, a Mesa Visitadora já coligiu entre os moradores da vila de São João. Mas só talvez e nem sequer talvez, como ain-da não sabemos com certeza. Sabemos que, denunciado pela mulher e intimado a depor, o jogador de mosquinha Bororó se viu tomado de tamanho pavor que, no dia do depoimento, amanheceu morto e hirto, com o peito estranhamente empi-nado e a boca escancarada, sobre cuja comissura direita, por ironia dos fados ou escárnio do Inimigo, revoava uma mosca igual àquelas que o levaram à perdição. Esse terrível aconte-cimento teve como imediata consequência o desaparecimento de seus companheiros Nanásio, Bico Preto e Nunciação, desde então procurados em vão por toda parte, embora haja quem se benza em gratidão aos anjos, por haverem livrado a vila de prá-tica tão amaldiçoada quanto o jogo da mosquinha. E sabemos de diversos outros sucessos, peripécias e perigos, o principal dos quais, como depois se verá, é que os milicianos Domitilo e Cosme, depois de artes e denúncias como sempre mal es-clarecidas, confessaram chorosamente que se prestavam, com alguma frequência, ao uso carnal do mestre de campo Borges Lustosa. E alguns alunos e ex-alunos do mestre Moniz An-drade contaram suas práticas, e, enfim, muitas situações antes envoltas pelas mantilhas do segredo foram desdobrando-se diante dos ouvidos atentos da Mesa.

O que certamente ainda não sabemos é quem é ou o que está fazendo, mal discernível em meio às trevas ensopadas, um vulto encolhido e disfarçado, embrulhado num gabão impenetrável que só lhe deixa os olhos à mostra, assim mesmo através de uma fresta mínima, que lhe permite enxergar apenas o suficiente para não errar sua direção, ou afundar-se em algum buraco encoberto pela água. Quem será essa figura sombrosa, a cambetear quase encostada nas paredes das casas, como se pretenda ser totalmente invisível, e a afetar um passo claudicante, que não lhe parece ser natural? Talvez porte na consciência dores imencionáveis até para si mesmo e pecados onerosíssimos, mas tal condição seria, ainda que em parte, responsável pela aparente fúria da potestade celestial, ou ela, havendo estabelecido que os homens são livres para escolher seus próprios caminhos, deixa apenas que a Natureza siga seu comportamento voluntarioso de sempre?

O curso da História é caprichoso e arisco, dependendo do olho de quem a observa, do pensar de quem a examina e dos vezos de quem a narra, fruto das humanas limitações de que ninguém escapa. Haverá sempre quem duvide ou contradite, mas a verdade é que esse vulto atabafado é ninguém menos ninguém mais do que o mestre de campo José Estêvão Borges Lustosa, regressando de uma visita tardia à casa paroquial. Visita à casa paroquial, com esse tempo e a essas desoras, casa paroquial que agora hospedava os componentes da Mesa? E para uma reunião a portas fechadas com o próprio padre Tertuliano da Mota? Enigma sobre enigma, ainda mais se se chegar o ouvido perto do mestre de campo e se escutar que, surpreendentemente, ele não rumina os pensamentos elevados que deveriam haver resultado de tal encontro, mas pragueja contra o índio Balduíno Galo Mau. Miserável, patife, velhaco, ordinário, maldito entre os malditos, filho de uma puta! Se não fosse ele, ah, se não fosse ele, como os acontecimentos teriam face tão diversa! Mas agora não, agora estavam todos nas mãos daquele selvagem desqualificado e impudente, cujo testemunho não devia valer nada para qualquer homem decente, mas infelizmente valia, e se fosse dado publicamente, desencadearia uma sucessão desastrosíssima de consequências. O fato era que Balduíno sabia, sabia de tudo, sabia absolutamente de tudo e vendia muito caro manter a bocha fechada, caro demais, intoleravelmente caro demais. Daí a pouco seria o dono da vila, seu senhor incontestável. Se já não fosse, se já não fosse! Como aquele índio safardana havia conseguido aquilo tudo, já praticamente um nababo, tomando todo tipo de ousadia e cuspindo ordens como um grão-senhor?

Desconhecia o mestre de campo quase tudo o que arquitetara e realizara Balduíno, cuja presença era agora permitida na vila, depois que Capitão Cavalo argumentara que os índios precisavam de pelo menos um representante em São João, que comprasse mantimentos, vendesse cestos, potes, caça, frutas e ervas, desse recados e assim por diante, sem que ninguém, inclusive o indignado Borges Lustosa se houvesse atrevido a contra-argumentar. Tinha pleno conhecimento do episódio do telhado, é claro, mas ignorava completamente como haviam surgido as suspeitas do índio, como descobrira tudo o que com tanta desfaçatez lhe lançara ao rosto. Como, como soubera das confissões de Domitilo e Cosme, como chegara à conclusão de que deveria subir ao telhado da casa paroquial tal dia, às tantas horas, para ver e ouvir o que ninguém na face da Terra devia presenciar? Era o diabo, era o diabo encarnado, esse índio bodoso que, mais dia, menos dia, teria que ser varrido da face da terra, atirado ao mar para que se afogasse e fosse comido pelos siris. Feiticeiro, só podia ser feiticeiro, aquilo era obra de feitiço, morte na fogueira era pouco. Mas como vencê-lo? O mestre de campo se deteve um instante na varanda aberta de uma casa e, deixando repentinamente de imprecar e contorcer o rosto irado, deu um sorriso, que começou tímido, mas quase se transformou numa risada. Sim, era isso mesmo! — e, saindo outra vez à chuva, no começo esquecendo até de disfarçar o andar como antes, entregou-se com enlevo a pensamentos políticos.

O que de fato ocorreu, mais ou menos um mês e meio atrás, foi que esse feiticeiro, esse diabo encarnado, recém-autorizado a regressar à vila, estava na casa de Mirinha Vesga, onde passara toda a tarde bebendo na companhia de Iô Pepeu, que se queixava lastimosamente do recente malogro com Crescência. Não duvidava dos poderes da tisana, já que se tornaram tão patentes em todas as situações. Menos com Crescência, aquela mulher desumana, que tinha evidente prazer em vê-lo sofrer tamanha humilhação. Sinceramente consternado, Balduíno filosofou sobre a condição humana e a fraqueza do macho, mas foi obrigado a confessar que a única coisa que podia fazer era preparar mais um pouco da tisana. Talvez funcionasse da próxima vez, ele a faria ainda mais forte que a primeira. Iô Pepeu lhe perguntou se ele poderia dizer a Crescência uma palavra em seu favor, mas Balduíno respondeu que de nada adiantaria, talvez até piorasse a teimosia dela. E Iô Pepeu terminou por ir embora para a Casa dos Degraus, cabisbaixo e cambaleante.

Aborrecido com a situação do amigo, sentindo falta dos índios seus companheiros, Balduíno se serviu de mais um copo de seu garrafão. Queria mudar de cachaça. Estava de cachaça esmorecida e não queria ficar assim, queria uma cachaça um pouco mais animada. Não havia de ser difícil e ele desfranziu o cenho para tomar a primeira talagada na intenção certa, pensando até que depois chamaria uma mulher para se divertir com ele. E já estava com o copo junto à boca entreaberta, quando entrou, arrastando os pés e com um chapeirão enfiado na cabeça até o nariz, o miliciano Domitilo, e Balduíno, sem saber como, sentiu que alguma coisa ia sair dali. Não sabia mesmo como, mas já tivera aquela sensação antes, nunca falhava. Domitilo, que dois dias antes fora interrogado pela Mesa, estava trazendo algo muito importante, em suas costas arqueadas.

Muitíssimo importante, aliás; tão importante que Balduíno mal podia conter a vontade de remexer-se no tamborete e manter a expressão de solidariedade que considerou adequada a suas pretensões. Ofereceu um pouco de sua preciosa supupara a Domitilo e fez questão de ir pessoalmente lá dentro, buscar um copo de vidro que só reservava a gente da alta consideração, como o miliciano. Não falou nada, é claro, mas tirou do bornalzinho que trazia à cinta um embrulho em folha de bananeira, do qual despejou um pouquinho de pó esbranquiçado, que se dissolveria ao primeiro contato com a cachaça e não seria notado por Domitilo. Era uma erva dormideira, encomenda de Rui da Lua, assim chamado porque tinha dificuldade em dormir e, quando não tomava o pozinho, passava as noites em claro, com os olhos arregalados debaixo de um lampião e diante um livro que começara a ler havia muitos anos. Mas aquele bocadinho só não ia fazer falta a Rui da Lua e, tomada com cachaça, tinha o efeito oposto à tomada com água. Transformava quem a ingeria num tragueado falastrão, capaz de contar com grande prazer qualquer coisa que lhe perguntassem sobre sua vida. Como de fato aconteceu entre Domitilo e Balduíno, que, por via das dúvidas, começou a beber em golinhos espaçados, para não correr o risco de tomar demais e vir a esquecer alguma coisa.

Embora o prazer de Domitilo se manifestasse através de um semblante dorido e ansioso por comiseração, a qual Balduíno lhe prodigalizava, foi realmente com satisfação, quase felicidade, que Domitilo narrou os sucedidos. Contou que, por denúncia partida não sabia de onde, o Visitador lhe perguntara se era fato que seu vaso traseiro era assiduamente usado como se fora vaso dianteiro de mulher e ele, depois de muito chorar e tremer de medo dos castigos, achou que melhoraria sua posição, se revelasse que Cosme também fazia a mesma coisa e eram a isso compelidos por ordens enérgicas do mestre de campo. Contudo não faziam isso com mais ninguém, nem na passiva nem na ativa, eram homens até o fundo de suas naturezas, cumpridores dos deveres, heróis da Sedição Silvícola, tementes a Deus e casados com filhos. O Visitador, antes impassível, ficara muito irrequieto com a história e, sem quê nem para quê, disse ao escrivão que não mais escrevesse o que se falava ali, mandando também que apagasse o já anotado. Era uma questão delicadíssima, sobre a qual precisava meditar com a gravidade adequada. Em seguida ordenou que a história fosse repetida, sempre com exigência de pormenores, chegando mesmo a indagar se o mestre de campo os enrabava metido em seu uniforme de campanha. Pelo menos envergando a túnica? E muito mais perguntas fez, durante o que parecia ser uma eternidade, até mandá-lo embora e dizer que aguardasse uma palavra de Mesa, sem falar sobre o assunto com ninguém. Agora não sabia o que lhe aconteceria, nem a Cosme, mas os visitadores não podiam ser injustos, devendo pegar a maior das penas o mestre Borges Lustosa, único responsável por aquela triste situação. Mas home, mas home, que é que índio tá ouvindo, pensou Balduíno, esfregando as mãos por baixo da mesa.

Pensou muito mais ainda, depois que Domitilo esgotou o assunto e passou a contar sua vida inteira, desde a infância, até emborcar-se sobre a mesa, vomitar no chão e ser posto para fora por Mirinha. Com que então o mestre de campo, com aquela cara de santa puta arrependida, ia aos cus da soldadesca, bonita notícia! Balduíno resolveu imediatamente que não diria nada a ninguém, a informação era preciosa demais para ser dividida. Ainda não podia provar nada, mas sabia, de fonte mais que limpa, que seu inimigo era um fanchão e estaria perdido se isso viesse a ser sabido. Calma, muita calma, cautela, muita cautela. Alguma coisa terminaria por acontecer, para ajudá-lo a usar o que sabia. Por que o padre mandara apagar as anotações? Por que ficara tão interessado nas minúcias da história? Sim, alguma coisa aconteceria, pelo menos alguma vantagem do mestre de campo o padre queria, devia ser dinheiro, aquele padre tinha cara de ladrão.

E já acontecera, antes da noite procelosa em que o mestre de campo palmilhava o caminho da casa paroquial à sua própria. Balduíno já tinha tirado e continuava tirando amplo proveito da situação. Mas agora o mestre de campo sabia como agir, e agir muito mais amplamente do que jamais sonhara. Entrou em casa com o queixo empinado e um olhar determinado. Não tinha explicações que dar a Leocádia, sua mulher. Tratava-se de altas questões de Estado e Igreja, que não estavam ao alcance de mulheres. E, pela primeira vez, bendisse a insônia que ultimamente o vinha atormentando, porque poderia passar quase toda a noite dando trela a seu pensamento político, cada vez mais atropelado por uma cascata incessante de ideias audaciosas — ia precisar tomar algumas notas.

XXXII

Sim, dizer que Balduíno Galo Mau virara um nababo talvez fosse exagero. Mas seu passadio mudara consideravelmente e ele agora morava, cercado de luxo, mulheres, bebida e comida, na Casa do Ingá, de longe a maior e melhor de todas na baixa do Alecrim, pela qual pagava renda suficiente para sustentar várias famílias, além de gastar com presentes às mulheres — colares e gargantilhas de ouro, vestidos de tafetá legítimo, chapéus de plumas, perfume e lenços da Índia, pecinhas de cambraia e praticamente tudo mais o que pedissem ou lhe desse na telha comprar. Também tinha muitas outras despesas, pois mandava distribuir comida a todos os que a pedissem no portão, dava dinheiro a quem queria tomá-lo emprestado e criava bichos que não comia nem vendia.

E tudo isso começou com a história de Domitilo. Se Borges Lustosa tinha sido denunciado, deveria ser imediatamente convocado pela Mesa, desta vez não como testemunha, como sabiam Balduíno, Domitilo e Cosme, mas como réu. De fato, veio logo a convocação, mas não se falou em multas, penitências e formações de culpa, como no caso dos outros abastados que também foram chamados pela Mesa. Que estaria havendo? Tontice achar, como praticamente todos na vila, que, por se tratar de irmão do poderoso monsenhor Gabriel Borges Lustosa, o mestre de campo funcionava como auxiliar da Mesa, certamente era encarregado de missões sigilosas e sensíveis, razão por que agora era tão visto indo e vindo da casa paroquial, até mesmo tarde da noite, compreensivelmente disfarçando o andar. Mas Balduíno não conseguia acreditar nisso. Para ele toda a gente estava sempre a tentar ganhar alguma coisa e esse caso não era exceção. Só que ele não tinha ideia do que se tratava, só sabia que, com certeza, haveria algum proveito a tirar.

É capaz de ter sido o Cão mesmo, vai ver que ele costuma soprar sugestões nos ouvidos de Balduíno, só pode ter sido o Cão. Pois uma bela noite está Balduíno palitando os dentes com um gravetinho de araçá e andando pela rua Direita somente para esticar as pernas cansadas de tanta rede, quando vislumbra a figura do mestre de campo saindo de casa, bem a tempo de o índio se esconder por trás de um oitizeiro e perceber à luz da Lua que o capote envergado pelo mestre de campo ao sair encobria sua túnica de brilhosos alamares, galões e dragonas. Roupa de festa militar, de chefia de combate, para ir à casa paroquial? O diabo soprou de novo no ouvido de Balduíno. Não tinha dito Domitilo que o Visitador se interessara muito em saber se o mestre de campo levava a cabo suas enrabações trajando uniforme? Que queria dizer uma coisa junto com a outra?

O Cão cutucou as costelas de Balduíno e ele, como não precisava seguir o mestre de campo, pois já conhecia seu rumo, esperou um bom tempo antes de ir também para a casa paroquial. Lá chegando, descobriu, pelos vãos do telhado levadio, que havia luz na sala dos fundos. Impossível ver alguma coisa, através das janelas trancadas. Mas barulho podia ouvir e o que ouviu foi uma conversa surda, em que a voz do mestre de campo soava com certa energia, enquanto a do padre parecia submissa, embora forte. Mas não era possível entendê-los e Balduíno pulou a cerca do quintal, subiu ao batente da janela e daí, como um macaco, empoleirou-se no frontal superior, com os olhos à altura do telhado. Pronto, agora era só afastar cuidadosamente uma telha e criar uma greta por onde pudesse ver o que se passava, além de ouvir melhor o que falavam, até porque as vozes se elevaram um pouco. Quase despenca lá de cima, quando verificou, à luz de dois lampadários, o que estava acontecendo. Deitado de bruços numa camilha de forro aveludado, padre Tertuliano, com a batina levantada até quase o pescoço, olhava para trás, onde se postava com a expressão severa o mestre de campo, vestido em sua túnica marcial, mas nu da cintura para baixo.

— Ordens, meu comandante! — disse o padre, com as pernas juntas e o corpo retesado.

— Levanta este cu! À traseira! — ordenou o mestre de campo e imediatamente após, num só movimento ágil, o padre ficou de quatro, para ser quase de pronto penetrado com energia pelo mestre, que levou mais tempo do que Balduíno esperara e continuou a dar ordens, como se estivesse à frente de uma batalha.

Balduíno desceu ao chão com o juízo esquentado, suando um pouco na testa. Então, então... Então era isso, era essa a função do mestre de campo junto à Mesa. O padre gostava de militares graduados e enérgicos e não pudera sopitar a atração que sentira pelo mestre de campo, ao tomar conhecimento da história de Domitilo e Cosme. Nem a atração nem a vontade de satisfazê-la, porque foi franco e direto, no seu primeiro encontro a portas fechadas. Afável, mas firmemente, interrompeu o acesso de indignação e perplexidade com que Borges Lustosa, abalado com a notícia sobre Domitilo e Cosme, procurou sem muita solidez reagir ao que lhe era tão escandalosamente proposto, lembrando o irmão monsenhor e sua reação, se viesse a saber dos fatos. Muito melhor que aceitasse a oferta do Visitador, que assim o prestigiaria, manteria segredo e o livraria de qualquer incômodo. Ainda mais que, afinal, propunha algo que o mestre de campo apreciava, como já fora sobejamente provado. Também ele queria ser dominado como os milicianos, queria ser possuído por um militar voluntarioso e enérgico. De uniforme, sim, de uniforme, sonho que sempre acalentara e que nunca julgara poder vir a seu alcance. O mestre de campo, sentado na beira da cadeira com os braços entre as pernas, olhou longamente para o padre, que esperava sua resposta em silêncio, aparentando uma paciência sem limites. Mesmo por baixo da batina, via-se que tinha um traseiro ajeitado, empinadinho, quase atrevido. E deixara bem claro que não queria reciprocidade, permanecendo o mestre de campo inatacavelmente macho. Sim, isso mesmo, por que

216

não? A vontade de Sua Reverendíssima seria atendida, e com satisfação.

Embora Balduíno não soubesse de todos esses detalhes, foi mais ou menos assim mesmo que imaginou como os fatos se deram. Agora vira e ouvira atos e palavras que, tinha certeza, valiam ouro, claro que valiam ouro, até porque estava seguro de que os membros da Mesa eram uma trinca de salafrários, a furtar tanto a Igreja quanto uns aos outros e muito pouco do que arrecadavam escapava de suas algibeiras. Tinha que falar com o mestre de campo e com o padre Tertuliano, já trazia na cabeça o que pediria, ou melhor, exigiria. Mas, antes, atenção no sopro seguinte do diabo que, como se sabe, pode ter todos os defeitos, mas, justiça seja feita, quando faz uma coisa, faz benfeita. Balduíno não podia arriscar-se a enfrentar os dois sem algum tipo de garantia. O mestre de campo bem que seria capaz de decepar-lhe a cabeça com aquele espadagão e o padre podia mandar prendê-lo e matá-lo devagar, ele era apenas um índio e nem a proteção de Capitão Cavalo, que morava tão distante, chegaria a valer-lhe a tempo. Não, não, e Balduíno voltou à Casa do Ingá para dormir, para, assim que amanhecesse, procurar Iô Pepeu.

Foi obrigado a ter paciência, porque agora Iô Pepeu estava claramente enredado por Crescência e não cessava de lamuriar-se. Que achava Balduíno da ideia de propor casamento a ela, noivar um pouco e depois casar mesmo? Ela diria finalmente as malditas palavras? Balduíno o consolou o quanto pôde, prometeu de novo mais tisana e disse que ia procurar pensar em qualquer coisa, só que agora não tinha tempo. A muito custo, dizendo tudo o que ele queria ouvir antes de cuidar de qualquer outro assunto, conseguiu que Iô Pepeu o escutasse com atenção. Era muito importante, importantíssimo, disso dependia a própria cabeça de Balduíno. Era o seguinte: se passara tal e tal e tal coisa, era aquilo mesmo que ele estava ouvindo, podia acreditar como se tivesse presenciado tudo. Muito bem, agora que Iô Pepeu sabia, tinha de assumir um compromisso com Balduíno, em nome de sua velha amizade. Assumia o compromisso? Assumia, claro. Balduíno lhe renovara a esperança quanto a Crescência, acreditava que, de uma forma ou de outra, chegaria aonde queria. Compromisso afirmado e reafirmado.

E tal compromisso foi que deu inteira segurança a Balduíno, quando procurou padre Tertuliano, na casa paroquial. No começo, não queriam recebê-lo, mas ele tanto uivou, puxou os cabelos, rolou no chão e se queixou de que não podiam atender a um cristão batizado somente porque ele era índio, que o padre Tertuliano, embora contrariadíssimo, o mandou entrar. Recebeu-o postado à sua escrivaninha e não o convidou a sentar-se. Então, fazendo o rosto do padre ficar pálido como uma parede caiada e quase lhe causar um desmaio, Balduíno, com grande simplicidade, lhe contou tudo o que tinha visto e ouvido, além do que sabia sobre Cosme e Domitilo. O padre, desta feita muito vermelho, gritou que Balduíno não passava de um índio tido como dos mais baixos entre os mais baixos daquela laia pestilenta e que imediatamente pagaria por sua calúnia. Mas Balduíno, sem alterar a voz, contou que confidenciara tudo aquilo a um amigo, um amigo respeitado e querido por todos, e esse amigo estava instruído a, se Balduíno não voltasse antes de o sino tocar as vésperas, contar tudo a todos na vila. Aliás, se acontecesse qualquer coisa a Balduíno, esse amigo faria a mesma coisa. De maneira que era melhor convocar de pronto àquela sala o senhor Dão mestre de campo Borges Lustosa.

O que foi feito e terminaram por reunir-se, depois que o mestre de campo, emborrascadíssimo, ameaçou atacar Balduíno, mas foi contido pelo padre. Era difícil, mas procurasse manter a calma, tratava-se de assunto de enorme gravidade. Diante da cara cada vez mais estupefata de Borges Lustosa e com a mesma tranquilidade de antes, Balduíno expôs as informações de que dispunha e, quando o mestre de campo fez menção de sacar o espadagão, berrando que ia rachar sua cabeça em duas, fez nova menção ao amigo que guardava os segredos.

— Vais dizer-nos quem é esse amigo agora mesmo. Vamos ver se o nome dele não sai com uma boa surra de palmatória.

— Índio não diz nada. E índio não quer levar paramatória, não gosta nem de paramatória nem de vergaio pelo traseira. Índio avisa amigo é: vai tocar as vespra; se índio não parecer, o amigo vai falar.

— Merecias a morte e ainda a terás, pelas minhas mãos, Deus há de ser servido! Que queres, afinal? Dize o que queres e desde já te advirto que, se fores insolente, nada obterás.

— Índio não sabe o que quer dizer solente, mas índio é solente se quiser, índio é qualquer coisa que quiser, não recebe ordes. E bitém tudo que quiser também, bitém qualquer coisa. Mas é, índio quer pouco, pouquinho mesmo, não trapaia nada, índio que biter só pouquinho.

— E que é esse pouquinho?

— Dizmo. Índio quer dizmo.

— Dízimo?

— Isso, dizmo.

Como, dízimo, quem Balduíno julgava que era? Não jurugava nada, só queria dizmo. A Igreja não cobrava dizmo? Então ele também queria dizmo em tudo que a Mesa cobrasse ou apreendesse. Talvez não haja palavras suficientemente capazes de descrever os sentimentos do mestre de campo e do Visitador, ao ouvirem essa fala impudente e não poderem fazer nada.

— Vai dar as vespra — disse Balduíno. — Amanhã índio passa aqui, pra começar a cobrar dizmo, os que eu ainda não cobrei e os que eu vou cobrar ainda.

Mas como explicariam esse dízimo ao escrivão e ao seminarista, como justificá-lo? Balduíno respondeu que eles mesmos pensassem numa resposta, não era de sua preocupação. Mas, já junto à porta para sair, resolveu de súbito voltar-se e oferecer a opinião de que o dízimo poderia ser atribuído ao mestre de campo, havia boas justificativas para isso, a começar pelo parentesco com o monsenhor Gabriel. Diziam aos outros que pagavam ao mestre de campo e na verdade pagavam ao índio, nada mais simples. Bem, vosmecês que sabe, despediu-se Balduíno, para sair e encontrar Iô Pepeu, que o esperava, como combinado, no largo da Calçada. Mal se viram e as vésperas começaram a tocar e Balduíno, com o sorriso mais largo que jamais exibira, abraçou o amigo, havendo dado o primeiro passo na sua, dessa hora em diante, incontida ascensão.

XXXIII

Leocádia, que tinha medo de trovão, com toda a certeza estava tremendo e rezando por baixo das cobertas, mas ele não lhe daria importância. Estivesse do jeito que estivesse, o mestre de campo Borges Lustosa, ao entrar em casa batendo os pés e pendurando o gabão encharcado no capeiro, não a procuraria nem para cumprimentá-la ou dizer que estava de volta e talvez sequer lhe retrucasse qualquer coisa, se ela por acaso se levantasse e lhe fizesse alguma pergunta. Havia questões de magna relevância a considerar, planos a traçar, visões a tornarem-se realidade. Com a cabeça em rebuliço insuportável, nem sequer tirou as botas e se encaminhou diretamente à escrivaninha, onde, apoiando a testa na mão esquerda e com ela cofiando ocasionalmente os cabelos, pôs diante de si uma pilha de papel, enfiou a caneta no tinteiro e começou a escrever com tal velocidade que lhe vinham cãibras e ele flexionava os dedos nervosamente com os olhos no teto, para logo em seguida retornar à escrita.

Como domar aquela cascata de ideias que lhe chegavam aos borbulhões, a ponto de, enquanto anotava uma, pegar várias vezes em papéis diferentes, para anotar o resumo de outras? Essa empresa lhe pareceu impossível durante um tempo angustiante, mas, finalmente, coincidindo com o amainar da chuva lá fora, lhe veio aos poucos uma calma que o acabou tomando por inteiro, e ele recostou-se, para, somente vários minutos depois, suspirar e, vagarosa e ordenadamente, arrumar os papéis em algumas pilhas, tendo ainda a preocupação de numerar cada página. Não, não pretendia publicar nada daquilo, não pretendia, aliás, mostrar nada a quem quer que fosse. Talvez, no futuro, já bem entrado nos anos e na glória, pudesse expandir aqueles pensamentos, transformando-os na obra de um estadista, para ilustração das gerações vindouras. Mas agora não, agora aquilo era tão somente o arcabouço de uma estratégia insuperável que, percebia neste momento, vinha tomando forma em sua mente havia talvez anos. Escolhera a hora de chegar, era obra da Providência, decreto dos fados.

Tratava-se das ideias políticas do mestre de campo. Nunca deixara de tê-las, é óbvio, versado como era na história universal e de seus grandes guerreiros, mas jamais se imaginara como aquele pensador que tão intensamente se revelava, nem executor do fruto desse pensamento, a não ser em suas fantasias mais secretas, jamais confessadas a quem quer que fosse. A vila de São João mudaria para sempre, logo mudaria também toda a ilha do Pavão. E era tudo extraordinariamente simples e tornado ainda mais fácil pela conjugação de circunstâncias favoráveis que ora se manifestava tão patentemente. Sim, a ideia do ducado era perfeita, inatacável mesmo, a única solução justa e duradoura para os problemas da ilha. O ducado de São João! Ouvira falar de muitos reinos opulentos no Oriente, que prosperavam em território menor do que o da ilha, com suas riquezas, sua terra de fertilidade inigualável e até mesmo — quem sabia? — ouro ou pedras preciosas, naqueles rios que ninguém explorava, a não ser para pescar. E, posteriormente, não só o ducado da vila, mas o ducado de toda a ilha do Pavão — e o mestre de campo se perfilou, imaginando como seriam seus trajes e as pinturas reproduzindo sua figura.

Alicerçava suas teses em análises de textos e histórias clássicas e pensava na era gloriosa de César e Augusto, sobre a qual acabara de escrever tanto. Acrescentava a esse suporte geral uma visão destituída de paixões descabidas e raciocínios meramente voluntariosos. A verdade era que a ilha, de tão custoso acesso, dificilmente seria atingida pela mão da Igreja ou do braço secular, como já tinham demonstrado tantas experiências, desde a chegada dos primeiros portugueses. Disso já se sabia, mas se agia como se não se soubesse, por vício de pensamento, ou talvez pela vontade de não sentir os laços com o continente excessivamente afrouxados, ou mesmo quase inexistentes. Mas não se podia negar a evidência dos fatos: se quisessem as leis e a ordem, de acordo com o espírito que herdaram de seus ancestrais e com o mais perfeito Direito das gentes, a ação teria de vir de dentro da própria ilha, ela mesma devia suprir suas necessidades e corrigir seu rumo. Não descobrira novidade alguma, apenas, como narrava tantas vezes a História, fora necessário o gênio de um grande homem para ver e efetivar o que todos viam e disso nada de bom retiravam. O terreno era perfeito para a instituição do ducado, que, mais tarde, poderia enviar legações aos funcionários da Coroa, ou mesmo ao próprio reino, para legitimar por direito a solução de fato. Rematada tolice, achar que os grandes feitos não estavam perfeitamente ao alcance de quem os almejasse com a força de vontade e a habilidade necessárias. Nada do que projetava se encontrava além dos limites do razoável e factível, até porque, mesmo que a inatingibilidade da ilha já fosse por ele discernida com clareza e firmeza de propósitos, agiria astuciosamente para preservar seus interesses. Ou seja, não partilharia com os outros essa convicção sólida e, pelo contrário, alimentaria a crença de que a Coroa estaria sempre disposta, em caso extremo, a exercer sua autoridade com determinação, empregando meios de que até agora não sentira necessidade, notadamente avanços na arte náutica e artilharia muito superior aos que os habitantes da ilha, até mesmo Capitão Cavalo, conheciam. Era preciso que todos acreditassem nisso, ou pelo menos temessem a possibilidade, ao tempo em que também preservassem o receio da cólera divina, que podia vir sob a forma de sanções eclesiais pesadíssimas, ou mesmo de calamidades como as pragas do Egito ou desastres como terremotos, inundações e pestes. Nada era difícil, tudo era espantosamente fácil.

Igreja e Estado se uniriam em consórcio harmonioso, não só do ponto de vista das instituições, como, sabia ele, do ponto de vista pessoal, neste caso importantíssimo, pois, mesmo que padre Tertuliano não viesse a empolgar-se com a proposta de tornar-se uma espécie de papa da ilha, com o título, vamos dizer, de Grão-arcebispo, talvez passando à História sob o epíteto de Tertuliano I, o Grande, não iria contrariar aquele que, afinal, sabia de sua vida mais íntima e lhe proporcionava momentos de êxtase cada vez mais intensos. Um sem o outro afundaria, ambos juntos iriam a píncaros. Mas era claro que compreenderia isso e o seduziriam o poder, a riqueza e a pompa da condição de sumo pontífice da vila e posteriormente de toda a ilha, com exceção, ao menos por enquanto, dos domínios de Capitão Cavalo, o que, aliás, não fazia diferença. Que Capitão Cavalo continuasse senhor incontestado de suas terras e seu povo. Não interessava, o que interessava nesse instante eram as vilas. A aliança com padre Tertuliano estava assegurada, não havia a menor dúvida.

Quanto ao resto, a necessidade de uma conspiração se mostrava patente, mas, aí também, os obstáculos seriam mínimos. Não se reviveria a malograda confederação, pois agora tudo viria a estar sob seu direto comando. Novamente, sob esse aspecto, não enfrentaria dificuldades. O que a Mesa Visitadora já sabia sobre os homens mais influentes da vila podia ser usado contra eles, caso se negassem a apoiá-lo. E, além disso, contava com determinadas circunstâncias favoráveis, como, por exemplo, a inimizade entre o intendente Felipe de Melo Furtado e o secretário da Câmara, Manuel Faveiro. Com a colaboração deste, derrubar o intendente seria tarefa para não mais do que uma manhã. Entre os homens de bem da vila, suas ideias seriam bem-recebidas, ainda mais quando anunciasse que, além da preservação de seus segredos escabrosos, os deveres de seus aliados para com o Santo Ofício seriam esquecidos e muitos poderiam ser incorporados à nobreza local, que se constituiria depois do estabelecimento do ducado. Em relação às outras vilas, usaria o procedimento adequado às particularidades supervenientes, não só com as mesmas armas persuasivas que empregaria em São João quanto com o que sabia sobre a arte de dividir e gerar antagonismos entre os que se opusessem a ele, pois conhecia todas as manhas, engodos e prodições aplicáveis nessas contingências, sabia que era um político engenhoso e competente. Para o combate aos negros oficialmente cativos, mas agora comportando-se como libertos e cidadãos de nascimento livres, praticamente como brancos de pleno direito, sujando a raça através de crescente mestiçagem, muitos dos quais certamente se rebelariam, dispunha da milícia e da guarda, que seriam mais bem armadas, através de contrabando. E, mais ainda, contaria sem dúvida com a ajuda empenhada de D. Afonso Jorge II, com quem firmaria sólida aliança, reconhecendo-lhe o reinado e acertando proteção mútua e permanente, até porque os princípios de autoridade, religião e manutenção apropriada do elemento servil preservados no quilombo — quilombo, não, reino — eram os mesmos que defendia e não custava estender aos minoritários negros congolenses a condição de brancos honorários. Bem possivelmente, o quilombo podia participar a seu lado de combates e supressão de focos de rebeldia, caso isso se tornasse necessário. Se o mestre de campo prendesse o nefando índio Balduíno ou o mandasse matar, provavelmente cairia em desgraça com Capitão Cavalo, e isso não convinha aos interesses do ducado. Mas, se o maluco do Jorge Diogo — Jorge Diogo, não; Sua Majestade D. Afonso Jorge II, o mestre de campo precisava acostumar-se, era uma questão diplomática — cuidasse desse problema, como sem dúvida cuidaria, ao ouvir certas histórias que o índio mesmo andava contando quando bebia, a coisa seria outra e certamente Capitão Cavalo lhe daria um corretivo e acabaria com ele, pouco fazendo caso o mestre de campo — mestre de campo, não; Duque de São João, Grão-duque, aliás, precisava acostumar-se, mesmo que ainda secretamente.

E assim, insone e exaltado, Dão José Estêvão Borges Lustosa atravessou a noite, já não mais procelosa, mas envolvida numa brisa calma e no cheiro vivificador da terra molhada. Amanheceu um dia auspiciosamente radioso e ele, já convicto da grandeza de seu destino, interpretou aquilo como um augúrio celeste, anunciando-lhe a vitória de seus ideais. Como toda dinastia cristã, a dele também provinha de uma escolha de Deus, era uma ocasião sublime a que vivia, contemplando da janela aquelas paragens, antes familiares, mas agora transfiguradas por uma nova luz. Notou que suas botas ainda estavam úmidas da noite anterior, mas não teve paciência de trocá-las. Não teve paciência para nada, aliás, e, logo que terminou, chamou o negrinho Tomé para que convocasse à sua presença o ajudante de ordens Josué Caldeira. Não que lhe fosse participar coisa alguma do que planejava, mas simplesmente o enviaria à casa paroquial, para, salvando as aparências de cerimônia, pedir audiência especial e confidencial ao padre Tertuliano. Sabia que o ajudante de ordens não manteria segredo quanto ao pedido e realização da audiência, mas isto era de sua conveniência, eis que assim se espalharia melhor a certeza de seu decisivo poder junto à Mesa Visitadora. E, mesmo antes da chegada de Josué Caldeira, já rabiscava num papelucho os nomes daqueles que, naquele dia mesmo, seriam procurados. O intendente ainda não, pois tinha que ser surpreendido pelos acontecimentos, mas muitos outros sim, como o mestre Joaquim Moniz Andrade e suas travessuras com os alunos, padre Boanerges e suas peraltices com a mulher do almotacel Zacarias Rabelo, padre Virgílio e suas intimidades com certas ursulinas, uma lista, enfim, quase inesgotável, assim ao correr da pena, comprovando que, breve, de um dia para o outro, mesmo, a vila ia mudar como jamais se sonhara possível. Leocádia apareceu, interrompendo suas anotações, e ele a recebeu quase com brutalidade, pensando ao mesmo tempo em como ela seria uma duquesa muito aquém do que ele merecia, prometendo-se mais tarde pensar em alguma solução para o assunto. Mas na hora apenas ignorou as perguntas dela com um gesto enervado, ordenou-lhe que mandasse vir imediatamente à sua presença o moleque Tomé, recusou-se a ir comer e a despachou com mais veemência, refreando o repelão que queria dar-lhe, para depois voltar às notas, entremeadas por um esfregar de mãos incontrolável.

XXXIV

Diga-se lá o que se disser de Balduíno Galo Mau, ninguém há de negar que é amigo de seus amigos, leal, dedicado e sempre disposto ao sacrifício desprendido. Se teve que agir ingratamente algumas poucas vezes, isso se deve a que a vida, sem prévio aviso, atordoa quem por ela passa, ao antepor-lhe encruzilhadas onde nem sempre o caminho proveitoso coincide com o da amizade e deve-se compreender o homem que, já tão acossado pelas vicissitudes de uma existência sem explicação, é traiçoeiramente enceguecido pela conveniência. Perfeita, aliás, pessoa alguma é, nem mesmo os santos mais eminentes, a exemplo do venerabilíssimo São Pedro, por todos sublimado, que, certa feita, de conveniência, fingiu repetidamente que não se dava com o Cristo. Balduíno nunca se interessou muito por São Pedro, como, aliás, santo nenhum a não ser Tomé, mas se lembra de ter ouvido essa e outras histórias na doutrina dos padres e agora se orgulha de que, deixando de lado todos os grandíssimos negócios que requeriam sua pessoal atenção, tirara dois dias para dar um pulo às grenhas da aldeia de Mato Preto a fim de providenciar nova cabacinha, desta feita um bocadinho maior que a primeira, com a tisana da indomável tesão. Bem verdade que, até o momento, a tisana, apesar de fazer efeito sem necessidade de que a mulher falasse as palavras, de nada adiantava com Crescência. Portanto, podia suceder a mesma coisa com a segunda encomenda, pois cada vez mais parecia que a dificuldade de Iô Pepeu estava mesmo na ideia dele, que se entortara por qualquer razão e talvez nunca se desentortasse, como acontecia com avariados do juízo de todas as qualidades. Avaria pequena em relação a outras, mas suficiente para tornar Iô Pepeu muito infeliz — e Balduíno orgulhou-se mais uma vez em estar preocupado com o amigo, chegando mesmo a cogitar, em caso de novo revés, conversar com Crescência, convencê-la a deixar de tanta teimosia boba, que para ninguém tinha serventia.

Não, não, era sincero, não se sentia assim porque Iô Pepeu, além de seu aliado desde o dia em que se conheceram, agora, ainda por cima, era a garantia viva de que nada lhe aconteceria, apesar do ódio que lhe tinha padre Tertuliano e o mestre de campo Borges Lustosa. Nada disso, era pura amizade, sentida no peito mesmo, amizade que lhe enchia o coração candidamente grato e o fazia sopesar a cabaça pensativo, enquanto esperava o amigo. Tinha bebidas finas a oferecer-lhe, em copos ainda mais finos, ancoretas dos mais afamados vinhos e aguardentes de qualquer procedência, tinha comida às pilhas, louça do reino, tinha prataria e toalhas com ricas frioleiras, tinha cadeiras espaçosas e coxins, tinha até mulheres, muitas mulheres, algumas ali mesmo na Casa do Ingá, outras, de todas as cores e feitios, podendo ser chamadas à sua bela vontade. Havia aprendido a estalar os dedos, depois que ouvira alguém contar como os grandes potentados satisfaziam desejos e ordens com um simples estalar de dedos. Estalaria muito os dedos durante a visita de Iô Pepeu, iria homenageá-lo, oferecendo e mostrando seus novos dotes e bens e o que podia fazer com um simples estalar de dedos.

Bem, um pouco mais que os dedos, em alguns casos. Volta e meia um olhar, um menear de cabeça, uma escassa palavra ou outra, para que aquilo que queria acontecesse. Não sabia o povo por quê — e continuaria sem saber — Balduíno Galo Mau, de índio escorraçado, passara a ser importantíssima figura, auxiliar da Mesa Visitadora, todo ataviado e metido em garbos, podendo ser tido como um grão-senhor ou fidalgo, se não fosse a pele acanelada, os pés descalços e as plumas que insistia em enfiar no nariz e nas orelhas, até na missa, a que agora dera para assistir todos os domingos e dias santos, com as mãos postas e os olhos voltados contritamente para os céus. Sim, um grão-senhor, pecunioso e poderoso, tratado com respeito e mesmo servilismo em todas as rodas,

das mais humildes às mais elevadas. Por combinação, para que nada desse na vista e fosse causa de suspeita, o mestre de campo e ele não se falavam em público e procuravam nunca estar no mesmo lugar, eis que não haveria como explicar uma total e repentina aplacação da ira de Borges Lustosa contra Balduíno, mesmo que se soubesse que o índio morava agora na vila por causa de Capitão Cavalo. Mas a contenção resignada dessa ira se entendia, pois, apesar de seu prestígio junto ao Visitador e ao monsenhor, o que se via era Balduíno agindo como se fosse preposto de Sua Reverendíssima e, na verdade, da paróquia em geral, porquanto os bons padres Boanerges e Virgílio tinham lá também suas boas contas a prestar ao Santo Ofício. Sim, sim, pois que seja reconhecida a realidade das coisas vistas a toda hora, que mostravam como ele era de fato poderoso. Claro que não deixava o orgulho virar filáucia, porque sabia que essa situação não o tornava querido de grande parte dos joaninos influentes e já até contratara dois provadores de comida para que não o envenenassem e se preparava para quando as coisas mudassem, pois mudariam mais cedo ou mais tarde, neste mundo tudo vive mudando, aproveita-se enquanto se pode, porque sempre chega o dia em que não vai se poder. Já desconfiava, pelo jeito dele nos últimos dias, que o mestre de campo vinha arquitetando alguma manobra pérfida. Ainda não sabia qual podia ser, mas estaria mais alerta do que nunca, de ora em diante. Por enquanto, não adiantava vexar-se, ia exercendo o ótimo cargo que ele mesmo criara: despachador. Praticamente mais nada se resolvia sem a sua intervenção, mediante uma pequena retribuição monetária, proporcional ao benefício obtido. Despachador, função meritória e indispensável para o bom andamento de quaisquer processos e, cada vez mais satisfeito consigo mesmo, Balduíno deu palmadinhas de contentamento na barriga. Não sentia nem falta, como antigamente, dos índios de sua aldeia. Pelo contrário, era melhor que ficassem por lá mesmo, ali só iriam atrapalhar e querer meter as mãos nas coisas dele, sustentados por ele. Nada de índio, lugar de índio ignorante, descompreendido e selvagem era no mato. Ele não era desses índios. Despachador completo, fazia negócios em separado com o seminarista Manuel Taborda, o escrivão Terêncio Góes e o padre Tertuliano, roubando os três, enquanto eles roubavam uns aos outros. Tinha até arrumado o despachamento de uma mulher para o seminarista, que andava muito do satisfeito, e também arranjava uns encontros do escrivão com as meninas de Mirinha Vesga, ele de máscara e mudando a voz, como se fosse adiantar alguma coisa — só que as meninas não falavam, Mirinha não deixava. Despachador, despachador, altíssima função, merecia um papel com tudo isso escrito e estampilhado, ia pensar no assunto.

E dessa forma deambulava a mente de Tontonhengá, Balduíno Galo Mau, quando, o sol do meio da tarde em ricochetes pelas pedras da ladeira acima, ele avistou, subindo devagar e arqueada, a corpatura antes tão guapa de Iô Pepeu. Que mal causa uma mulher querida e não possuída! Em que fantasma se transfigurara o pobre Iô Pepeu? Em muito casmurro fantasma, com toda a certeza, as feições meio encovadas, a tez pálida, os olhos foscos, a voz amofinada, como se via e ouvia agora, enquanto ele subia os degraus da varanda onde o esperava Balduíno, estendendo frouxamente a mão e murmurando um estranho "bom dia, como passaste?". Balduíno, admirado, quase esqueceu de estalar os dedos, mas terminou por fazê-lo como havia planejado para aquele momento e eclodiram logo três mulheres de torsos e vestidos de estampado igual, que carregavam bandejas cheias de comidas e bebidas e as depositaram sobre a grande mesa, junto à qual um ventinho balançava as duas redes em que os amigos ficariam.

— Viste? — perguntou Balduíno radiosamente. — Com um estralo de dedo! Agora índio é assim, estrala o dedo, tudo vem.

Mas Iô Pepeu pareceu não ouvir e tampouco reparar nas bandejas, porque baixou a uma rede como se quisesse ser engolfado por ela, lá afundando em silêncio, ignorando as perguntas de Balduíno.

— Daqui a pouco eu falo — disse afinal. — Estou arrumando um pouco a ideia, não tenho andado bom da ideia.

Balduíno se interrompeu em meio a nova pergunta. Sim, naturalmente ficaria calado. O outro com toda a certeza viera para falar e falaria. Quase sussurrando, perguntou apenas se não podia oferecer-lhe uns três dedos de uma cachaça inglesa castanha, da qual tinha uma boa meia dúzia de pipos. Talvez fosse bom socorro naquele transe e ele mesmo, que não era o próprio padecente mas somente um amigo que partilhava daquela dor o quanto possível — e acreditasse que era muito, punhalada sobre punhalada. Se não quisesse da cachacinha estrangeira, pedisse o que mais lhe apetecesse, tinha de tudo lá dentro, às barriladas. Iô Pepeu, com a voz ainda mais languinhenta do que antes, concordou e disse que o que de lá viesse cá seria bem-vindo.

Bebidos por ambos três dedos mais três mais três, pôs-se então Iô Pepeu a falar, como esperado, diante do rosto cada vez mais pungido de Balduíno, que resolvera logo de início tomar uma cachaça compadecida, pois lhe parecia a mais indicada. Iô Pepeu, já soerguido na rede e com a voz bastante firme, agradecia copiosamente o presente da nova cabacinha, que apesar de tudo ainda representava uma esperança, mas sabia que estava perdido. Já nem mais via Crescência, que, ao que tudo dava a entender, tinha resolvido ficar de vez na furna da Degredada, onde não o deixavam entrar e até o pai lhe recusara ajuda nisso. Algo de extraordinário estava se passando e ele tinha certeza de que Crescência agora partilhava de segredos que sempre desconfiara serem mantidos entre seu pai, a Degredada e Hans e talvez alguns outros, cuja identidade ele não sabia. Só estivera com ela duas vezes, nos últimos tempos, a segunda já tão longe, quanto mais a primeira. E, já na primeira, notara como ela estava diferente, até falava diferente, muito diferente, parecia dispor de mais palavras e jeito de dizer. Mais uma vez, não se recusara a ir para a cama com ele, mas continuara a teimar em não falar o que ele pedia, de forma que, novamente, nada acontecera senão sua reiterada humilhação, que já lhe oprimia o peito o tempo todo, lhe tirava o sono e o apetite, fazia-o passar dias inteiros sentado com os cotovelos nos joelhos e o queixo nas mãos, olhando para nada.

Pior ainda, quando está assim, jogado pelos cantos, descoroçoado e definhado, eis que, vinda apressada da furna, aparece ela, muito animada e com os olhos brilhantes. Era só uma passagem, uma breve passagem pela Casa dos Degraus, para ver a mãe. Passagem mesmo ligeirinha, precisava voltar correndo para a furna, muitas maravilhas estavam por acontecer. O grande feiti..., chegou a dizer, mas se conteve a tempo e não respondeu às perguntas dele sobre o que seriam aquelas maravilhas. Nada, coisa de feiticeira como eu, disse ela, fazendo uma careta, tu não sabe que eu sou feiticeira como Don'Ana? Vou voar com a jarreteira do rei Salomão. E então riu como quisesse sublinhar que estava fazendo pilhéria, indagou maquinalmente se havia alguma novidade na casa e começou a despedir-se, precisava realmente ver a mãe.

— Tu ainda gostas de mim? — falou ele, assim que ela lhe voltou as costas, e ela parou e tornou a encará-lo.

— Gosto — respondeu ela, depois de um silêncio prolongado.

Ele a abraçou, beijou-lhe todo o rosto, pôs-lhe as mãos nos ombros, afastou-a um pouco sem soltá-la e lhe perguntou, olhando-a nos olhos de forma quase demente, se, casando com ele, ela consentiria em dizer as benditas palavras. Ela ficou em silêncio prolongado outra vez, para finalmente dizer que estranhava que ele quisesse casar com ela, pois nunca lhe dissera ou dera a entender que queria casar com ele nem com ninguém. Gostar dele não significava casar com ele. E, mesmo que — não sabia como, mas, enfim, tudo era possível — viesse a casar, não diria as palavras. Se queria estar com ela, viesse com ela lá para dentro, estava disposta a demorar mais um pouco, porque gostava dele. Mas não queria casamento, não queria mancebia, não queria casa de presente, não queria nada. Da mesma maneira que não queria e não iria dizer as palavras.

E nesse pé melancólico andavam as coisas, já nada mais interessava, já a própria vida carecia de propósito. Balduíno muito se comiserou com seu amigo, atiçou-lhe a esperança e de novo exaltou sua poção. Que Iô Pepeu tomasse a poção e bebesse um pouco, para ver se tirava aquele medo, sim, aquilo não passava de medo besta, tudo ia dar certo. A não ser, claro, que de fato Crescência não voltasse mais da furna. Não perguntou nada a Iô Pepeu, pois, para este, seu repetido inventário de tribulações era tudo o que interessava. Mas, enquanto conservava o ar de condoída atenção à fala do amigo, não pôde deixar de começar a remoer na cabeça quais seriam as maravilhas de que falara Crescência. E o grande feitiço, sem dúvida era o que ela ia dizer, Iô Pepeu só não pensara nisso porque estava encegueirado por ela e, consequentemente, abestalhado. Que seria esse grande feitiço? Balduíno se levantou para pegar mais aguardente e se lembrou que ele havia muito também notava uns mistérios na amizade de Capitão Cavalo, a Degredada, Hans e agora, segundo parecia, Crescência. Maravilhas? O grande feitiço? Balduíno, subitamente meio inquieto, teve uma sucessão atabalhoada de pressentimentos, que não entendeu direito.

XXXV

A singular construção, no cimo do pico que se alça da cratera do monte da Pedra Preta, pareceu outra vez aflorar de repente, diante de Capitão Cavalo, Hans, a Degredada e Crescência. Já deviam estar acostumados a atravessar a mata cerrada em torno e topar com essa recém-completada figura de alvenaria, dominando a extensa clareira granitosa que coroava o monte, mas sempre seus corações palpitavam ao vê-la e palpitaram ainda mais fortemente, nessa noite de lua cheia em que, depois de tão longa espera e preparação tão laboriosa, Capitão Cavalo afinal ia cumprir o que determinara a si mesmo e entrar de corpo inteiro na bola misteriosa que aquelas paredes inexpugnáveis protegiam. A edificação tinha a forma de um cubo do tamanho de uma pequena casa e suas paredes de argamassa de baleia de quase dois palmos de espessura eram lisas, com exceção de uma fileira ordenada de abocaduras estreitas em sua parte superior, orientadas em diagonal descendente em relação ao solo, de forma que alguma ventilação e luz as penetravam, mas quem porventura conseguisse espiar através delas enxergaria somente um teto sem ornamentos ou mesmo qualquer espécie de lumeeira. Mas algo mais se destacava, em cada uma dessas paredes: um triângulo equilátero de cristais azuis embrechados, que cintilava quando recebia diretamente o brilho do sol e parecia sair dos seus próprios contornos. Fora a Degredada quem sugerira a aposição de um símbolo nas paredes e na cobertura, como um aviso de que elas encerravam algo muito fora do comum, que alguém que por acaso visse o cubo respeitasse, reverenciasse ou mesmo temesse.

Ninguém jamais subia ao topo do monte da Pedra Preta, pois não crescia nada em suas rochas custosas de pisar, de bicho só se via um lagarto ou outro tomando sol e, além disso, contavam os antigos e aprendiam os mais novos que ali era lugar enfeitiçado e quem se aventurasse a entrar nele podia sofrer as consequências mais imprevisíveis. Talvez fosse por isso que Capitão Cavalo nunca tivesse ouvido falar no que lá descobrira por acaso, fazia já algum tempo. Resolvera um belo dia, por desfastio, subir o monte, que ficava bem dentro de suas terras. Quase caindo, enquanto trambolhava pelas pedras desordenadamente espalhadas sobre todo o platô, chegou mais ou menos a seu centro e viu que realmente era uma espécie de ilha empedrouçada, com mata fechada a suas bordas. Não havia de fato nada interessante naquela aridez silenciosa e ele se preparou para voltar, quando notou uma mureta baixa em torno de uma espécie de fosso, na verdade um precipício circular, como se o chão da chapada tivesse cedido e, dentro do monte da Pedra Preta, existisse outro, muito menos volumoso, embora da mesma altura, cujo sopé chegava tão fundo que não se podia enxergá-lo. E, também estranhamente, o cume do monte menor era coberto por uma touceira alta, em contraste com a total ausência de vegetação em redor. Não era possível, sem uma ponte de uns dez ou doze pés, atravessar o abismo até esse monte embutido, como também não era improvável que, surpreendidos por ele ao darem com os joelhos na mureta, alguns homens e bichos tivessem despencado daquelas alturas, para nunca mais serem vistos. Por que a touceira vicejava ali, em terreno aparentemente tão escalvado quanto o circundante? Quem haveria erguido aquela mureta, já que os índios não construíam com pedras, que queria dizer tudo aquilo? Durante todo esse tempo, ninguém havia atravessado até a touceira? Tudo bastante curioso, sim, mas existiam inúmeras outras coisas curiosas na ilha do Pavão, aquilo certamente não passava de mais uma de suas extravagâncias, que algum maluco talvez um dia quisesse explorar, do que, por sinal, ele duvidava muito, por não crer que houvesse por ali alguém com coragem suficiente para investigar um mistério de renome e aparência tão assustadores. A não ser ele mesmo, talvez, e passou mais alguns instantes dando voltas em torno da mureta e procurando vislumbrar alguma coisa na escuridão do despenhadeiro. É, talvez viesse a querer atravessar o abismo e desvendar o enigma da touceira, que, embora certamente tivesse uma explicação trivial, o incomodava um pouco, era como se suas terras fossem sua amante e lhe desagradasse a manutenção por ela de um segredo afinal intrigante. Não diria nada a ninguém por enquanto, iria sozinho à touceira, mesmo porque não queria que ninguém ficasse sabendo dela, até que descobrisse do que se tratava. Depois falaria com Hans e a Degredada, no caso de ser alguma coisa efetivamente digna de nota. Procurou a corda fina que sempre levava no bornal, apanhou uma pedra mais ou menos do tamanho de um punho, amarrou-a numa das pontas da corda e a jogou para o outro lado. Pronto, retesando a corda com cuidado, teria a medida aproximada da prancha que já havia decidido construir e com a qual chegaria à touceira. Passaria algum tempo, com a ajuda da mula Proveitosa, para levar o material morro acima, mas não havia pressa, aprontaria a prancha com calma, lá no topo.

E assim se deu que, no meio de uma manhã um tanto enevoada, a alguns passos da mureta que cercava o abismo, Capitão Cavalo pôs na vertical a prancha em que acabara de montar, afastou-se um pouco e a mirou com satisfação. Nem Onofre, seu mestre-marceneiro, faria melhor. Havia incluído todos os pormenores para torná-la segura, até mesmo vários ganchos de ferro sob cada uma das extremidades. Brandindo um marrão para abrir na mureta uma espécie de ameia ao contrário, criou espaço suficiente para a largura da prancha e, com ela levantada, não foi difícil fazê-la cair na posição ideal, baqueando do outro lado com um barulho inesperadamente abafado. Já estivera sem tremer em tantas situações tenebrosas e desesperadas, por que respirava com rapidez, o pescoço latejava e sentia o corpo enrijar-se e esfriar, apesar do calor na testa? Tolice, resolveu, e pôs o pé direito na prancha para palmilhar até a touceira, lugar onde depois, embora ainda não soubesse, ergueria o grande cubo.

Imaginava que teria de lutar contra arbustos densos e resistentes e necessitaria usar o podão, mas, assim que afastou os caules de algumas das plantas, viu que elas apenas compunham uma frágil cerca circular e fácil de transpor, em torno de nada, a não ser o mesmo chão de pedra que lá fora. Ou melhor, em torno de nada, não, porque, já dentro do anel de mato, notou com susto uma esfera flutuando no ar, apesar de ser dificultoso fixar a vista nela, pois desaparecia volta e meia, a qualquer movimento do rosto ou dos olhos dele. Outras vezes, era bem visível, estática e silenciosa, sem nada que a apoiasse ou suspendesse. De que seria feita, que aconteceria se fosse empurrada, ou mesmo tocada? Chegando o rosto próximo dela, achando-a etérea e transparente e, ao mesmo tempo, sólida e opaca, estendeu vagarosamente o braço e tentou apalpá-la. Mas sua mão não encontrou nenhuma superfície sensível ao tato. Aumentou a pressão e o antebraço desapareceu dentro dela. Estava ali, como se enfiado dentro de uma tina de água, mas também não estava. Apressadamente, retirou o braço, embora não houvesse sentido nem dor nem incômodo, apenas a impressão de que ele tinha ido embora. Não tinha, estava inteiro como entrara, e lá continuava o pequeno globo, com a mesma aparência incompreensível. Seria possível, certamente, gatear através dele de corpo inteiro, mas algum viajante, por mais ousado, ousaria fazer isso? Capitão Cavalo deu dois passos para trás e olhou novamente para a esfera, desta vez com a sensação incontestável de que ela levava a algum outro lado, algum outro lado que desconhecia e, ao mesmo tempo, lhe era desusado. Ele via e não via uma paisagem nesse outro lado, paisagem que lhe era familiar e não era, como se vislumbrasse um mundo igual ao seu, mas também diferente. Não, não entraria ali sozinho naquelas circunstâncias, sem que pelo menos alguém de confiança estivesse presente, era demais para qualquer um. E foi nessa hora em que se afastou da esfera, transpôs outra vez a cerca de mato, cruzou a prancha de volta, escondeu-a num pequeno brechão que já havia escolhido antes e resolveu que tinha que falar com Hans e a Degredada sobre tudo aquilo. Continuava certo de que encontraria coragem para entrar na esfera, mas era indispensável falar com eles, até porque sem dúvida o ajudariam a compreender o mistério.

Na primeira vez em que passaram juntos até a touceira, Hans quis entrar na esfera e só a muito custo foi demovido. Mas conseguiu que lhe permitissem enfiar o braço e depois passou muito tempo examinando-a por todos os lados.

— É mesmo como me contaste — disse a Capitão Cavalo. — Quando se olha de certo jeito, parece que se vê alguma coisa do outro lado. Vê-se, vê-se. É como se houvesse um outro mundo do lado de lá.

Era, sim, como repetidamente verificaram todos. Hans insistiu outra vez que o deixassem atravessar, o máximo que poderia acontecer era ele ir bater nesse outro mundo e talvez ficar por lá. Já experimentara tanta coisa na vida, já estivera em tanta parte, nada lhe fazia mais medo. Mas os outros argumentaram que seria precipitação. Afinal, aquilo podia fazer parte dos segredos que tanto buscavam e tanto discutiam. Que Hans lembrasse o muito que lhes tinha falado sobre os antigos filósofos, principalmente sobre aquele que dizia que algo que é ou foi jamais poderia deixar de ter sido e, portanto, continuava sempre a ser. O tempo podia existir, embora ninguém de fato soubesse defini-lo, mas aquilo podia ser a toca do tempo, o lugar em que tudo o que foi é e sempre será. Portanto, não deviam tratar aquele achado como algo trivial, não estaria ali um segredo básico, cujo significado ou utilidade poderia para sempre perder-se, se caísse nos ouvidos errados? Além disso, o autor da descoberta havia sido Capitão Cavalo, que não tinha mais o que o prendesse a este mundo, ao contrário de Hans, com suas mulheres e filhos e ao contrário da Degredada, que tanto serviço prestava aos que a buscavam e com ela aprendiam ou se beneficiavam. Hans ainda tentou contestá-los, mas lembrou-se do experimento que inexplicavelmente lhe ocorrera fazer. Enfiara o braço na esfera com os dedos fechados e, lá dentro, os abriu. Quando retirou a mão, procurou manter os dedos abertos, mas eles estavam fechados, da forma como haviam entrado e, durante alguns momentos, abriram-se e fecharam-se a intervalos curtos, como se possuíssem vontade própria. Talvez os outros estivessem mesmo com a razão, talvez ali fosse de fato a toca do tempo, embora não lhe ocorresse como isso sucedesse. Passava-se outro tempo, do outro lado da esfera, não se passava tempo algum, passava-se qualquer tempo, passava-se um tempo diferente para quem estava fora dela, passava-se todo tipo de tempo jamais decorrido, existiam um ou vários outros universos do outro lado, mas, sim, não havia por que negar que talvez estivesse ali a toca do tempo, ou uma de suas muitas tocas, sabiam-se lá quantas no cosmo.

Depois de muita discussão a partir desse dia, terminaram por chegar à ideia da construção do cubo, concebido por eles mesmos e por eles mesmos construído, com a ajuda de Crescência, a quem Hans, em acordo com os outros, decidira revelar o segredo, pois, sendo ela jovem, de confiança e capaz de ter filhos, desempenharia, se fosse necessário, o papel de herdeira, guardiã e transmissora do que descobrissem, numa espécie de dinastia já frequentando a mente de todos, que passaram a delirar em conjunto ou sozinhos, andando a esmo pelos matos, apertando a cabeça entre as mãos espalmadas. E assim, nessa noite de lua cheia, manobraram entre os trilhos, contrapesos, roldanas e segredos de abertura para descerrar a entrada oculta do cubo e chegar outra vez, com as touceiras já mirradas pela falta de água e luz, diante da esfera, à frente da qual Capitão Cavalo se postou quase de quatro, pediu-lhes mais uma vez que o esperassem tanto quanto pudessem e entrou como quem mergulha numa onda do mar.

XXXVI

Quem ignora o que se dá nas coxias do poder e da alta política, como acontece desde sempre com a maior parte das gentes, quase nada, ou mesmo nada, perceberia das transformações subterrâneas por que passa a vila de São João, depois que o cesarismo do mestre de campo Borges Lustosa, antes tão injustamente descurado até por ele mesmo, iniciou sua marcha avassaladora. Enquanto prosseguia a rotina cotidiana dos habitantes, entre comentários pretensamente abalizados de todos os que tinham uma roda de ouvintes ou um confidente a escutá-los, a realidade, obra dos verdadeiros condutores de povos sob as bênçãos de Deus, enveredava pelo seu caminho inexorável. E como enveredava, com uma celeridade que as previsões mais otimistas não teriam ousado sugerir! Que talento se escondia sob a modéstia lacônica de Borges Lustosa, talento grandioso que já se havia tanto esmaecido, soterrado pela inveja, a má fortuna e o desprendimento dos verdadeiramente eminentes, ante seus medíocres, napeiros e vesgos coetâneos, mas agora relembrado em devaneios sobre a infância e sobre os sonhos nobres da adolescência. Não tinham sido somente sonhos, mas a antevisão de um futuro que agora, como se se abrisse uma cortina para o horizonte, mostravam-se em todo o seu esplendor. Eram seu destino, eram seu fado, que as desilusões de vida o haviam levado a olvidar, mas Deus o esperara, como esperara Saulo na estrada de Damasco. *In hoc signo vincis,* e o mestre de campo Borges Lustosa se persignou, enquanto tomava o banho de sábado, na tina que era uma das peças mais orgulhosas de seu mobiliário, com dizeres ingleses em azul pálido gravados no ferro laqueado, os quais não compreendia, nem ele nem ninguém, e, por isso mesmo, ela valia mais que a maioria dos seus honestamente parcos bens terrenos.

Fulminante? Talvez sim, apesar de a palavra lhe trazer fogachos de modéstia ao torso. Temia, embora com a força interior dos que estão genuinamente imbuídos de uma missão transcendente e, portanto, acima de preocupações no fundo comezinhas, o pecado da soberba. Mas não havia como distorcer a verdade e a verdade era que poucos teriam sido registrados pela História como autores solitários de urdiduras políticas tão hábeis e versutas como as que ele havia protagonizado nos últimos dias. O secretário Manuel Faveiro, espicaçado pelas próprias ambições e estimulado pelo que com ele podia fazer a Mesa Visitadora, já substituía interinamente, na intendência, o renunciatário Felipe de Melo Furtado, por sinal, muito mais acessível às mudanças do que se imaginara antes. O mestre de campo, antes de falar com ele, se munira de todas as cautelas possíveis, desde decorar frases de contundência histórica e ameaças semiveladas em palavreado elegante, até preparar-se para enfrentar um ataque de apoplexia, ocorrência cada cada vez mais assídua na vida do intendente. Não era bom que ele desaparecesse àquela altura dos acontecimentos, poderia atrapalhar o andamento do golpe. Mas o que se viu na hora, para surpresa talvez até de si mesmo, foi seu contentamento e sua grande alegria, ao saber que estava livre das investigações do Santo Ofício e ainda seria agraciado, na ordem vindoura, com o título de Visconde da Penha, justa homenagem às terras em que nascera e de que ainda era proprietário. O mesmo se deu com Dona Felicidade, que, com o sorriso contido, empalideceu, enrubesceu, empalideceu e enrubesceu em curtos intervalos, para depois ocultar o rosto por trás do leque, quando o marido lhe deu as novas. Também ela estava livre de acusações despeitadas e aliviada das suspeitas que lhe vinham infernando o coração.

Chegará até a ser impossível de crer que, após mais um dia de intensivas negociações, o mestre de campo pudesse, insone e exaltado a ponto de recear que o peito estourasse, ver que tudo, absolutamente tudo, dera certo, até mesmo o aplacamento dos receios expressos por Balduíno Galo Mau, ao sentir que algo estava mudando, embora não pudesse provar nada. Esperto como ele era, o maldito índio não podia fazer nada, porque não tinha de onde partir. Como podia ele temer que algo lhe acontecesse, quando partilhava de tal forma da intimidade de padre Tertuliano com o mestre de campo, havendo-se também garantido com o auxílio de um amigo? Dinheiro não perdera, porque a maior parte dos indiciados já tinha pago o que tinha a pagar, havendo ele recebido seus dízimos infalivelmente. E, além de tudo, continuaria com suas funções de despachador, com ainda maiores poderes do que então, porque seria, depois das mudanças, uma espécie de Despachadoria-Mor. É, pois sim, ele que esperasse tudo isso de lá dos seus deuses e feitiços, pensou Borges Lustosa, com um sorriso que lhe entortou maldosamente os bigodes, porque seu destino já estava traçado e não se passaria muito antes que fosse eliminado — e, melhor que tudo, sem que, nem de longe, se pudesse atribuir a responsabilidade ao mestre de campo.

E, assim, tudo tinha corrido da melhor forma esperável. Domitilo e Cosme estavam calados e a própria vergonha se encarregava de mantê-los dessa forma. Mestre Joaquim Moniz Andrade, futuro Barão do Carmo, respirava como havia muito tempo não conseguia, por poder de novo dormir em relativa paz e se prometia, embora no fundo não cresse, que jamais outra vez nessa coisa de fustigações e traseiros encerejados a palmatória ou cipoadas. Assim como prometia a si mesma, embora no fundo não cresse, Dona Joana Maria, santa esposa do mestre de letras, deixar de lado os favorecimentos do negro Serafim. O seminarista João Manuel Taborda, de onanista esquálido e exoftálmico, passara a latagão rubicundo, com as mulheres que Balduíno pusera à sua disposição e a mesa que, às custas deste, Mirinha Vesga lhe prodigalizava, e não queria nem ouvir falar em mudar de vida, desocupado e folgado de dinheiro. Padre Tertuliano já se sentia um verdadeiro papa e continuava cada vez mais a submeter-se às ordens do mestre de campo, batina levantada ou não. Padre Virgílio, padre Boanerges, as ursulinas — todos os que importavam alguma coisa na vila, enfim —, já haviam sido vencidos pela retórica suave, porém peremptoriamente suasória, do mestre de campo.

Até mesmo as vilas de Nossa Senhora da Praia do Branco, Xangó Seco de São José e Bom Jesus do Outeirão, para grande espanto seu, estavam a seu lado, se bem que não de maneira homogênea, pois que rivalidades regionais são inevitáveis, mas o sentimento geral era de que se desejava a volta da velha ordem e dos costumes decentes e cristãos. Já podia citar, assim só de cabeça, a Irmandade pelo Bem do Catolicismo da Praia do Branco, o Grêmio Xangoano pela Coroa, o Sodalício de Xangó pela Verdadeira Cristandade, o Outeirão pela Verdadeira Liberdade e mais dúzias de organizações que se formaram em apoio a sua causa sagrada, bem certo que desunidas pelos seus cabecilhas e respectivos asseclas, mas unidas em nome da causa comum. Não havia por que preocupar-se com isso agora, existiam questões mais fundamentais — e o mestre de campo ajoelhou-se contrito, para agradecer aos céus por tanto o terem iluminado. Claro, claro, claro, não existia nada mais claro do que a propriedade de sua iniciativa em procurar Jorge Diogo — Jorge Diogo, não, D. Afonso Jorge, pelo menos por enquanto — para com ele firmar uma aliança de conveniência. Capitão Cavalo, por tudo o que havia demonstrado em sua conduta, não interferiria. Talvez ainda viesse a querer interferir, mas aí já seria demasiadamente tarde. O máximo que podia acontecer era ele ficar em suas terras, ensimesmado como sempre, enquanto a vila e toda a ilha mudariam. Ver-se-ia depois, ver-se-ia depois. Por enquanto, isso não lhe trazia cuidados — e o mestre de campo, com a mão no baixo-ventre, riu rancorosamente, ao lembrar-se do dia em que Capitão Cavalo, diante de Balduíno e de seus pares, o humilhara daquela forma imperdoável, na casa de sua fazenda.

Riu mais, riu tanto que quase não conseguiu fazer o que havia pretendido desde cedo, ou seja, reler a mensagem que lhe fora enviada, havia dois dias, por D. Afonso Jorge. Sim, o negro louco tinha concordado em recebê-lo, faria tudo entre honrarias, porque sentia que estariam forjando um acordo que repercutiria em todos os cantos do Universo. "Nossa Majestade faz-vos saber que vos receberá, a vós e a todos os que quiser trazer convosco, no dia em que, por este arauto e mensageiro que esta carta real vos porta, vos for de bom alvitre. Etc., etc. Etc., etc. Generosamente, D. Afonso Jorge II, R."

É amanhã, pensou o mestre de campo, já havia tomado todas as providências para a viagem, que faria na companhia exclusiva de seu ajudante, Josué Caldeira, que no entanto não sabia nem se atrevia, como, aliás, nenhuma outra pessoa, a perguntar sobre o objetivo da viagem. É amanhã e, a partir de amanhã, todo o mundo será diverso. E novamente o mestre de campo teve um acesso de riso que o deixou de mãos na barriga, tossindo, com a cabeça esticada para fora da janela do salão.

XXXVII

Incapazes de prever o que poderia acontecer, Hans, a Degredada e Crescência partilharam do mesmo calafrio, quando Capitão Cavalo, um pouco pálido, mas sorrindo com espontaneidade, despediu-se deles, pedindo que esperassem pelo menos uma hora, pelo relógio que Hans havia levado para o cume do Pedra Preta. Antes disso, não fizessem nada, apenas aguardassem que ele voltasse, como esperava.

— Um pequeno adeus — disse ele, antes de curvar-se, esticar os braços e mergulhar na esfera. — Sei que em breve estarei de volta. Não me perguntem, porque eu próprio não sei explicar, mas logo estarei de volta e peço que tenhais confiança e penseis da mesma forma.

A lua cheia clareava cada vez mais as terras do Recôncavo, fazia rebrilhar a maré vaza nas coroas de Itaparica e todas as praias circundantes à vasta baía, apagava os piscos das estrelas em favor de seu próprio esplendor e se tornava uma espécie de alvorada translúcida, mas, algum tempo depois que Capitão Cavalo desapareceu dentro da esfera e Hans e Crescência deram as mãos instintivamente, tudo em torno se transformou em sombras penumbrosas e logo se materializou um vulto gigante, numa das bordas do monte. O pêndulo do relógio estacou secamente e, em redor da ilha, não havia mais nada, nem coroas, nem praias, nem sombras, nem lampejos de fogueiras e lamparinas e era como se o mar houvesse permanecido, como se a ilha tivesse saído de seu espaço e agora existisse sozinha no mundo. No mesmo instante, o vulto à beira do cume se iluminou, em todas as cores, um desmesurado pavão de cauda aberta, que ofuscava quem tentasse fitá-la de olhos inteiramente abertos. Seus raios entrelaçados se lançavam em todas as direções e se refletiam no mar picado abaixo das falésias. Crescência, a Degredada e Hans apenas conseguiram ficar boquiabertos, sem se mexer ou dizer nada diante daquela visão maravilhosa. E ainda continuavam imóveis, quando, já brilhando havia tanto tempo que parecia querer ser eterna, a cauda do pavão se apagou, tão inopinadamente quanto se acendera. Voltaram a penumbra e as sombras, e Crescência finalmente conseguiu falar.

— Que foi isso?

— Não sei, não sei. Não sei! O relógio parou, esse relógio não para, é o melhor que já construí, encomendei as melhores peças, era para a casa de Capitão Cavalo. Não pode ter quebrado nada que o fizesse parar dessa maneira e agora recomeçar, foi como se uma mão tivesse segurado o pêndulo.

— É o feitiço, é o Grande Feitiço?

— Não sei se devo chamá-lo assim, nem costumo acreditar em feitiços, mas não posso negar o que vimos e o que vimos, de fato, se contado, eu também não acreditava, acredito porque vi.

E já resolvera se aproximar do pavão embora agora não o visse mais, quando subitamente a lua voltou, as praias voltaram a resplandecer e Crescência e ele viram-se outra vez de mãos dadas, como estavam, quando o pavão se acendera. De dentro da bola, sem que eles houvessem notado como, havia emergido Capitão Cavalo, os olhos excitados e a voz mais alta do que o normal.

— Vistes o pavão? O que foi aquilo? Onde está ele agora? Desapareceu também tudo em torno, como percebi?

Só a muito custo conseguiram aplacar seus comentários atropelados e concordar em que deveriam voltar e conversar calmamente sobre o assunto, na casa-grande de Sossego Manso. Fecharam o cubo, fizeram a descida de volta e logo se juntaram no gabinete de Capitão Cavalo, onde passariam dias a discutir o que havia acontecido. Como não conseguiam chegar a qualquer entendimento, voltaram várias vezes ao topo do Pedra Preta, revezaram-se em entrar na bola, entraram em pares e em trinca e os mesmos fenômenos sucediam. A penumbra, o pavão resplandecente, o relógio parando, lembranças impossíveis, o tempo se detendo e não se detendo. Por sugestão de Hans, Crescência voltou à vila para passar nela uma das noites em que algum dos outros estaria mergulhando outra vez na bola e tudo na Casa dos Degraus aconteceu como havia acontecido, o pavão reluzente e os relógios parando. Portanto, o tempo parava, quando o pavão acendia. E o pavão acendia quando algum deles entrava na bola. Mas o tempo não parava, talvez, durante a travessia do funil em que a bola se transformava, quando penetravam nela. E o povo via o pavão fulgurar, mas depois não se lembrava, só se lembrava de que, repentinamente, a lua sumira, tudo escurecera, a ilha parecera ser a única terra no meio do mar, para depois voltar tudo a como estava antes. Mas, dentro do cubo, os quatro parceiros lembravam como o pavão se acendera e apenas se admiravam de voltarem ao mesmo estado ou posição em que se encontravam antes da luz, na hora em que ele se apagava. Hans disse que sempre havia pensado sobre o tempo e, às vezes, fazendo cálculos para acertar a hora astronômica, se perguntara se ele realmente existia, se não era apenas o movimento dos seres. Que coisa seria o tempo? Mas era inegável que o tempo parava, pelo menos para os que estavam na ilha. E não só o tempo parava, como a ilha parecia mudar-se para algum ponto desconhecido, onde nem sequer a mesma lua se via, mas duas delas, em fases diferentes, que nunca deixavam de deslumbrá-los. Além disso, feitas muitas experiências, descobriram que o pavão se acendia quando saíam na outra ponta do funil, se apagava no momento em que reingressavam na esfera e desaparecia, ao chegarem de volta à entrada. Que aconteceria a um barco que estivesse lá fora nesses instantes? Que acontecia com o mundo em torno? Também nele o tempo parava, ou só parava na ilha? A ilha ficaria invisível para o exterior também? Algum outro tipo de tempo decorria, enquanto o tempo habitual era detido pelo pavão ruante? Não sabiam, não sabiam e, quanto mais pensavam, menos sabiam.

— Acho que não temos mais que remoer sucedidos cujas razões e figuras não conseguimos perceber — disse Capitão Cavalo, levantando-se depois que Hans, semidelirante, falara interminavelmente sobre se o tempo podia ir e vir, sobre se, com o tempo, ou parte dele, parado, vários futuros entre os infinitamente possíveis estariam de certa forma a desenrolar--se, sobre se, nesse caso, poderia ser descoberta uma maneira de escolher o futuro, ai, ai, fazia Hans, apertando os lados da cabeça. Pois, se se podia parar o tempo, não se podia também levá-lo para trás ou para a frente? E, por que, com o tempo parado, o mundo comum desaparecia? Por que...

— Precisamos pensar mais, precisamos pensar mais! — gritou, dando um tapa exasperado na mesa.

— Tens razão, mas agora está a ver-se de bem pouco tem adiantado. Tudo o que sabemos, e mesmo assim duvidosamente, é o que vimos e experimentamos. Creio que o entendimento, se um dia vier, mesmo assim virá aos poucos. Sabemos que descobrimos a toca do tempo e já nos deve satisfazer por enquanto, não se pode chegar a tudo de uma só vez. E nos deve satisfazer ainda mais pois vejo nela e seu bom uso aquilo que sempre buscamos.

Agora que podiam parar o tempo e sair do mundo, certamente conseguiriam na ilha tudo o que sempre almejaram, ou seja, mantê-la cada vez mais livre e livres seus habitantes, sem que tivessem sempre, apesar de protegidos pela Natureza, de temer que o mundo os alcançasse e lhes tirasse tudo o que tinham ganho e continuavam a ganhar, apesar de gente como o mestre de campo, que, conluiado com a Mesa Visitadora e conspiradores em toda a ilha, estava arregimentando forças para restabelecer a velha ordem de coisas nas vilas, até porque sabia que Capitão Cavalo se recusava a meter-se em questões que considerava dependentes da vontade dos envolvidos, ou seja, para ele a maior parte das coisas da vida.

Como já tinha dito, com a concordância de todos, eram guardiães daquele achado portentoso. Dominavam o segredo da toca do tempo, deteriam sua marcha e desapareceriam do mundo sempre que a ilha fosse ameaçada em seu destino independente e sempre mais libertário, apesar do quilombo e de Borges Lustosa, padre Tertuliano e seus seguidores. Não era dominação, era apenas uma arma contra um futuro indesejável. Parava-se o tempo, abria-se caminho para um novo futuro que, mesmo que não pudesse ser escolhido por eles, seria diverso do que o precederia. Ou depois, se descobrissem, como achava Hans, que poderiam viajar no tempo, levavam a ilha ao tempo que quisessem, para que de lá prosseguisse, em direção a futuro mais propício. E deviam achar herdeiros para aqueles deveres secretos, pois a Degredada não tinha filhos, o filho dele não estava seguro dos filhos que tinha, os filhos de Hans eram inocentes demais para cuidar daquilo e talvez coubesse a Crescência pensar em gerar aquela que seria a continuação de uma espécie de dinastia, de gente disposta a abdicar de si, pois poderia, ao ocasionar a troca de futuros, calhar um que lhe fosse adverso, gente que tivesse uma real lealdade para com os ideais em que todos eles comungavam. Sem nem procurar razão para isso, Crescência adivinhou que Capitão Cavalo gostaria de que ela tivesse filhos com Iô Pepeu e sentiu um arrepio.

XXXVIII

Pois nem as décadas de Tito Lívio, nem a guerra de Tucídides, nem os anais de Tácito, nem os discursos filipíacos ou catilinários, nem as histórias morais de Suetônio sobre homens a cujo porte Borges Lustosa se comparava, nem as vidas dos varões de Plutarco, nem textuários ou vade-mécuns de todos os santos e doutores da Igreja, bem como os sábios filósofos da pagã Grécia antiga, hoje, por não batizados, confinados ao limbo, condição, segundo se sabe, bem inferior à celestial, porém mais que reconfortante — nada disso lhe valia agora. O mestre de campo, ataviado como nunca antes se espenejara, de pé na sala do trono, aguardando a chegada de D. Afonso Jorge II, para a audiência que laboriosamente haviam acertado, pensava na vida, nos feitos e não feitos, no que se achava poder fazer e não se podia. Como, por exemplo, esses ensinamentos cuja procedência conhecia, mas cujo conteúdo desconhecia, eis que, se aproveitando da surdez, semicegueira e entrevação de seu bom preceptor, frei José João, não lia nem copiava o que o mestre mandava, mas limitava-se a berrar-lhe trechos decorados ao pé do ouvido e mostrar-lhe garranchos nos cadernos, no que obtinha louvores e grandes felicitações. Que lhe aconselhava Tácito, em transe como o que vivia? *Deos fortioribus adesse.* Muito bem, os deuses estavam ao lado dos fortes, citação que fazia o bom frade José João arengar ininteligivelmente, entre cenhos franzidos e risadinhas a intervalos abruptos, mas que de nada lhe servia, porque forte se julgava, mas tantos revezes o desencorajavam. Que ensinava Tito Lívio? *Potius sero quam numquam.* Muito bem, antes tarde do que nunca; agora podia ser tarde, mas não era nunca. O que fazer, como fazer, os exemplos precedentes, isso, sim, era o que lhe importava nesse instante e se arrependia de não ter seguido a orientação do velho e feito suas obrigações. Mas agora era, sim, tarde demais e não podia perder tempo com arrependimentos. Tampouco muitos grandes comandantes que vieram antes dele haviam estudado o que não estudara, notadamente os antigos, que nem ler sabiam.

Mas, na verdade, nada havia a temer, pois tudo estava nas mãos de Deus e de seus eleitos. Não fora seu gênio político, posto à prova dia após dia, noite após noite, a cada triquete, já teria desistido de levar sua terra à salvação. Se não fora a disciplina militar, que o mantivera, apesar da dor nas costas, da barriga sobrecabada e dos joelhos em que já se não podia muito confiar, apto a qualquer grande esforço ou mesmo refrega corporal, teria abandonado a causa. Ingratidão, deslealdade, ambição descomedida, mentiras, juramentos falsos, punhaladas nas costas, tudo isso o defrontara e continuava a defrontar. O canalha do Tomé Santos Ferrão, intendente de Xangó Seco, assim como outros, com diversas intenções, decidira que ele próprio, aproveitando-se das ideias do mestre de campo, seria duque de São João. Constituiu a Aliança Pavonina Conservadora e já obtivera aliados de importância, não só em Xangó Seco, na Praia do Branco e no Outeirão como — pasme-se — na própria vila de São João, onde o índio continuava a mandar e desmandar e nem sequer o intendente interino, o anteriormente leal Manuel Faveiro, parecia agora merecer confiança, com os ares dúbios que volta e meia exibia. A União Conservadora Assivissojoemapaense, criada pelo mestre de campo em resposta à desfaçatez de Tomé Ferrão, tinha importantes aliados e a Mesa Visitadora a seu favor, mas urgia dar um passo adiante do inimigo, pegá-lo de surpresa, numa manobra astuta e inesperada.

Era por isso que estava ali, para uma audiência reservada com o tarouco do Jorge Diogo, aliás Sua Majestade D. Afonso Jorge II, que o fazia, como mandava seu cerimonial, esperar tanto quanto lhe desse na veneta. Bastante tempo, enquanto o mestre de campo, ladeado pelo mordomo e outros dignitários da corte, mudava de pé de apoio a cada momento, alisando a bainha do chanfalho. Não tivera dificuldade em conseguir a audiência, tivera, de fato, muita facilidade. Sua Majestade havia respondido a seu recado com lhaneza e magnanimidade — era muito bem-vindo, Mani Banto orgulhava-se de visita tão ilustre. Apesar disso, Borges Lustosa, sabedor da reputação real, rezava para que o negro lunático não o destratasse, ou muito menos tivesse um de seus muito comentados acessos de cólera, ainda mais que estava sozinho, pois a única exigência feita fora a de que viesse sem escolta, se bem que de pouco adiantasse uma escolta naquele lugar. Sim, esperava que não viesse Sua Majestade, como já lhe tinham contado que havia acontecido amiúde, resolver de repente entregá-lo à Irmandade de São Lourenço, sabia-se lá, louvado seja Deus, para sempre seja louvado.

Não, não, isso não aconteceria, era claro, e Borges Lustosa ainda buscava aplacar seus receios, quando D. Afonso Jorge foi anunciado e, depois de acenar amistosamente, sentou-se no trono. Estava muito afável, muito bem-disposto e, depois de indagar com um sorriso como passara o mestre de campo, começou um monólogo jocoso a respeito das vicissitudes do poder. Achavam todos que os monarcas levavam vidas despreocupadas e felizes, tendo e fazendo tudo o que desejavam. Nem dor sentiam, nem de sono precisavam, nem de verdadeiros amigos e mulheres sinceras necessitavam. Mas não é bem assim, Excelência, os monarcas, na verdade, assemelham-se mais a escravos. Escravos cercados de pompa, luxo, bajulação e mentiras interesseiras, mas escravos. Ai — filosofou —, pudéramos nós livrar-nos desta cruz, mas o nosso dever é não enjeitar aquilo que é imposto pela vontade divina, pois, como se sabe, é Deus quem escolhe os verdadeiros governantes e é através destes que Sua vontade consegue, ainda que debilitada pela humana fraqueza, lograr algumas vitórias sobre a insensatez dos súditos. Se pudesse — ai, se pudesse! —, abdicaria, porém seus filhos eram ainda muito jovens, além de cada um se achar herdeiro presuntivo. Sabia como esse problema era grave, tendo sido resolvido, em seu caso, pela mão do destino, pois também tinha tido irmãos, quiçá muito mais habilitados para reinar do que ele, mas ceifados por acidentes letais, o que parecia ser até uma maldição em sua dinastia. Mas, assim que um desses filhos tivesse condições de empunhar aquele tão sofrido cetro, ele abandonaria o fardo ingrato, para viver a vida simples de seus ancestrais primevos, como sempre almejara.

Então ordenou que todos saíssem e o deixassem a sós com o mestre de campo, a quem ofereceu a grande cadeira ao lado do trono. Era a que usava para as mais importantes audiências de Estado, pouca gente houvera tido o privilégio de sentar-se nela. E aí, com a mão no queixo e em inusitado silêncio quase imóvel, ouviu o que, por vezes arrebatado, notadamente quando mencionava o índio Balduíno Galo Mau, cuja eliminação se fazia indispensável para a paz futura, o mestre de campo lhe narrou a situação, concluindo que, por partilharem os mesmos pontos de vista, ou seja, os da cristandade e do reino de Portugal, deviam firmar um pacto, uma sólida aliança, destinada a combater inimigos dispersos, como a negralhada libertina, a mulatada desavergonhada, a indiada que se achava gente, os comerciantes e artesãos liberais, as mulheres da vida e, enfim, tudo o que levava à ruína a ilha do Pavão. Seria ele o duque da ilha, o padre Tertuliano o grão-bispo e o rei do quilombo marquês, além de preservar sua realeza como Mani Banto, em seus domínios. O custo talvez envolvesse uma guerra, mas contava com o poderio bélico do grande povo do Mani Banto, para esmagar conjuntamente o inimigo, ainda mais se os atacassem sem aviso, de supetão, como era seu presente alvitre.

— Aaaai! — gritou o rei, diante dos olhos e ouvidos estupefatos do mestre de campo. — Aaaai! Por que, Senhor Deus, jogais sobre nossos ombros tamanha canga, tal peso fatal a carguejar, tantos encargos de que quase não podemos desincumbir-nos? Não diremos que afasteis de nós esse cálice, pois acima de tudo somos Vosso servo no mundo. Mas por quê, por quê? Teremos mesmo a grandeza que me atribuís?

Logo o mestre de campo compreendeu a razão do desabafo real. Naturalmente o sr. dr. comandante marechal almirante, futuro duque de São João, estava sendo chistoso, quando falara na hipótese de Sua Majestade aceitar uma posição subalterna em qualquer governo da ilha. Ou, para melhor pensar, estava subestimando o senso de devoção à causa da justiça, da verdade, da moralidade e da cristandade que sempre animara *ab imo pectore,* o espírito de Sua Majestade. Não havia empresa, por mais espinhosa, que o desviasse do seu dever, imposição, como já dissera, não humana, mas divina. Aceitava, sim, ser rei da ilha, com o ducado do mestre de campo assegurado, o grão-bispado de padre Tertuliano idem, a eliminação do índio nefando uma questão de honra, enfim, tudo mais que propusera o mestre de campo. Estava pronto para tudo, bastava uma palavra do visitante e subsequente juramento de fidelidade a Sua Majestade, para que tudo ficasse acertado.

Muito vermelho, o mestre de campo ficou cheio de dedos por não saber como dar a fundamental resposta negativa aos desejos de D. Afonso Jorge. Acabou balbuciando algumas palavras, ia pensar, mandaria uma resposta em breve, não se tratava de algo simples, a resolver sem uma consulta a todos os aliados.

— Pois muito bem! Pois que penseis. Pois que consultai-os. Sabemos esperar — disse Sua Majestade.

Talvez até soubesse mesmo esperar, mas desta feita só esperava por interesse. O mestre de campo, agora em sua mula, chouteando pela picada afora, não sabia direito o que pensar daquela proposta esdrúxula, mas estava decidido a não aceitá-la. Arregimentaria mais aliados, ignoraria o quilombo, ele que fizesse lá o que quisesse, continuaria tão desimportante quanto antes. Sim, tomara um susto, mas não havia motivo para desespero e deu até um suspiro de alívio, criara um problema onde não havia e livrara-se dele com facilidade. Mas não daria tal suspiro se não ignorasse que, antes dele, Tomé Ferrão já procurara D. Afonso Jorge e lhe assegurava a condição de rei da ilha, contanto que ficasse com o ducado e a administração, o que fora prontamente aceito. Além disso, o pérfido Ferrão já tinha ideado pormenorizados planos de campanha. Auxiliado pela árdega cavalaria do rei e pelos seus temíveis lanceiros, tomaria primeiro sua própria Xangó Seco, onde talvez nem houvesse resistência alguma, tamanha a satisfação de todos em ver um homem da terra mostrar a São João que ela não era tudo isso a que se arrogava. Depois a Praia do Branco de surpresa, igualmente o Outeirão e, finalmente, num movimento de pinças, o cerco a São João e o esmagamento das pretensões de Borges Lustosa e talvez seu enforcamento, por constituir um permanente perigo contra a ordem pública. E assim, sentindo a bunda arder em sua sela redomona, o mestre de campo não podia imaginar que o rei esperaria, sim, mas não mais que quatro ou cinco dias, nem podia ver o sorriso viperino que agora se estampava no rosto de Sua Majestade.

XXXIX

Quando Balduíno chegou de repente ao Sossego Manso, querendo falar quanto antes com Capitão Cavalo, Crescência se lembrou do dia em que voltara à Casa dos Degraus, para ver se alguma coisa acontecia mesmo no resto da ilha, na hora em que o pavão se acendia. Acontecia, sim, o tempo parava ou andava diferente, mas não foi isso que a deixou nervosa, ao ver Balduíno. No encontro breve que tivera com Iô Pepeu, naquele dia, ele de início se mostrou alegre e sorridente, para logo assumir ares soturnos e desaparecer das vistas dela. Chegara a falar de novo em casamento, chegara mesmo a pegá-la pelo braço como se quisesse levá-la ao quarto, mas deve ter havido algum estalo em sua cabeça, porque recolheu as mãos, cruzou-as nas costas e disse que ia pescar. Ia pescar, ia pescar. Pensava que queria estar com ela mais uma vez, pensava em experimentar novamente uma coisa que já antes experimentara sem resultado, mas agora, pensando bem, não queria mais isso, ia pescar, não ia passar por mais nada do que passara na companhia dela, preferia a companhia dos peixes, que não feria tanto, gostava muito dela, mas estava preferindo a companhia dos peixes. Por que, perguntou-se ela, naquela hora, não tinha dito o que lhe tinha vindo à mente, ou seja, que pronunciaria a frase que tanto fazia falta? Não sabia, mas a intenção de falar ficou presa na garganta. Seria por que gostava dele tanto agora que se dispunha a fazer o que sempre recusara e ainda resistia, talvez só por capricho? Ou seria só porque, depois das palavras de Capitão Cavalo sobre a toca do tempo, ela queria ter filhos de confiança para cuidar da toca no futuro? E, afinal, haveria realmente diferença entre uma coisa e outra, considerando que não mentia, quando confessava gostar dele?

Balduíno, que, embora meio cético e apressado, havia prometido até a si mesmo trocar umas palavras com ela sobre Iô Pepeu, não tinha vindo para conversar sobre esse assunto. Mas, como foi ela a primeira pessoa que viu, na soleira da varanda da casa-grande, conteve a afobação que o agitava e se deteve um instante.

— Tu muito má com Iô Pepeu — falou. — Tu bem que devia casar com ele, não custa nada fazer o que quer, é pura maravadeza. Tu boba.

Ela não respondeu, até porque Balduíno, depois de perguntar aereamente se Capitão Cavalo estava em casa e entrar sem esperar esclarecimentos, encontrou a Degredada, Hans e Capitão Cavalo sentados a conversar. Ah, dá licença desculpassem índio, mas índio tinha de contar a eles o que estava sucedendo, o pandilheiro do Borges Lustosa estava armando qualquer coisa contra todos eles, estava com certeza tramando mandá-los para o inferno, sendo que, no caso do índio, literalmente, tinha certeza. Os outros o ouviram com atenção. Já dispunham de algumas informações, mas não sabiam que a situação havia chegado a esse ponto, inclusive com a participação de D. Afonso Jorge e Tomé Ferrão. Toda a ilha estava correndo o risco de se enlouquecer, cada um pensava uma coisa mais maluca do que a outra. Verdade, Balduíno tinha razão, era preciso tomar alguma providência.

— Capitão manda canhão, manda cavalaria, cobre de cacete toda essa gente, estora tudo — sugeriu Balduíno, suando muito.

— Não, nada disso — retrucou Capitão Cavalo. — Não vou fazer nada disso, não quero saber de guerras.

E foi assim que começaram a usar de fato a toca do tempo, sobre a qual aprendiam cada vez mais, embora não entendessem nada de seus mecanismos misteriosos. Agora tinham certeza de que, enquanto o presente parava, ilimitados e indefinidos futuros ficavam em perpétua gestação e o tempo os recebia ao acaso, não tinha preferências. Ou podia ser levado a tê-las, pelo menos por exclusão, embora não por inclusão. Escolher um dos futuros disponíveis, sim; plasmar esse futuro, não, não parecia ser possível. Como não? Cada mudança mudava tudo mais, mas como saber? Ah, que coisas confusas, que coisas mais que confusas! Entenda-se isso, entenda-se isso, dizia Hans, com cara de choro. Há vários futuros lá fora, fora não sei de onde e agora talvez possamos rejeitar uns, aceitar outro, mudar de pensamento, rejeitar este, procurar outro, rejeitar ainda este e procurar outro e outro! Não é possível, não é possível! E sua perplexidade se justificava ainda mais, porque muitos novos fenômenos se tinham apresentado, como numa floresta cheia de bestas e plantas insólitas. De certa maneira, pelo visto, podiam viajar ao passado e mudar os futuros e, portanto, devia também haver muitos passados. Hans não se conformava com essa situação incompreensível e queria explicá-la, passando dias trancado e enredado em contas, fórmulas e mapas astronômicos, mas não chegava a lugar algum, tendo se conformado, sob grande resistência, a ficar em silêncio, a não ser por um palpite ou outro, enquanto a Degredada, Capitão Cavalo e Crescência, que já havia aprendido a ler e lera, falando às vezes como um bacharel, discutiam os usos práticos da toca do tempo, sem questionar o que para eles simplesmente era.

Ah, como ia e vinha a ilha do Pavão, depois que os quatro praticamente se mudaram para o morro da Pedra Preta. No primeiro futuro que lhes foi dado a conhecer, um súbito ataque de erisipela incapacitou o intendente Tomé Ferrão, fortalecendo as hostes de Borges Lustosa, mas também alimentando as ambições de muitos outros, a ponto de, quando os quatro tomaram ciência do que ocorreria, terem corrido de volta aonde estavam antes. Noutro deles, o mestre de campo Borges Lustosa perdia de vez a razão e passava a apresentar-se como o rei de Veneza, envolvido em trajes de veludo púrpura. Oh, senhoras e senhores, como os futuros são caprichosos! Num deles, acontecia tudo o que gostariam que acontecesse, com a ilha livre, em paz e harmonia, mas Hans morria por mordida de cobra. Regressando às pressas, salvaram Hans das presas da jararaca que dentaria seu calcanhar, mas o futuro que substituiu este lhes mostrou o mestre de campo Borges

Lustosa pavoneando-se na condição de duque e tirano da ilha e mandando esquartejar Balduíno Galo Mau, depois de envenenar D. Afonso Jorge num banquete comemorativo do restabelecimento da nova ordem. Em outros futuros, Tomé Ferrão exterminava todos os seus inimigos com a ajuda de D. Afonso Jorge, com este na condição de rei da ilha, aquele duque governador e todos os habitantes submetidos a um jugo cruento, voluntarioso e sem peias. Em outro, as frotas portuguesas contratavam pilotos da ilha e se apossavam de tudo outra vez, trazendo de volta tudo o que os quatro queriam para sempre abandonar e esquecer. Em ainda outro deles, os acontecimentos levaram Balduíno à posição de rei da ilha, o que consideraram, com o apoio dele, que gritava "eu bom rei, eu rei ótimo, eu rei a seu seriviço" e ficou tão assanhado que passou duas noites sem dormir, até uma possibilidade aceitável, mas o que vinha depois, em matéria de devassidão, decadência e tudo o que Balduíno não considerava importante para a existência humana os fez desistir. Viram também a ascensão tumultuada ao poder de Borges Lustosa, com alianças feitas e desfeitas a toda hora, compromissos esquecidos e traições a granel, com grande desassossego em uma vila atrás da outra, mudanças de comando, volta da escravidão, morticínios e hostilidades perenes. E todos os futuros, depois de descartados, voltavam aleatoriamente, aparentando a mesma face mas sutilmente modificados, de modo que quase se desesperançaram, até que lhes apareceu uma revolução no quilombo, chefiada por um mulato sem sangue congolês chamado Juliano, que fazia os escravos se rebelarem, os aristocratas quererem matar-se uns aos outros, a Irmandade de São Lourenço desvairar-se em rivalidades e todo o reino de Afonso Jorge desmoronar, com ele implorando pela própria vida, sob o risco de ser simultaneamente empalado e enforcado.

Nenhum dos quatro conhecia Juliano, mas, depois de tanto matutar, decidiram que não iam esperar mais, fariam aquela escolha. Ele não queria ser rei de coisa alguma, queria apenas desmantelar o quilombo e viver como todos os outros habitantes da ilha. Depois, depois... Ninguém sabia o que viria depois, porque os futuros se embaralhavam de forma inacompanhável. Muito bem, o quilombo viria abaixo por sua própria vontade, D. Afonso Jorge seria no máximo rei de suas mulheres, as vilas escolheriam seus próprios destinos, provavelmente tudo iria acontecer como já queria a maioria, Borges Lustosa seria duque de São João, não mais da ilha, padre Tertuliano seria grão-bispo também de São João e, mais tarde, talvez de toda a ilha, até porque, em seu papado, padres e freiras poderiam continuar consagrando-se à vida religiosa, mas casando-se ao bel-prazer. E Balduíno, detentor de segredos básicos dos homens e da Natureza, continuaria como despachador, sempre influindo aqui e acolá e desfrutando da vida que sempre quis ter, com os outros índios também podendo morar nas vilas. E, enfim, que afinal fosse tudo como Deus quisesse e, se Deus quisesse, continuariam sua existência singular e protegida pela Natureza e pelos mistérios das durações, podendo sair do tempo e do mundo em volta, conforme as necessidades, contrabandeando como sempre contrabandearam e fugindo dos inimigos só ao entrar na esfera e acender o pavão.

— É, ainda queria perceber como tudo isso sucede, mas não posso — disse Hans. — E, como não posso, estou de acordo com todos. Acho que seremos felizes. E acho que devemos usar essa toca do tempo só com a máxima cautela e só em último caso e também acho que devemos cuidar que ela seja protegida para sempre.

Balduíno, que havia passado todos aqueles dias no Sossego Manso, querendo falar mas sabendo que não devia e, por não lhe contarem sobre a toca, não podia, olhou para Crescência mais longamente do que ela suportava, até que obteve uma resposta abespinhada.

— Que é que tá me olhando?

— Eu nada — disse ele, com uma cara sem-vergonha.

— Eu tava era pensando no meu amigo Iô Pepeu.

XL

Há um riachinho, chamado ribeiro do Curuçu, que corre cascateando, sem alarde mas com elegância, por trás da Casa dos Degraus, para desaguar discretamente na angra do Bispo. À beira dele com os olhos melancólicos da infância agora tão passada, Iô Pepeu segurou a cabacinha e despejou na água o resto de seu conteúdo. Estava convencido, depois do novo ataque de priapismo que tinha tido depois de tomar seus últimos golezinhos, de que não precisava dela. Não precisava de mais nada, pensando bem. A lembrança de Crescência ainda confrangia seu coração, a ponto de lhe tirar o fôlego e o apetite, mas aprendera a portar uma resignação fatalista, era assim e assim continuaria, ele com suas muitas mulheres, agora esquecidas durante semanas ou meses, ela lá com suas conspirações, na companhia de Hans, a Degredada e Capitão Cavalo. Sabia que ela estava no Sossego Manso e de lá não saíra desde a última vez que se viram, mas não ia lá, não tinha boa recordação desse dia em que de novo quase lhe implorara que dissesse as palavras que ela sempre lhe recusara. Mudara tudo, mudara a ilha, mudara a vila. Agora o mestre de campo era duque e havia ducados independentes, barões e viscondes em todas as outras vilas, embora os nobres não fossem mais do que figuras emproadas e vistosamente ajaezadas, sem que ninguém lhes desse muita importância, mesmo pagando as moderadas taxas necessárias para que as ruas se conservassem, as igrejas tapassem as goteiras e uma ou outra obra pública se levasse a cabo. O duque de São João parecia satisfeito com a nova situação e, surpreendentemente, cuidava das obras públicas e outros deveres menores como se tivesse nascido para aquilo. Suas desavenças com Tomé Ferrão e os outros pretendentes ao poder haviam desaparecido sem combates ou confrontos graves, tendo toda a ilha aceitado a autoridade eclesiástica de Tertuliano I, grão-bispo geral, e as mudanças que ele havia introduzido, para satisfação geral, dos padres e freiras, às mulheres de padres e aos freiráticos.

O mulato Juliano, depois de, inesperadamente, ter conseguido juntar uma pequena multidão de adeptos para atacar a sede da Irmandade de São Lourenço e libertar um amigo, havia causado o desmoronamento do reinado de Mani Banto, com a libertação indiscriminada de todos e o ostracismo de D. Afonso Jorge. Este, depois de quase ter sido apedrejado, enforcado, esquartejado, esfaqueado, flechado, fuzilado, canhonado, incinerado vivo, envenenado, afogado, atirado de despenhadeiros ou dado de comer aos jacarés, havia simplesmente sido banido, junto dos três ou quatro seguidores que lhe sobraram, das terras do antigo quilombo, agora propriedade mais ou menos coletiva de todos os que ficaram por lá. Conseguira levar consigo algo de sua riqueza e planejara fugir para a Bahia, onde achava que se estabeleceria como aliado da corte portuguesa, mas lhe fizeram ver, a muito custo, que, na situação atual, seria tido apenas como negro fugido, posto a ferros e provavelmente escravizado. Humilhado mas mantendo o orgulho, mandou um emissário a Balduíno Galo Mau para obter uma carta de alforria falsa, que lhe chegou às mãos com rapidez e eficiência. Depois disso, pagou uma pequena fortuna a Felisberto Gaivota para que o levasse, com seus três ou quatro seguidores, para a Bahia, onde, segundo se comenta, administra uma casa de putas muito próspera, em que exige ser tratado pelas mulheres como Sua Majestade e bate em todas com equanimidade, recebendo figuras de relevo da sociedade — do clero, da nobreza e do funcionalismo —, vivendo, de certa forma, uma boa vida, embora desgostosa.

Seguia assim a existência em São João. Hans, de volta à aldeia índia da Beira da Mata, de onde só saía para uma visita ou outra à Degredada ou a Capitão Cavalo, cuidava de seus filhos e pensava muito, inutilmente, nos mistérios da toca do tempo. Capitão Cavalo, apesar de preocupado com o filho, ia continuando a ficar no Sossego Manso, sem querer saber de muita coisa, a não ser do que se fizesse necessário para manter a ilha longe de intrusos indesejáveis. E a Degredada, em sua furna, continuando a tratar de doentes e a ter fama de feiticeira, agora tão feliz que estava sempre com uma expressão de sorriso. É isso mesmo, pensou Iô Pepeu, acabando de derramar a última gota da cabacinha no riacho e logo depois ela mesma, a vida é o que se tem, não o que se quer, mas se sobressaltou muito, quando, ao chegar de volta à varanda da Casa dos Degraus, tomou um susto. Sentada na rede grande onde ele agora costumava passar horas com a mente vazia e olhando para os ares, lá estava Crescência.

— Como estás? — disse ela. — Vim ver-te.

No primeiro instante, ele ficou com raiva, achou que ia ser vítima de outro vexame malvado e quase não fala com ela. Mas um resto de altivez lhe sobrou e, como se não pretendesse parar mais do que alguns instantes, falou-lhe, afetando indiferença.

— Há quanto tempo — disse. — Estás bem, a vida no Sossego Manso faz-lhe bem.

Não estava somente bem, estava gloriosamente linda, um alabá vistosamente estampado sobre a pele, os cabelos encaracolados lhe emoldurando o rosto como numa pintura, o sorriso mais luminoso do que todos os sóis e ele quase desatou a chorar.

— Ouviste bem? — disse ela. — Vim te ver.

— Ouvi, ouvi. Mas tu é que nunca mais vais ouvir o que tanto te supliquei. Se é para isso, podes muito bem voltar ao Sossego Manso. Volta, vive tua vida, esquece de mim, esquecerei de ti também, pelo menos da forma que me perseguia.

— Vem comigo — disse ela, levantando-se e pegando-o pelo braço.

Ele relutou, mas terminou por não resistir e a acompanhou até o quarto grande, onde ela, deixando-o parado e quase estarrecido à beira da porta, foi para junto da cama, cruzou os braços em torno das abas do alabá e o tirou, aparecendo diante dele como uma deusa jamais vista por olho humano.

— Vem — disse ela. — Vem.

E, sem esperar, puxou-o para a cama, com um olhar que nunca lhe lançara.

— A ela sem pena — disse ela. — A ela sem pena!

Ah, quem estava distraído nessa hora afirma que a tarde se iluminou de rosa e carmim, o ar se perfumou e toda a orla da ilha do Pavão faiscou. Não se sabe se isso é verdade, mas parece que sim, porque passaram um tempo infinito um dentro do outro e gozaram como ninguém nunca gozou neste mundo, atravessando a longa noite abraçados e amantes, nada de ruim podendo alcançá-los.

De noite, se os ventos invernais estão açulando as ondas, as estrelas se extinguem, a Lua deixa de existir e o horizonte se encafua para sempre no ventre do negrume, as escarpas da ilha do Pavão por vezes assomam à proa das embarcações como uma aparição formidável, da qual não se conhece navegante que não haja fugido, dela passando a abrigar a mais acovardada das memórias. Logo que deparadas, essas falésias abrem redemoinhos por seus entrefolhos, a que nada é capaz de resistir. Mas, antes, lá do alto, um pavão colossal acende sua cauda em cores indizíveis e acredita-se que é imperioso sair dali enquanto ela chameja, porque, depois de ela se apagar e transformar-se num ponto negro tão espesso que nem mesmo em torno se vê coisa alguma, já não haverá como. Ninguém fala nesse pavão ruante e, na verdade, não se fala na ilha do Pavão. Jamais se escutou alguém dizer ter ouvido falar na ilha do Pavão, muito menos dizer que a viu, pois quem a viu não fala nela e quem ouve falar nela não a menciona a ninguém. O forasteiro que perguntar por ela receberá como resposta um sorriso e o menear de cabeça reservado às perguntas insensatas.

Este livro foi impresso
pela Lis Gráfica para a
Editora Objetiva em
junho de 2011.